十三階の血

吉川英梨

双葉文庫

目次

十三階の血

第一章　私を月に連れていって

『赤紙』ならぬ『糞紙』が来たと焼津駅前交番の休憩室で笑ったのは、一昨日のことだった。

昭和四十六年、九月十六日。

磯村慎一《いそむらしんいち》は幌付きのトラック、ニッサン・ジュニアの荷台に揺られていた。地元の静岡県から遠く離れた北総台地――千葉県成田市の田舎道を走り抜けている。車内のラジオが、伊東ゆかりの『小指の想い出』を流していた。あなたが噛《か》んだ小指が好きよ、と甘えるような歌声を、『ワルシャワ労働歌』の仰々しい旋律がかき消す。鉄塔に括《くく》りつけられている拡声器が、敵の嵐が荒れ狂う――といかめしい合唱を流していた。

晴れているが風は強い。舞い上がった赤土が荷台にも吹き付ける。磯村は眼鏡を出動服の裾で拭き、機動隊ヘルメットのシールドを下げた。部下の一人が手ぬぐいで口元を覆い、言う。

「よくこんな風の強いところで農業やってますよねえ」

「逆だろ。よくこんな風が強い場所に国際空港なんか造ろうと思ったもんだ」

羽田空港がパンク寸前で、早急に新しい空港が必要と政府が声高に叫び始めたのは、六年ほど前のことだ。

最初は千葉県富里市に白羽の矢が立った。地元の強い反対運動に遭い、頓挫した。空港問題が不時着したのは、千葉県山武郡芝山町と成田市三里塚にまたがる農村地帯だった。地元の農民は芝山・三里塚反対連合を組織し、抵抗している。それでも強制測量は行われた。土地収用法に基づき国は力ずくで農民の土地を奪い続けている。去年の第一次代執行では、反対連合と機動隊が正面衝突した。

今日は、第二次代執行の日だった。

世論は農民に同情的だ。学生運動の過激派も三里塚になだれ込む。闘争は激化の一途を辿っている。当初から応援に入っていた警視庁や埼玉県警の応援でも足りず、警察庁は関東管区警察局所属の県警本部に支援を要請した。静岡県警にも声がかかった。磯村が所属する地域課の警察官まで徴用されている。それが『糞紙』と言われるやつだ。

第一次代執行の際、農民は肥料の人糞をカッパに擦り付け、ビニール袋に小分けした『人糞弾』を機動隊に投げつけたから『糞争場の徴兵』というわけだ。過激派の竹やりよりよっぽど怖いとみな笑っていた。

向かいに座るもう一人の部下がため息をついた。

「俺、母ちゃんに泣かれましたよ。機動隊の応援に行くって言ったら、お前は農民の子なのに農民弾圧に行くんかって」

磯村は「仕事だ、しょんない」と部下の肩を叩いた。

「俺は娘にこう言われたよ――新婚旅行はグアムに行きたいの、早く空港ができないと困るから、ちゃちゃっと片付けて来てよ、と」

「娘さん、もうすぐ結婚でしたっけ」

「ああ。来月顔合わせだよ」

娘の文子《あやこ》は二十三歳だ。古池《こいけ》ナントカという、地元の信金勤めの男と婚約している。グアム島は激戦地だった。戦争に行っていた磯村はグアムという響きに血生臭さを感じる。時代は変わった。ジローズの『戦争を知らない子供たち』が流行するわけだ。

磯村は大学で航空学を学んでいた十九歳で学徒出陣した。終戦間際にシベリアに抑留された。三年耐えて復員、地元興津《おきつ》に帰ってきた。生死を知らせる手紙を三年も出せていなかったが、恋人の光子《みつこ》は全ての縁談を断って、待っていた。勢いで結婚した。妻を養わねばならない。磯村は夢をあきらめて警察官になった。

成田の空を見て思う。

本当は、パイロットになりたかった。

ニッサン・ジュニアは雑木林を抜けて、住宅が点在する総南地区に出た。ここの十字路で大隊と合流する予定だった。

誰もいない。

おかしいな、と中隊長が地図を開いた。

「捜索はこの先の北林管理事務所内だよな」

過激派がその倉庫に大量の火炎瓶を隠したと通報があったのだ。火炎瓶の発見・押収が使命だ。今日代執行が行われる成田市駒井野では、機動隊と反対連合の正面衝突が予想される。最前線に入る予定はないから、みな軽装備だ。磯村は紺色の機動隊服の下に防刃ベストをつけていないし、ジュラルミンの盾も持っていない。まな板みたいな盾とヘルメットを渡されただけだ。

中隊長が無線で本部に一報を入れた。合流するはずの大隊も「すでに現着して中隊の到着を待っている」を繰り返す。

合流地点を間違えたのか。確かめたいが、無線は一方通行だ。本部が別隊と通信を行っている最中は会話ができない。詳細がわかるまで時間がかかりそうだった。

磯村はヘルメットのシールドを上げて、周囲を見渡した。収穫を待つ黄金色の田んぼ、乾燥中の落花生が積み上げられた畑、雑木林と田畑を仕切る畝《うね》――。たまに強い風が吹きつける。

腕時計を見た。午前六時四十分。一昨日の夕方に招集を受け、興津の自宅に帰って眠った。家族の顔を見ぬまま、午前四時には家を出た。静岡県警の護送車で千葉県警本部へ向かう。隊の編成を拝命、現場の地理や三里塚闘争の経緯を千葉県警の公安刑事からレクチャーされた。成東署へ移動、道場で仮眠した。深夜のうちに一報が入った。過激派が団結小屋を出て西にある駒井野地区へ移動し始めているという。大規模な騒乱が予想されるので、予定より一時間以上早く、磯村の隊も動き出したのだ。

だが現場は小鳥がさえずり、雲がのんびり流れている。強く吹きつける風の音すら優しい。平和だ。磯村はひとつ、あくびをした。

本部から無線が入った。中隊長が言い争う。くそっと悪態をついて無線機を叩きつけた。

「北林管理事務所じゃない。北林農林事務所の方だと」

伝令ミスか。磯村は地図を開いた。北林農林事務所は現在地より広大なガサ藪を挟んだ南側にある。ニッサン・ジュニアで県道を回るべきだが、二十分はかかる。五分後には大隊が移動を開始する。合流できなくなってしまう。大隊長はガサ藪を突っ切って来いと命令したらしい。磯村は目前に広がるガサ藪を見て、眉をひそめた。

「大丈夫ですか。奴ら、ベトナムのゲリラ戦法を真似てる。ガサ藪に潜んでいるかもしれない」

大人の背を優に超す笹と雑草が密集するガサ藪は、踏み入るのも難儀しそうだ。二メートル先も視認できない。この中隊はみな軽装だ。ガサ藪でゲリラと遭遇したら怪我人が出る。

中隊長が無線を入れた。繋がらなかった。時間がない、と苛立つ。

「そもそも、ゲリラには千葉県警の監視がついている。ガサ藪にいたら大隊に一報が入っているはずだ。それなら、ガサ藪突っ切って来いなんて命令は出さんだろ」

西の駒井野方面から、騒乱の声が聞こえてきた。

空港、粉砕！　空港、粉砕！

中隊長は立ち上がった。

「もう出発する。いつまでもここにいたら、駒井野の争乱に巻き込まれる」

正直心細いが、五分後には必ず、強固な装備で固めた大隊に合流できるはずだ。

磯村の隊を先頭に、ガサ藪に入った。

けもの道どころか、足をつくスペースもないほど笹が生い茂っている。鎌などで笹を切り倒して進みたいが、そんな装備はない。警棒と盾で笹をかき分けながら、一歩一歩、前へ進む。二列横隊で進むのは困難だ。磯村が先頭に立ち、中隊長が最後尾を守る形で、南へ向かう。

騒乱の声が風に乗って流れてくる。空港粉砕！　上空で風が空気を巻く音もする。

だいぶ進んだところで、磯村は十一時の方角に不自然に揺れ動く笹を見た。足を止め、「待て」の合図を後方に送る。腰をかがめて前を注視する。

気が付けば鳥のさえずりも、風の音も止んでいた。

笹と竹を分け入った先に、草木が円形に刈り取られた空間に出た。相撲の土俵より一回り広い。戦うために刈り取られた場所だと直感する。戦争に行っていたから、わかる。

「空港粉砕！」

「警察撃沈！」

向こうの藪から、赤いヘルメットをかぶった二人の青年が姿を現す。旗竿を向けて突進してきた。磯村は警棒で旗竿を叩き落とし、盾で頭を押さえ込んだ。後方の部下たちが二人目を取り押さえようと、格闘する。旗竿を取り上げた磯村はぞっとした。竹でできたその先端はナイフのように鋭く尖らせてある。防刃ベストを着用していないこの中隊には脅威だ。

二人の赤ヘルゲリラに手錠をかけようとすると、また次の二人組が目前に現れた。空港粉砕を叫ぶ。白いヘルメットに『青年活動隊』と記してある。空港反対派農民の若手集団だ。彼らは鎌や鍬など、農具を武器にしている。磯村が二人組と取っ組み合いをしている最中、今度は三時の方向から三人組が竹やりを構えて突進してきた。援護に入った部下のヘルメットに、容赦なく鍬が振り下ろされる。真っ二つに割れた。

本気か。磯村は鍬を奪おうと警棒で相手の腕を叩きのめした。もう一人の男も半長靴の足を振り上げて制圧した。また別の二人組が突進してくる。

援護を頼もうと後ろを見た。中隊の十人それぞれが、複数のゲリラに囲まれていた。西の駒井野方面からも激しい衝突の声が聞こえる。予想以上の数の学生ゲリラが、全国から三里塚に集結しているようだ。

一旦退却すべきだが、部下に指示を出せる状態ではない。雨後の筍のようにゲリラが現われる。竹やり、鎌、斧など、人を一撃で殺害できる武器が容赦なく降りかかった。人糞弾なんてかわいいものはどこにもない。

磯村は猛烈な殺意に囲まれた。

四方八方から降りかかる凶器を逃れるのに精一杯だ。笹の切り根に足を取られ、よたつく。背後から抱きつかれた。赤いヘルメットの男が磯村の首に腕を回し、絞めあげる。腕を振りほどこうとしているうちに、盾を奪われてしまった。赤ヘルの顔面に肘鉄を食らわせた。真正面から五人組が襲いかかってくる。逃げた。悲鳴や怒号があちこちから聞こえる。藪の隙間から紺色の機動隊の制服、赤や黒のヘルメット、絣《かすり》のモンペが見え隠れする。赤い血がべっとりとついた笹が顔に降りかかった。

躓《つまず》いて転んだ。足元に、短く刈った笹が結び付けられていた。足を引っかけるための罠だ。東西南北がわからなくなる。こん棒や竹やり、鍬が磯村に振り下ろされた。顔を執拗にやられる。シールドは割れてなくなっていた。眼鏡も飛んだ。熊のような雄たけびを上げる男が目前にいた。有刺鉄線を巻き付けたこん棒を振り上げる。笑っていた。前歯の殆どが銀歯だ。太陽の反射を受けてきらりと光る。まるでサイボーグのようだ。

磯村は男の腹に半長靴の足で蹴りを入れる。男が吹き飛んだ。磯村はやっと立ち上がる。背後にいた者に首筋をナイフで切られた。顎にかかるヘルメットの二重ベルトも切断され、ヘルメットを奪われる。頭に強烈な一撃を食らう。鈍痛と一緒に頭皮に激痛が襲う。頭皮を抉《えぐ》られたのだ。頽《くずお》れた。血がどっと流れ顔面を濡らす。さっきの銀歯の男が、有刺鉄線を巻いたこん棒を振り下ろしていた。立ち上がれない。早朝の青い空に星が瞬く。腕で頭をかばう。有刺鉄線が出動服を破き、皮膚を切り裂き、血まみれになった。

振り下ろされるこん棒に、磯村の髪や頭皮が絡みついている。その先から血が滴り落ちる。やられればやられるほど、皮膚を剝がされていく。

腰にまとわりついているゲリラが五人もいた。無線機を奪おうとしている。その頭に拳を落とし、もうひとりの髪を引っ張って振り払う。有刺鉄線のこん棒の一撃を顔面に食らった。血が噴き出し、視界が真っ赤になった。

成田の空が赤い。今度は鉄パイプの雨が降ってきた。顎《あご》が砕ける音がした。眼球もつぶれたのか、右目が見えない。顔面が崩壊していく。

「やりすぎだ、そこまでにしとけ！」

誰かの声が聞こえた。足が熱い。半長靴が奪われ、靴下の足が燃えていた。割れた火炎瓶が脇に落ちていた。火が足の表面を燃やし尽くす。腰のあたりで火の勢いが大きくなってもまだ、磯村は生きていた。反転し、腹這いになった。

妻子を想い、ただ前に進む。光子、すまない、今回ばかりは興津に帰れそうもない。文子、がんばれよ。がんばって生きていけ。古池ナントカというのに幸せにしてもらえ。「やめんか、トキ！」と聞こえた直後、背中にドスンと衝撃があった。一升瓶ほどの重さを背骨に感じた。火炎瓶だったようだ。磯村慎一は火だるまになった。

＊

平成三十一年四月十一日。

窓の外を叩きつける雨の音がやかましい。

古池慎一はモニターの音量を上げた。ヘッドセットから流れる音声に集中する。

「機動隊、死ね！」

「基地、粉砕！」

映像の中の男が、機動隊員に暴言を吐いている。『辺野古移設反対』のプラカードを掲げていた。機動隊員に守られた金属のゲートが開く。搬入トラックが次々と入っていく。暴言を吐き、プラカードを揺らす人々で映像の中は騒然としている。

古池は無意識に額の汗をぬぐった。予想以上に手の甲が濡れた。スーツの内ポケットからロキソニン錠を取った。二粒口に入れて、コーヒーで流し込む。湿度の高い日は、腹の古傷が痛む。

部下が見ていた。三部《さんべ》晃《あきら》という年上の部下は、刑事部からやってきた元鑑識課員だ。古池が率いる警視庁公安部公安一課三係三班の中で、厄介なほどに人情味あふれる。

「班長。少し休めよ」

「いま薬を飲んだ」

「そう根詰めてやんなくても――もう三日くらい寝てないだろ」

「仮眠は取ってる。いまは根詰めてやるときだ」

一週間前、首相官邸に不審な郵便物が届いた。「あまがたそうりだいじんへ」。子供のような筆跡を装っていた。沖縄の基地問題でいま最も生臭い事案である普天間基地辺野古移設に反対する趣旨の文書と、白い粉が同封されていた。猛毒のヒ素だった。

文書の投函者を辿る捜査は刑事部がやっている。極左暴力集団の捜査を担当する公安一課は、辺野古で活動している市民団体や過激派の分析を行う。

古池は三部ら部下三人をデスクに呼んだ。ひょろりと背が高いのが柳田保史《やなぎだやすふみ》。古池班のIT要員だ。背が低く若い方が南野和孝《みなみのかずたか》。班内最年少だがもう二十九歳だ。育成が遅れている。公安部員としては立派に職務をこなしているが、古池班にはそれ以上の『作業』が求められる。

「ちょっと見てくれ。このじいさん」

古池は映像を一時停止し「基地粉砕」を叫ぶごま塩頭の男を指した。

「新顔でしょうか。前日のデモにはいませんでした」

南野が言う。柳田は一週間前のデモを分析している。そこにもいなかったという。なにが気になると三部が尋ねた。

「基地粉砕、なんて叫んでるのはこいつだけだ。シュプレヒコールが古い。安保闘争時代の匂いがプンプンする」

男が持つプラカードを拡大した。持ち手の先に注目する。板が張り付けてあるが、持ち手の先が鋭利に尖っていた。

「昔の過激派がよくやっていた。プラカードを掲げた安全デモと見せかけて、いつでも機動隊を攻撃できるように、プレートを外すと持ち手が竹やりになっている」

こいつはただの市民ではない。どこかの過激派の残党だろう。

「すぐに顔写真を切り取って、照合してくれ」

古池は席を立った。今度は胃がキリキリと痛む。耐えがたい。トイレに駆け込み、指を喉に突っ込んだ。ロキソニンを吐き出す。コーヒーと薬の飲みすぎで胃が荒れていた。トイレの水を流し、便座に蓋をしてやれやれと座る。外側の痛みを押さえようとすれば、今度は内側が痛む。

古池は一年半前に現場で重傷を負い、長らく入院していた。トイレすらひとりで行けないほど衰弱した。退院後にジムで専属トレーナーをつけて体形を完璧に戻した。現場復帰したのが去年の秋のことだ。部下に拍手と花束で迎え入れられた。古池班の隅っこのデスクがひとつ、空っぽだった。部下は四人いたが、ひとり減っていた。

古池は横一線に走る腹部の傷跡をワイシャツの上からこすって温めた。マグロ包丁で斬られ、腸が飛び出した。現場復帰は奇跡だった。個室を出る。口をゆすぎ、手と顔を丁寧に洗った。顔認証の結果が出る頃だろう。公安一課フロアに戻った。

南野が手を上げる。

「七割一致しました」

いつもは物静かな柳田が「いよいよ来ましたね」と興奮気味だ。三部が断言する。

「『第七セクト』の元ゲリラだ」

第七セクトは日本トロツキスト連盟から分裂、発展した新左翼集団だ。名乗りを上げたのが一九六八年。以降、あらゆる市民運動へ暴力要員を送り込んで警察と衝突を繰り返してきた。

バブルの頃は世間からそっぽを向かれていた。国や自治体がなにかを作り、そこで反対運動が起こるたびに割り込んで警察に牙をむく。現地の当事者たちからは嫌われていた。

転機は東日本大震災だった。反原発運動を軸に、全国の大学にフロントサークルを置いて新会員を集め、若返りに成功した。過激な暴力集団と知らず、環境保護や貧困問題解決などの口当たりのいい言葉で、真面目な若者が何人もサークルに引き込まれた。募金やカンパで資金を得ているが、微々たるものだろう。なんらかのフロント企業か、支援者が存在しているはずだ。

「書類を五分でまとめろ」

古池はネクタイをして身なりを整えた。ノートパソコンと書類を抱えてフロアを出る。公安一課長と三係長が古池に一瞥を送る。

勝手に動いても上司からの咎《とが》めはない。彼らは、古池班が忠誠を誓う相手が警視庁ではないとわかっている。報告も連帯も求めない。

警視庁本部庁舎を出る。雨は止んでいた。散って汚く変色した桜の花びらが、濡れた地面にへばりついている。向かいの法務省前では、赤や黄色ののぼり旗が立ち、デモが行われていた。霞が関の日常風景だ。

中央合同庁舎第2号館に入った。総務省と軒を分けているこの建物に警察庁が入る。古池は通行証でゲートを抜けた。近代的な吹き抜けのロビーを突っ切り、エレベーターに乗った。『13』のボタンを押す。警察庁警備局の警備企画課が入るフロアだ。古池らが真に忠誠を誓う、警察庁直轄の諜報組織『十三階』の本部がある。

かつては『サクラ』『チヨダ』『ゼロ』と呼ばれていたこの組織は、情報を取りテロを阻止するためなら非合法な活動も厭《いと》わない工作員集団だ。その活動が表に出たり、名前が知られたりするたびに拠点と名を変え、霞が関に存続してきた。

古池は公安部員になって二年後の二十七歳で、当時のゼロから声がかかった。個を消すための厳しい特殊訓練である『警備専科教養講習』を経て、この組織の一員になった。名を変えて十三階となってからも『体制の擁護者』として任務を遂行してきた。

体制に都合がいいように証拠を消したりでっち上げたりするのは日常茶飯事だ。テロリストを射殺したこともあるし、警察官を見殺しにしたこともある。自分も腹を斬られたし、情報を取るため、女の部下がテロリストとセックスするのを黙認したこともある。愛する女だった。古池はそういう世界で生きている。

警備企画課のフロアを抜けた。なんの表札も出ていない扉をノックする。十三階のトップに君臨し、末端の作業員たちを統括するのは警備企画課の理事官で、警察官僚だ。就任すると春秋の人事異動でその名前が表舞台から消えることから、裏の理事官と呼ばれる。数年後にはどこかの県の本部長にまで躍進した状態で名前が復活する。誰がその地位を射止めたのかは一目瞭然だ。

裏の理事官を務めるのは、官僚世界の熾烈な出世レースのトップに躍り出た人物だ。のちに警視総監、もしくは警察庁長官にまで上り詰めることが多い。四十代前半の者がこの役職に就く。古池がいまノックしたのは、『校長』と呼ばれる裏の理事官が陣取る校長室だ。この部屋に、全国各地の都道府県警にいる十三階作業員からの活動報告が集約される。

女の声で「どうぞ」と返答がある。校長はこちらに丸い尻を向けて、観葉植物に水をやっていた。古池はデスクの上にパソコンの画面を開いて置いた。

「第七セクトが辺野古に入っていることが判明しました」

校長がやっと顔を上げた。藤本乃里子《ふじもとのりこ》。十三階史上初の女性校長だ。雑談をせず、いきなり本題に入るのが十三階の流儀だが、この女性校長はそれを嫌う。

「古池。ちょうどいま呼び出そうと思ってたところなんだけど――顔色が悪いよ。また吐いたの」

古池は答えない。勝手に応接ソファに腰を下ろした。

「三部から聞いたの。班長が薬を飲んだり吐いたりしているって。拒食症でも患っているのか」

「いいえ。映像、見てください」

乃里子が画面を覗き込んだ。セミロングの髪を耳にかける。「基地粉砕！」と叫ぶ声が校長室にも流れた。

「超のつく過激派である第七セクトが辺野古に乗り込んできたとなると、件《くだん》の官邸ヒ素事件との関わりも疑われます」

うん、いい情報を聞いた――乃里子は満足そうだ。やっと古池の向かいに座った。

「辺野古にはいろんな過激派が流れてきて混沌としてきたね。ばかな芸能人もあーだこーだ言い始めたよ」

年明けに埋め立てが始まってから、反対運動が全国的に広がりつつあった。二月には辺野古移設の是非を問う県民投票があり、三月には大規模な県民大会も決行された。反対の声は多いが、法的拘束力はない。政府は粛々と工事を進めている。これ以上反対世論が高まる前に、手を打つべきだった。

「ヒ素の件は過激な反対派の仕業かと世間は疑い始めています。これを機にテロリストのレッテルを完全に貼って逮捕・拘留が早いかと」

「ふうん。テロリストのレッテルって？」

「工作を仕掛けます。土砂搬入トラックを爆破するとか、機動隊員に怪我人が出るのもいいかもしれません」

乃里子はにやにやしながら、古池の提案を聞いている。

「お前は諸先輩方から聞いた通り、過激だねぇ。誰よりも残酷だ。一度死にかけたのに、全然丸くならないんだね」

乃里子は今年四十三歳になる。古池より一歳年下だが、古池のことを「お前」と呼ぶ。自宅に帰れば人事院に勤める官僚の夫と、名門小学校に通う娘がいる。背が高く肩幅も広いが、真っ赤な口紅がよく似合う切れ長の目は、凛として女性らしい。古池がこれまで見てきたどの校長よりも肝が据わっている。女傑だ。

校長の座は半年ほど空席だった。前の校長は死んだ。自殺したことになっている。組織への裏切りが発覚し、十三階の作業員、黒江律子《くろえりつこ》によって射殺された。

律子は古池の直属の部下だった。斬られて瀕死の状態だった古池の命を助けたのも律子だ。大胆な作戦行動ゆえの残酷さに『十三階のモンスター』とあだ名され、他の作業員だけでなく警察官僚からも恐れられるようになった。次期校長の辞退が相次いだ。白羽の矢が立ったのが、乃里子だった。警備局の重鎮からの声掛けに「あら、私でいいんですの」とPTA役員でもやるような軽さで引き受けたという。

「行きすぎだよ、古池。それは作戦がうまくいかなかったときのためにとっておこうじゃない」

乃里子は秘書にコーヒーを二つ頼んだ。古池は辞退した。水とコーヒーが運ばれてくる。乃里子はデスクの引き出しから投げ込みファイルを取り出し、ガラステーブルに滑らせた。

「お前、第七セクト絡みの情報提供者がいたろ。彼女を使いなさい」

古池は手に取らなかった。投げ込みファイルに『３３０１』の通し番号が振られている。水を飲み、尋ねる。

「ちょうど私を呼ぶところだったと言いましたね」

「そう。用件が二つあってね」

乃里子は話は終わったとばかりに、自席についた。書類に決済の印を押していく。

「ひとつ目は３３０１ということですね。最初から第七セクトに目をつけていたんですか」

「今朝、警視庁の刑事部から情報が上がってきたところだった」

ヒ素の郵便物を投函した人物の身元が割れたのだという。

「第七セクトのフロントサークルに籍を置いている大学生だと」

３３０１を運営し、第七セクトから情報を取ってこいと、乃里子は古池に命令するつもりだったのだろう。

古池はそれでもまだ、投げ込みファイルを手に取らなかった。情報登録者番号３３０１番。３３は、古池の作業員としての登録番号だ。０１は一番目。古池が作業員になって初めて育成、運営した情報提供者——作業玉だ。とても大切に育てた。

３３０１と初めて接触したのは二〇〇二年、日韓ワールドカップで日本中が盛り上がっていた時期だった。古池は二十七歳。３３０１はまだ二十二歳だった。

乃里子が「いやか」と古池を見た。

「やれと言われればやります。ただ３３０１はもういい年だったかと」

「三十八歳。独身だよ。日々孤独に生きているらしい。運営しやすいだろう」

乃里子は立ち上がり、再びソファの向かいに座った。ニヤついている。

「当時の日報を全部読ませてもらったよ。毎晩のように悦ばせて、夫婦のように過ごしていたそうじゃない」

「３３０１が第七セクトでビラ配りをしていたのは、当時の左かぶれの恋人が原因だった。寝返らせるには、寝取る必要がありました」

「そう。若かりし頃のお前の魅力にメロメロになった３３０１は機関誌やビラを献上しては喜んでお前の一物を口に入れてご奉仕していたようだね。けなげで哀れな女だ」

関係は三年続いた。作業玉として大学を卒業するわけにはいかなかった３３０１は、留年を繰り返した。就職が厳しいとわかると、古池に結婚を迫るようになった。

「最終的にお前は上司に配置替えを頼み、第七セクトの担当から離れたんだな」

乃里子は軽蔑していなかった。また同じことをやれと言っている。

「十六年前のようにうまくいきますか。私はもう中年ですし、あちらも中年のババアですよ」

「ひどいこと言うね。３３０１は私より五つも若いよ」

「手なずけられたとしても、３３０１が第七セクトに入り込めるとは限りません。彼女はいまでも活動しているんですか」

「全然。パートを掛け持ちしながら細々と暮らし、結婚相談所に通い詰めて自分を養ってくれるパートナーを探している。そういえば、去年からジャンガリアンハムスターを飼い始めたよ。よほど淋しいんだろうね」

「それならなおさらです。一から作業玉を育成・運営するより、うちには手っ取り早く『投入』できる人員がいます」

投入とは潜入捜査のことだ。表向きは警察を退職したことにして、身分を偽り、相手組織に入り込む。十年近くも対象組織に入り込み、情報を公安に流す作業員もいる。

「投入までできる人員がどこにいるのよ。三部も柳田も分析要員だよ。南野は未熟すぎて投入に耐えられるとは思えない」

お前が育成を怠っているからだ、と乃里子は古池を叱責した。

「まさか指揮官のお前が入るとでも言うのか」

「違います。黒江律子です」

乃里子はうんざりしたように目を閉じた。

「古池。黒江は退職した」

誰が信じると思っているのか。古池は鼻で笑った。

「あいつが辞めるはずがない。退職は表向きの理由だ。どこかの組織に投入しているんでしょう。直属の上司の私の了承もなしに。早く黒江を戻してください」

「辞めた人間をどうやって投入に使うというんだよ。ばかかお前は」

乃里子は吐き捨てて、バッグからメンソールの煙草を出し火をつけた。古池もセブンスターに火をつける。この校長室は長らく禁煙だった。乃里子が喫煙所に変えた。

「黒江の実家が大変なことになっているのは、お前だって知っているだろう」

律子は長野県上田市の名家出身で、三姉妹の次女だ。父親は県議会議員だった。彼女の目の前で右翼に刺殺されている。長女は地盤を継ぐ県議会議員の男と結婚したが、妊娠中に交通事故に巻き込まれ、夫婦もろとも死亡した。母親は精神を病んで新興宗教に走った。まだ大学生だった三女は、律子や古池が関わった作戦に使われた挙句、自殺した。彼女も妊娠中だった。

　律子は母の介護と、黒江家立て直しのため、休職して東京を離れた。去年の一月のことだ。古池が秋に現場復帰したとき、もうその席は空っぽになっていた。そして新たに校長に就任した乃里子があっさり言ったのだ、「黒江は退職した」と。

　部下たちは噂した。「父親の地盤を継ぐべく婿でも探しているんだろう」とか「次見かけるときはタスキに白手袋で選挙カーから手を振っているかもな」とか話す。古池が現れると噂話が途切れる。部下たちは古池と律子の関係を知っている。恋人同士ではなかった。恋人、夫婦すらも超越した関係だった。

　乃里子は念を押す。

「古池。何度でも言う。黒江は退職した。もう警視庁にも十三階にもいない」

　古池は３３０１のファイルを取った。

「黒江は投入中で作戦には使えないということですね」

　乃里子はお手上げだと言わんばかりに天を見上げた。

「３３０１のアドレス作業を開始します」

「待って、古池。用件があとひとつある」

　野暮用らしい。適当な調子で乃里子は続ける。

「新田《にった》先輩からの頼みで、どうしても今日出てほしいパーティがあるんだ」

　元警察官僚の新田明保《あきやす》は内閣官房副長官の政務方を務めている。警察官僚ＯＢの中では天《あま》方信哉《がたしんや》総理大臣に最も近い。十三階は新田から依頼される裏仕事を、頻繁に引き受けていた。

「作業ではないんですか」

「外交パーティだ。奥さんの都合が悪いとかで、同伴者がいないらしい。お前、行ってやって」

「パーティなら女性のあなたの方が同伴者として適格では？」

「だって旦那が嫌がるんだもの」

乃里子は都合よく女言葉になった。

「目島《めじま》官房長官もパーティに来るらしいから。お前、顔を売ってきなさい」


警視庁本部庁舎に戻った。３３０１の基礎資料をコピーする。部下に配った。暗記したら即破棄するよう求め、アドレス作業の開始を指示する。現住所や勤務先を把握したのち、家族や友人関係、日常行動を徹底分析するのが、アドレス作業だ。

古池は十六年前の資料を取りに公安四課資料係へ向かった。自分が作った資料でも、担当を外れた時点で簡単には閲覧できなくなる。校長決済を経て資料室にこもった。十六年前の自分が記した甘ったるい文章を読む。作業員としてよりも、男としての自信が漲《みなぎ》っていた。時空に手を伸ばし、若かりし頃の自分にゲンコツを見舞ってやりたい。

十八時には地下鉄泉岳寺駅から徒歩十分の自宅に帰宅した。タワーマンションの十五階に住んでいる。リビングの窓からレインボーブリッジやお台場などの臨海副都心が見える。堪能したことはない。興味がない。

古池は泉岳寺駅から自宅マンションまでの動線が気に入っていた。途中、ＪＲ線の高架下を通らねばならない。高輪橋架道橋と呼ばれるそのトンネルは通称『提灯殺しのトンネル』だ。桁下が最短で一・五メートルしかない。かつてはタクシーの提灯がよく壊れたとかで、古池も首を曲げないと歩けない。山手線などの在来線の他、新幹線も頭上を通る。長さは二百メートルもある。このトンネルは尾行をまくのにうってつけだった。仕事柄、数々の反体制組織と戦ってきた。いつ刺されてもおかしくない。常に尾行点検しながら帰る。敵対する組織からの尾行を警戒し、まくのが尾行点検だ。わざと遠回りしたり、階段を突然引き返したり、発車間際の列車から降りたりする。高輪橋架道橋は古池にとって『尾行殺しのトンネル』なのだ。

残念なことに、山手線の高輪ゲートウェイ駅開設に伴う付近の再開発で、このトンネルも消滅することが決まっている。そろそろ泉岳寺も潮時か。

新田に電話をしてパーティの詳細を尋ねた。ドイツ人外交官の退官パーティで、帝東ホテルで行われるという。髭を剃る。鼠色のスーツから黒のオーダーメイドスーツに着替えた。ネクタイも単色から柄に変える。今日、律子の話をしたからか、テレビ台に置いた女性警察官の形をした陶器の置物が目に入った。

大学生だった律子を警視庁にリクルートしたのは古池だ。人事課から褒賞としてこの不細工な人形をもらった。震災の時に床に落ちて首が取れた。くっつけるのに手間取った。いつだったか律子はその人形をとても嬉しそうに見たが、求めるとソファで泣いた。

「愛しているのに、古池さんとはセックスができない」

『愛』も『セックス』も全部作戦に使ってしまい、本当の自分が機能停止したと訴えた。号泣したと思ったらぴたりと泣き止み、最後はニヤニヤ笑って帰っていった。彼女は壊れている。壊れたまま、今日もどこかで国家の安寧のために工作活動に勤しんでいる。

ノーブランドのイタリア製の革靴に足を入れて、マンションの地下駐車場に降りた。愛車のアコードに乗る。黒いボディはシンプルなフォルムで個性がない。どこを走っていても誰も気に留めない。エンジン音も小さいから気に入っている。

帝東ホテルに到着した。パーティホールは予想以上の人の多さだった。巨大なシャンデリアが四つ垂れる細長いホールに、社交ダンスを楽しむ一群と楽団がいた。ワルツを奏でている。日本人のパーティでは見られない光景だ。

パーティ客の大半は在日欧州人だった。政財官の大物の顔があちこちに見える。宮家の遠縁にあたる男女の姿も見えた。胸にやたら勲章やバッジをつけた軍人の姿もあった。名刺交換や談笑を楽しむグループ、料理の列に並ぶ人々の隙間を抜けて、古池は新田を探した。目島官房長官がSPを引きつれ、タキシード姿の外国人と談笑している。新田はその近くで、経団連の幹部と立ち話をしていた。古池は従者に徹した。目立たぬよう、新田の後ろに控える。

「相変わらず、陰に隠れるのが好きだね、君は」

新田は予備のハンカチを尻ポケットから出し、器用に折って古池のジャケットのポケットに入れた。古池はすぐさまハンカチを抜き取る。

「作業員ですよ。こんなところで目立つバカがいますか。藤本警視正も私を同伴になんて、なにを企んでいるんだか」

「彼女は裏表がない人だよ。女にしては珍しく。なんの企《たくら》みもないさ」

外務省の事務次官が新田に声を掛けた。秘書の女がしっとりした目で古池を見ている。さりげなく背を向けて談笑の輪から外れた。カウンターに行き水をもらった。胃がただれているのもあるが、これだけの人出と政財官の大物が集う中で、酔いたくない。テロターゲットとなりうる人物ばかりだ。飲まないと決めていたから車で来た。

楽団は踊る人が少ないと見るや、パーティ客を煽るように軽快な演奏を始めた。映画『モダン・タイムス』の『ティティナ』だ。指揮者は通りすがりの紳士の黒いハットを拝借し、喜劇王のチャールズ・チャップリンを真似る。軽快に小気味よく指揮棒を振った。楽団員も笑いながら、コメディタッチの旋律を奏でる。

パーティ会場から笑いと歓声が起こった。ダンスの輪に入る外国人が増える。宮家の遠縁の男女も踊り出した。

指揮者は曲の速さを自在に変え、パーティ客を翻弄する。しっとりと踊らせていると思ったら、だんだんとピッチを上げて煽る。足を絡ませてつんのめる女性客もいたが、男の腕の中でキャハハと笑う。指揮者は鼻の下にチャップリンのような口髭を蓄えていた。立食スペースで出しているおにぎりの海苔を誰かが貼りつけたらしい。指揮者のユーモアに笑いと歓声が起こる。

「パスタ、いかがです？　盛りすぎちゃって」

チューブトップのドレスを着た女が色目を使って、古池に声を掛けてきた。断る。古池は新田を目で追う。気になって目島官房長官を見た。

パーティの主役は退官するドイツ人外交官だが、真の主役は官房長官だ。彼より上の地位にいる者はいない。長期政権を築いている天方首相の右腕を、八年近く務めている。

今度はパンツスーツの女が、名刺交換をと声を掛けてきた。名刺を切らしたと断り、煙草を吸いに行くそぶりで会場の外に出た。ロビーを一周しただけで戻る。

新田を見失った。どこにいるのかと会場の隅々に目をやる。黒いサテンのドレスをまとった女が目の前を通り過ぎた。胸元のビジューの煌《きら》めきが華やかなのに、ノースリーブの袖から伸びる腕が細すぎて、みすぼらしい。その足先に目を奪われる。スニーカーだ。靴ひもはなく、小さなパールがちりばめられている。ゴム底に星の刻印が入る。ジミー・チュウの高価なものとわかるが、こんなパーティにスニーカーを履いてくる女——。

顔を見た。目が合う。スニーカーとは釣り合わない銀縁の眼鏡をかけている。顎にひとつほくろがあった。髪を夜会巻きのようにまとめて、白いうなじに後れ毛が垂れている。眉毛は太くて力強く、丸い目に切れ長を装うきつめのアイラインが引かれている。退化したように小さい顎は変えようがない。

黒江……！

女は素知らぬふりで目を逸《そ》らした。隣のタキシード姿の男に身を預けている。男は女の腰に手を回していた。恋人同士に見える。

古池は男の顔を横目で確認しながら、距離を詰めていった。儀間祐樹《ぎまゆうき》と名乗っている。沖縄県第３区選出の衆議院議員らしい。与党民自党の人間ではない。スマホで調べた。無所属だ。３区は名護市を含む。辺野古のある選挙区だ。

儀間は行く先々で、連れは妻かと訊かれている。「秘書です」と笑い飛ばしつつも「秘書なんですがねぇ」と、意味深に女と微笑み合う。最大野党民友党の幹事長と、談笑し始めた。

「儀間君ももういくつになった？」

「来年で三十五ですよ」

「そろそろ身を固めるときだ。公私共にな」

儀間が無所属ながら衆議院議員に選出されたのは、こじれにこじれた沖縄基地問題にあるのだろう。普天間移設問題で歴代の県知事の失態が続き、沖縄の不満が爆発した。与党民自党は先の衆議院総選挙において沖縄でのみ大敗した。最大野党の民友党はそもそも不人気で、票が無所属無名の新人に流れたのだ。儀間は沖縄の不満を糧に、国政にうって出た人物と見た。

凛々しい眉毛に二重瞼のぱっちりとした彫の深い顔をしている。ぱっと見は顔立ちが整っているように見えるが、全体的になんとなくアホ面に見えるのはなぜだろう。鼻の下が異様に長く伸びているせいか。古池が育てた敏腕工作員に手のひらで転がされているのが一目瞭然だからか。

早く民友党に身を沈めろと誘う野党幹事長に、儀間は曖昧な笑みを浮かべるだけだ。ひっそりと視線を遠くへ流した。目島官房長官を見ている。儀間はこのパーティで与党民自党に近づきたいらしい。政治家としての彼の軸足がどこにあるのか知らないが、長く政治家を続けたいのなら、与党と寄り添うのは賢明だ。

儀間は目島と接触するチャンスを窺っている。古池は二人の間に立ち、タイミングを巧妙に計った。左手にいた目島が、経団連の幹部との談笑を終えた。儀間が動き出す。いまだ。古池は儀間の前に立ちはだかった。

「儀間先生。よろしければ名刺交換を――」

儀間は秘書の女に「対応してやって」と言い、古池の横をすり抜けた。

女と向かい合う。

二人きり――世界が抜け落ちたように感じた。ティティナの演奏が終わっていた。社交ダンススペースから大歓声が上がっている。

「――お名刺をいただけると」

女が第一声を放った。律子の声だ。わざと低くしゃべっている。少し色っぽく感じた。古池はジャケットのポケットを上からたたき、わざとらしく言った。

「忘れた。そちらから」

女は、ジミー・チュウのクラッチバッグを開けた。名刺を出す。

「儀間祐樹の公設第二秘書をしております、長谷川亜美《はせがわあみ》と申します」

亜美は律子の死んだ姉の名前だ。

「――長谷川というのはどこから？」

なんのことです、と女は眼鏡の奥の丸い瞳を細めた。

「レディース・アンド・ジェントルメン！」

チャップリンの仮装を解いた指揮者が呼びかける。やがて始まった曲に、社交ダンスフロアのボルテージが落ち着いた。ムーディな空気に入れ変わる。『フライ・ミー・トゥ・ザ・ムーン』だ。

古池は女の手を取った。

「踊りませんか」

有無を言わさず連れ出す。名刺交換中の日本人の間をかいくぐり、ダンスフロアに出た。

「待ってください。先生の許可を――」

「先生は与党に秋波を送るのに忙しいだろ」

外国人たちの群れへ二人で飛び込んだ。みな、体を合わせてしっとりと踊る。身を寄せていない方が不自然だ。女の腰に腕を回し、下半身をつけた。左手を絡ませ合う。

「名刺、下さらないの」

最初のステップを踏み出す。女は古池のリードに身を任せている。戸惑うこともなく、様になっていた。

「君が名刺を必要としているとは思えない。社交ダンスをいつ習った？　警専講習でそんな科目はなかった」

「なんの話ですか。私はまだあなたの名前も存じあげません」

女は上目遣いにこちらを見た。口元が笑っている。投入作業員としては失格だ。叱りつけてやりたい。足を踏まれた。

「おい」

「ごめんなさい。スニーカーでよかったでしょう」

また踏んでやる、と笑ったような気がした。

「なんの任務についている」

儀間の背中が見えた。古池の体で女を隠し、強引にターンして離れていく。フライ・ミー・トゥ・ザ・ムーンの甘い旋律が、彼女の輪郭を妙になまめかしく撫でていく。さっきはみすぼらしいと思った体が、古池の腕の中では艶やかに弾ける。

「儀間先生を公私共にお支えするのが使命です」

古池の上部腹直筋あたりに、女の乳房があたっている。相変わらず胸は小ぶりだ。古池の手に全部収まってしまうボリュームのなさは、十年前と変わらない——彼女を抱いた最初で最後の晩のことだ。律子が警察学校に入る前日の夜の話で、彼女はまだ二十二歳だった。

「あなたこそ、お仕事はなにをなさっているの」

「スパイだよ」

「あら。冗談がお上手」

「お前もだろ」

また足を踏まれた。咳払いする。

「へたくそ。こういう世界に投入されるならちゃんと練習をしておけ」

「わざと踏んだんです。リードがへたくそなんですもの」

「それは申し訳ない。確かに俺は、へたくそだ。仕事でもリードを失敗してきた」

一昨年は腹を斬られて作戦から離脱してしまった。一番の失敗は、北陸新幹線テロを許したことだ。七十三人死んだ。律子が作業玉の運営を誤った。指揮を執っていたのは古池だった。

しばし、無言で見つめ合った。

悲しみも苦しみも、全てを彼女と共有してきた。

「そういえばお前は長野県議会議員の娘だったな。社交ダンスくらいは習わされたか」

「誰の話です？　私は神奈川で生まれ、母子家庭の出で、奨学金でやっと大学を出たのちも精神疾患を患う母の介護で日々困窮する幸薄い身。そこを儀間先生に拾ってもらったんです」

長々と投入の身分を明かす。古池に理解を求めているということがよくわかった。

「儀間先生には恩しかありません。この人生を全て捧げるつもりで、働いています」

何年この投入が続くかわからず、いつ古池の下に戻れるかわからない――。

古池は改めて女と――いや、律子と絡めた指を組み直した。強く抱き寄せる。顎にかかる律子の前髪が、心地よいほどにくすぐったい。横目で儀間を捉えた。ダンスホールのすぐ脇で、目島官房長官に軽くあしらわれていた。がっかりした顔で、きょろきょろしている。

「恩人がお前を捜している」

「もう行きます」

「部屋を取っているのか」

「あいにく、日帰りなんです」

古池は耳元でアコードのナンバーを囁《ささや》いた。

「いったん離脱しろ。待っている」


地下駐車場は天井が低い。薄暗い照明が点在し、高級ホテルとは思えない場末感があった。チェックインやチェックアウトのピーク時間外で、人の気配は皆無だ。

古池は車内で三十分、待ち続けた。桜色のストールを巻いた律子が駐車場にやってきた。黒のロングワンピースには深いスリットが入っていた。太腿がなまめかしく見え隠れする。あの足元がハイヒールならもっと色気が出るだろう。彼女はスニーカーマニアだった。

ドアロックを外したが、律子は助手席ではなく、後部座席の扉に手を掛けた。古池を潤んだ瞳で見つめたまま、尻から後部座席に座った。扉を閉める。

こちらがなにを言う間もなく、律子は助手席と運転席の間に身を乗り出してきた。古池の耳元で囁く。「十五分で戻らなきゃ」細い腕が古池の首に絡まる。古池は律子の唇に吸い付いた。身を乗り出し、彼女の腕に導かれるまま後部座席に移動する。

自分がリードして支配したい。男としての強烈な欲望が湧き上がる。脳が沸騰した。ストールを奪い去る。ドレスの上から胸をまさぐった。唇も味わう。耳に舌を這わせた。白いうなじを夢中で舐める。律子の苦しそうな吐息が耳にかかる。ますます下半身がいきりたつ。

彼女の小さな顔を両手で包む。整えられた髪をぐちゃぐちゃにかき乱したい。「早く入れて」律子が囁いた。ドレスの構造がわからない。胸を吸いたい。こっちよ、と律子が古池の手をスリットの隙間に誘導する。

古池もまた律子に顔中を舐められた。耳の穴に律子の細い舌先が入る。スラックスのベルトを外された。律子の手が入ってくる。頭がおかしくなりそうだった。狂おしい想いでため息をつき、スラックスとボクサーパンツを下ろす。律子のスリットの隙間に手を入れ、ストッキングとショーツを引き下ろした。繁みの向こうの入り口にじっくりと指を這わせる。甘く濡れて古池を歓迎していた。「早く入れて」また耳元で囁かれる。古池はひとつ、深呼吸をした。呼吸すら震える。下着とストッキングが絡みついた足を持ち上げた。膝をつき、中にゆっくりと入る。熱くて狭い。だが柔らかい。徐々に古池は飲み込まれていく。律子は少しのけぞり、苦しそうに吐息を漏らした。その唇を自分の唇でふさぎ、もう全部、律子の中に入った。律子の背中に回した手があまりの喜びに、制御不能なほどに震えていた。こんなにも愛してこんなにも待っていた。律子の内側の襞《ひだ》が、いちいち全部ペニスに絡みつく。熱い。腰を振り始めてそれほど時間が経っていないはずなのに、もう果ててしまいそうだ。動きを止める。

律子は挑むように古池を下から見上げている。起き上がろうとした。頼むから上でいさせてくれと、律子の乳房を両手で押さえつけて揉みしだく。ドレスとブラジャー越しにも、固くなった乳首を感じる。親指でくすぐる。律子はうっとりと目を細めた。細く長い指先で古池のワイシャツのボタンをひとつ、二つと勿体ぶるように外していく。露わになった古池の腹部の傷痕を、指で撫でる。細く長い傷跡は膨れ上がり、ケロイド状になっている。律子は手を尻の方へ滑らせ、鼓舞するように摑み上げた。動かせ、と言っている。爪を立てられた。くすぐったいが、ちょっと痛くて、気持ちがいい。臀部の刺激がペニスに伝わり、また射精しそうになる。

終わりたくないと律子に目で懇願した。彼女も切なそうに古池の顔を両手で包んだ。視線が腕時計に飛んだ。古池はあきらめた。下半身で繫がったまま、彼女の体を起こす。背中を後部シートにつけた。あとは彼女に身を委ねる。律子は古池の体を吟味するように、腰を前後上下と動かした。それはとても丁寧で、職人の手仕事のような正確さがあった。器用に小さな体を折り曲げて、古池の腹の傷を舐めて潤し、そのまま舌を筋肉のすじに沿いながら上へ滑らせる。執拗に古池の乳首を舐めた。古池は射精していることをどうしても顔に出したくない。ただひたすら苦悶の表情を浮かべていた。律子は気が付いたのか、腰を動かすのをやめた。ため息をひとつ、深く、ついた。べったりと古池の上半身に体をつける。唇を重ねた。古池は律子の細い体を強く抱きしめる。いつまでも。永遠にこうしていたかった。ここが車の後部座席だということも忘れて、ただ律子と二人だけの世界に浸る。

律子がゆっくりと顔を離し、身を起こした。古池はダッシュボードのデジタル時計を見た。二十時四十八分。律子が車に乗ったのは三十三分だった。十五分ぴったり。憎らしい。律子は古池に沈めた体をゆっくり抜いた。すぐさま下着とストッキングを上げた。

「――なんの任務だ」

「言うわけない」

古池も汚れたペニスを下着の中にしまった。スラックスを上げる。

「これも任務か」

律子の丸い瞳がきつく古池を捉えた。

「――むかつく。本当にむかつく。あなたのそういうところ。なにも変わっていない。私に骨抜きなところもね」

流し目で言って、律子は古池の股間をぎゅっと摑み上げた。手を振り払う。頂点を味わったばかりだ。触れられるとまた疼《うず》く。もう勃起しそうだ。四十代も中盤に入り、性欲は減退していたが、まだまだいけるようだと妙な自信が湧く。

「何分私を待ってたの」

「三十分だ。すぐに来てくれないから待ちぼうけだ」

「それじゃ足して四十五分ね。そんなに長い間現場を離脱して大丈夫なの」

「お前と違う。任務で来ているわけじゃない」

律子はわざとらしく眉をひそめ、古池を見た。

「てっきり、官房長官の警護かと」

「違う。新田の同伴だ。校長に頼まれた」

律子は返事をせず、車を出ようとした。待て、とその細い手首を摑み上げる。

「なぜ官房長官の警護と思ったんだ？」

「それ、別れ際の恋人に言うセリフ？　別れのキスは？　次いつまた会えるとか、そういうのはないの」

甘えてくる。

「答えろ。そもそも俺たちは恋人同士なのか？」

「違うの？　やだ。信じらんない。そうじゃないのに私とセックスしたの？」

「俺を捨てたのはお前だ。プロポーズを――」

した。十三階を辞めて結婚してくれと。彼女は断って上田に帰った。幸せを必死に拒んで。

律子は「あのプロポーズ……」と言いかけて古池を見た。また唇に吸い付いてくる。勘弁してくれと顔を背けた。行かせたくなくなる。キスをねだる小さな顎を摑み上げ、再度、問うた。

「言え。なぜ官房長官の警護だと思った」

儀間の下に投入されている理由も知りたい。言わないだろう。古池がそう指導してきた。律子は古池の一番弟子だ。育てた部下の中で最高の作業員になった。

「先週、官邸にヒ素が届いたでしょ。市民デモにいた男がパーティに紛れていたし」

なんのデモか尋ねる。「辺野古」と律子はきっぱり答えた。

「スキンヘッドに水玉模様のネクタイの男。気をつけて」


顔がにおった。律子が犬のようにべろべろと舐めたからだ。トイレで顔を洗ってから、古池はパーティ会場に戻った。新田を見つける。楽団は映画『メリー・ポピンズ』の『チム・チム・チェリー』を奏でていた。

律子はすでに儀間の腕に収まっていた。腰に手を回されるのを許し、名刺を配っている。律子の小さな丸い尻を見た。古池の精子がいまごろ子宮を泳いでいる。避妊しなかったし、求められなかった。彼女の任務に支障はないのか、不安になる。

新田と一旦ロビーに出た。辺野古のデモに参加した人物が紛れ込んでいる可能性を話す。

「確かか？　外交パーティだぞ。なんのために入ってくる」

古池はホールに戻り、上を見上げた。スポット照明のスペースが中二階にある。あそこならホール全体を見渡せるだろう。古池は階段を上がった。柳田に一報を入れる。家族がいる三部はすぐには出られないだろうし、南野にはいま夢中になっている恋人がいる。柳田は独身で女っ気がない。すぐに作業車で帝東ホテルへ来い、と伝えた。清掃車、宅配トラックなどを装う作業車には秘聴・秘撮ができる電波中継機器や映像分析ができるモニターが揃っている。

改めてホールを見下ろす。人の数が増えていた。ざっと四百人はいるか。目立たぬように照明の背後に回り、機器の隙間からスマホをかざした。パーティ客の顔を一人残らず動画に残す。

いた。

目島を中心に見て、四時の方向だ。スキンヘッドに水玉模様のネクタイの男。目島と二十メートル離れていた。二人の間には数十人が談笑している。古池は男の顔写真を柳田に送った。顔認証にかけるよう指示する。三分後、柳田から一報が入った。

「件の男、確かに辺野古のデモにいた男と一致しましたが、三年前のデモです。以降、一度も辺野古には姿を現していません。野次馬かと」

「つまり公安がノーマークの人物ということだな」

三年前のデモに出ていた人物を律子は覚えている――圧倒的な面識率はいまも健在だ。雑踏の中で人の顔を見分け、記憶する能力が、大学時代からずば抜けていた。

「これより件の男をマルAとして行確《こうかく》に入る。三部と南野にも出動要請を。バックアップを頼む」

新田にも一報を入れ、官房長官のSPに伝えてもらった。古池はホールへ降りる。

マルAが一定の距離を保ちながら、目島の周囲をうろついている。古池は立食スペースでナポリタンスパゲティを盛った。さっき古池を誘ったチューブトップドレスの女を捜し出す。微笑《ほほえ》みかけた。

「パスタ、盛りすぎちゃって」

ユーモアを装って誘う。女はしっぽを振ってついてきた。目島とマルAを横目で追いつつ、女の分の皿とフォークを持ち、座る場所を探すそぶりでマルAへ近づく。じりじりとマルAに詰め寄りながら、女以外眼中にないふりをした。三、二、一、どすん。予定通り、マルAとぶつかる。その胸にナポリタンをぶちまけた。マルAと女が一拍ずれて悲鳴を上げる。申し訳ない、と古池は新田のハンカチを男の胸元に突き出す。マルAは舌打ちしながら、ハンカチでソースを拭う。トイレへ向かった。

古池も後を追う。チューブトップドレスの女に皿を押し付け、ロビーへの扉を抜ける。マルAが男子トイレに入った。

中を覗く。マルAはハンカチを濡らし、シャツの汚れを取っている。個室は空っぽだが、小便をしている男が二人いた。一旦トイレの外に出る。出入口の手前にある扉を開けていく。掃除用具入れを見つけた。『清掃中』の看板を取り、時を待つ。

連れションの二人組が出てくる。清掃中の看板を扉にかけた。トイレの中に入る。男は水玉のネクタイを取り、直接水につけて洗っていた。背後に立つ。鏡越しに目が合った。マルAの後頭部を鷲摑みにし、顔面を鏡に叩きつけた。男の額がぱっくりと割れる。血が飛んだ。悲鳴すらも上げさせない。すぐさま水玉のネクタイを奪って男の首を絞めあげた。ソースが溶けた赤い水が飛び、古池のワイシャツにシミをつけた。舌打ちし、手に力をこめる。ネクタイのレーヨン素材が軋む音がする。マルAの額の出血が止まる。同時に、真っ赤に膨れていた顔面から色が失われていく。マルAはまだ気を失わない。もがきながら、鏡越しにじっと古池を睨《にら》みつけている。やっとその目から光が失われ始めた。手を離す。男は床の上に倒れた。心音を確かめる。動いている。柳田に一報を入れた。

「〈救護班〉と〈掃除班〉を呼んでくれ」

伸びている男の身体検査をした。自動小銃が出てきた。トカレフか。消音装置まで付いている。古池はトカレフのカートリッジを外し、製造番号を見た。二十年くらい前にロシアから数千丁単位で日本に入ってきてしまったものだ。いまは一般人でも闇サイトから仮想通貨決済で簡単に拳銃を購入できる。

所持金は五千六百七十一円。カード類は一切所持していない。カード入れの革は緩んでいる。ここに来る前に抜いてきたのだろう。身元を知られないためだ。

招待状は持っていなかった。パーティの最初に招待状と手荷物チェックがあった。楽団の盛り上がりで人の出入りが激しくなったところを、うまく紛れ込んだようだ。

男の右手首を摑んだ。額から垂れる血で指先を濡らす。男のワイシャツに押し付けた。指紋が浮かぶ。古池はそれを写真で撮影し、柳田に転送する。

柳田からの返答を待つ間、新田に一報を入れた。

「銃器を持ったマルAを確保。目島官房長官を狙っていたと思われる。SPは引き続き厳重に警戒されたい」

慌てたのか新田が警察に通報すると言い出した。

「十三階を知る人が通報とか間の抜けたことを言ってはいけませんよ」

新田はムッとしたのか、電話の向こうで咳払いをした。

「とにかく、官房長官はほっとされたようだ。君、挨拶に来なさい」

柳田からキャッチが入った。そんな暇はないと言って新田との通話を切った。

「マエはないようです」

「うちで絞るか」

ホテルからこの男を不自然なく搬出するには、救急隊員を装った〈救護班〉の到着を待つのが早い。彼らは救急救命士の資格を持った十三階の作業員だ。〈掃除班〉は現場を汚してしまった場合、後に所轄の警察官が来るような事態にならないように、作業の痕跡を完璧に消し去る。

この男は第七セクトなのか。律子のおかげで案外早く片付くかもしれない。マルAの脇にしゃがみこみ、古池は深いため息をついた。

つまらない。始まったばかりだ。もう少し遊ばせてほしかった。

マルAの眉が中央により、ピクリと指先が動いた。古池はすかさず銃を構えた。トカレフを実射したことはない。動作や反動の確認も含め、試し撃ちをしたかった。もうすぐ〈掃除班〉も来る。床に弾がめり込んでも、きれいに掃除してくれるだろう。

古池は男の二の腕に向け、引き金を引いた。消音装置のおかげで、ピュンとかわいらしい音がしただけだ。男の腕がはじけたように浮く。血が飛び散った。男が覚醒した。腕をかばい、しくしくと泣き出した。

「こ、殺さないで……」

「名乗れ」

答えない。血が溢れる腕の射入口を革靴で踏み潰した。男が呻《うめ》く。

「どこの組織から来た」

「第七セクト」

簡単に吐くものだ。疑わしい。

「ヤマダヒロシの命令で来た」

聞いたことのない名前が出てきた。

「第七セクトの、現在のトップだ。公安はまだ把握していなかっただろ」

痛そうにしながらも、きれぎれの息で必死にしゃべる。

「お前は俺を公安だと思うのか」

「公安は一目見ればわかる。だが、あんたはそれともちょっと違うようだな」

ゼロの人間だな、と十三階のかつての名称をマルAは口にする。

「公安だって、ここまでしない。しかも、あんたは人が——どこまでやれば人が死ぬのか、その手が知っている。そういう訓練を受けている。それからまともな警官は、人の体で拳銃の試し撃ちをしようなんて思わない」

おしゃべりな男だ。

「ヤマダヒロシはきっと、あんたのような男に、会いたいと思うんじゃないかな――」

外で悲鳴が聞こえた。やがて怒号に変わる。「官房長官！」と叫ぶ悲痛な声は、新田のものだった。古池はトカレフをマルAに向けたまま立ち上がった。

「逃げたら次は心臓にコレを打ち込むぞ」

男子トイレを飛び出した。トカレフをスラックスのベルトに挟み、ホールに戻る。

「救急車！」

「官房長官が倒れられました！」

ホテルの従業員がホールから飛び出し、叫ぶ。SPが無線で伝令している声も聞こえる。楽団は音を奏でるのも忘れ、その場に立ち尽くしている。着飾った女たちはタキシードの男たちの腕にすがりつき、震えていた。目島官房長官の周りだけ人がさばけていた。空白の円の真ん中に、左半身を下にして倒れている。口から嘔吐物を垂れ流す。白目をむいていた。古池は咄嗟《とっさ》に律子を捜した。この目島に足蹴《あしげ》にされた儀間も。人込みをかき分け、あちこち見て回った。どこにもいない。

我に返り、男子トイレに戻る。マルAの姿はなかった。血と、床にめり込んだ弾丸が残っているだけだった。

やられた。

〝お遊びはこれからだ〟

ヤマダヒロシの声が、聞こえた気がした。

第二章　ウォンテッド

古池は校長室で、五本目の煙草をすり潰した。灰皿には乃里子の吸殻も七本ある。満杯だ。

「もう一度訊きます。黒江はなんの任務に就いているんです」

「何度でも言う。黒江は退職した。十三階の作業員でも警察官でもない」

「彼女は長谷川亜美という名で議員秘書をやっている。本名はどこへ行ったんです？」

「十三階にいる間、彼女も危ない橋を渡った。退職後、氏名を変更したんだろう」

「裁判所に申し立てたと言うんですか？　警視庁時代にスパイをやって盗聴盗撮殺人等の非合法活動をやってきたから、氏名を変えたいと？」

「古池、落ち着きなさい。なにか飲む？」

「校長。もう一度訊く。嘘は許さない。黒江律子はなんの任務に就いている！」

古池の剣幕に、乃里子が目を吊り上げた。

「お前の許しなんか、いらないんだよ」

わかりましたと睨む。古池は早口でまくしたてた。

「黒江は退職した。そして左寄りの野党議員の公設秘書になった。つまりは十三階を裏切って反体制派に寝返ったことになる。そう捉えていいんだな！」

ガラステーブルの足を蹴った。テーブルの角が乃里子の膝を直撃する。いったぁい、と乃里子が甘ったたれた声を出す。

「我々古池班は、儀間議員のアドレス作業と監視を始めさせていただく。寝返った人間ならば容赦はしない。徹底的に――」

勘弁してよ、と乃里子は女の口調で言った。実に都合よく使い分ける。

「お前、その長谷川亜美と会話をしたのか」

古池は答えなかった。

「密着してダンスを踊っていたそうだけど？」

新田が話したのだろう。

「なんらかの会話があったんじゃないのか。そこでお前がなにを知り、なにを感じたのか知らないが、黒江が反体制派に寝返ったという言葉だけは、許せない」

乃里子が再びメンソール煙草に火をつけた。校長室内は二人の煙でもやっている。

「彼女を育てたのはお前だろう。さらに突っ込んで言ってやろうか。彼女をああいう女にしたのはお前だよ、古池」

乃里子が煙草の灰を落とし、再び痛そうに膝頭をさすった。古池はやりすぎたことを詫びる。一旦怒りの矛を収めることにした。

「官房長官の容態は」

一命を取り留めたが、重体と聞いている。ヒ素中毒だった。

「胃の洗浄が早かったから、命に別状はないし意識もしっかりしてきたそうだが、後遺症の心配がある。しばらくは入院だ。公務復帰の見通しは立っていない」

目島官房長官の救急搬送が緊急速報で日本中に伝わる頃、SNSに犯行声明が出ていた。

『へのこからでていって。

このうみを、よごさないで。

つぎは、そうりだいじんを、やります』

子供を装った文面だった。アカウント名は『第七セクト』で、プロフィール欄には『ヤマダヒロシの子』とあった。フォロワー数がいっきに数十万人に膨れ上がった。

「ヤマダヒロシ――初めて聞く名前だよ」

乃里子が呟《つぶや》き、確認する。

「第七セクトの初代トップは三浦清《みうらきよし》という男だったよね」

「七三年に逮捕。収監中に病死しています」

二代目は藤井誠《ふじいまこと》という男だ。長期政権だったが、長らく公安は顔写真の入手さえできていなかった。藤井は二〇一四年、都内で交通事故死している。しばらく公安が気がつかなかったほど巧妙に世間に隠れて、偽名で生きてきた。免許証が偽造と気づいた交通課の捜査員が指紋を照合し、藤井誠本人と確認された。

藤井は運送会社の営業マンとして社会に溶け込んでいた。妻子もいた。夫が第七セクトのトップだったなど寝耳に水だったようで、妻は籍を抜いて遺骨の引き取りも拒み、身の潔白を主張した。後に妻子は無関係と判断され、公安の監視対象から外れた。

その後の第七セクトのトップが誰なのか、公安は把握していない。

「いずれにせよ、あのウェイターの身柄は刑事部にあげたからね」

目島官房長官の飲み物にヒ素を入れたのはウェイターで、アルバイトの男性だった。

目島はヒ素入りの郵便物が届いてから警戒し、夫人が用意した水筒か未開封のペットボトルからしか飲み物は飲まないようにしていた。あの瞬間だけ、緊張の糸が切れていた。古池が不審人物を確保したと聞き、水の一杯くらいはと思ったのだろう。ペットボトルも水筒の飲み物も、空っぽになっていた。ウェイターが出した水を、目島は飲んでしまった。

マルAは、目島やSPの隙をつくための要員だったに違いない。トカレフを出し、目島を襲撃するそぶりを見せて逮捕される。直後に、ウェイターがヒ素入りの水を出す。

古池はまんまと陽動に手を貸してしまったことになる。きっかけを作ったのは律子だ。律子に言われなければ、マルAをマークすることはなかった。

律子の投入の詳細がわかれば、糸口が見つかるはずだ。だが乃里子は絶対に口を割らない。

いまは古池を慰める。

「今回の件はお前に責任はない。お前はあくまで新田先輩の同伴だった。今回の失態は警備部、SPにある。お前はお前の任務に今日からまい進しなさい」

３３０１のことを言っているようだ。

「マルＡについては、辺野古を担当する沖縄県警の十三階に詳細を渡したよ。あっちで追跡する。一旦忘れなさい」

古池は立ち上がり、先ほどの非礼を詫びた。乃里子が嫌味を返す。

「散々当たり散らして、すっきりしたような顔だこと。私は女だから、八つ当たりしやすいだろうしね」

古池は言い訳しようとしたが、乃里子が顎で蹴散らした。

「もう行きなさい。しばらく顔も見たくない」

「黒江の退職を聞いてから、私も同じ気持ちでここに参っていましたが」

乃里子は面と向かって「嫌な男」と吐き捨てた。にやにやしながら尋ねる。

「黒江と踊りながら、なにを語らったの」

「愛と任務を」

乃里子は爆笑した。


古池はモニターを見つめていた。世田谷区砧《きぬた》にあるマンションの出入口を映している。

四月下旬、平成最後の水曜日だった。この週末から世間は十連休だが、古池班には無縁の世界だ。監視対象となっている孤独な女にも――。

古池は宅配業者のロゴが入った作業車にいる。３３０１のアドレス作業も中盤に差し掛かっていた。彼女はだいたい二十時過ぎに帰ってくる。勤めているスーパーの売れ残り総菜が入ったビニール袋をぶら下げて。

古池と関係を解消した後の彼女の人生は、実に冴えないものだった。二十五歳で大学を中退。小さな印刷会社で事務員をしていた。三十歳直前にリストラの憂き目にあった。助けを求めたのは外部の労働組合だった。労組の活動を手伝うようにもなったが、リストラは撤回できず、妻子ある労組幹部の男と恋に堕ちた。不倫に五年を費やした挙句、破局。結婚相談所に駆け込む。うまくいっている様子はない。遺品整理会社に就職を果たしたが、長時間労働に残業手当なしと厳しい労働環境だった。体調を崩し、長期休職した後に解雇された。

現在はファミリーレストランで朝五時から十三時まで働く。十六時からはスーパーのレジ打ちのパートをして、生計を立てていた。改元の十連休もみっちりシフトが入っている。

もともと左派の活動をしていた者らしく、ファミレスでは早くからプラスチックストローの廃止を訴え、スーパーでは客に割り箸を求められると嫌な顔をする。バックヤードでは、夫と子供の人生しか眼中にないおばさん連中を相手に、熱心に環境破壊の深刻さを語る。

自宅は小田急線千歳船橋駅から徒歩五分と好立地だ。環境は最悪だった。ベランダが環状八号線に面していて、排ガスと騒音で窓を開けられない。北側には小田急線の高架線が走る。車窓から部屋が丸見えで、カーテンも開けられない。家賃は六万円とこの界隈では破格の安さだ。

ファミレスは最寄り駅前にある。スーパーは環状八号線を挟んだ向かいだ。生活圏が狭く、アドレス作業は順調に進んだ。

スーパーのイートインコーナーで監視していた南野から、一報が入った。３３０１が仕事を上がった。三分くらいで帰ってくるという。

古池は手元の写真を見た。先週、銀座のホテルのロビーで行われたお見合い時の写真だ。グッチの赤と緑のラインが入ったリボンを胸元に、完璧なメイクと巻き髪で臨んだ。草の根活動家で市民運動が好きなくせに、派手好きでもある。十七年前からそうだった。理想は高いのに中途半端で、結局何者にもなれなかった人間特有の、くさくさした空気がある。お見合いでは環境問題は封印し、よく笑い、しゃべる。結婚相談所には断りの連絡を入れていた。相手の男を、平凡で退屈、髪が薄い、腹が出ている、生理的に受け付けない、とこきおろしていた。彼女を五年も面倒見ている熟練風の女性相談員は「お気に召しませんでしたか」と次の男性のプロフィールを見せ、紹介料を要求する。彼女ひとりで年二十万円近く売り上げている。よく日に焼けててかった頬が実に胡散臭い、相談員だった。

３３０１の自宅内はすでに侵入済みだ。秘聴・秘撮機器を設置した。電話の内容も、ＳＮＳも把握している。『腐った蝶』というアカウントで、彼女は自分の不遇を投稿する。環境破壊、女性差別、貧困問題、辺野古移設問題に関しても積極的に発言を行っていた。

古池は『腐った蝶』のアカウントを覗いた。

〈まじ今日荒れたわ。死にたい早く〉

二十時十三分、３３０１が作業車の前を通った。すっぴんの顔に疲れた影が射す。

二十二歳から二十五歳、彼女が女性として最も輝いていた時代を古池は知っている。彼女の人生にとって大事な時間を奪ったのは古池かもしれない。彼女がした選択でもあった。見合いを断り続けている様子を見てもそれは明らかだった。彼女は悪い男に惹かれやすい。自分が愛情を注ぐことに満足してしまう。

愛くるしい目をしていたが、いまは年を重ね瞼《まぶた》に陰がある。たるみやほうれい線はなく、三十八歳にしては若く見えるが、その受け口は変わらない。彼女はオーラルセックスが好きだった。受け口の女はスケベだからな、と当時の先輩作業員は差別的に笑った。

作業車の椅子に腰かけ、古池はヘッドセットを装着した。ジャンガリアンハムスターが回し車を走る音が聞こえる。パチンと照明のスイッチを入れる音がする。二番モニターに、彼女の部屋の様子が映る。エアコンのホースと壁の隙間を埋める粘土部分に、直径三ミリのレンズを仕込んだ。

「ハムたーん。ただいま〜」

３３０１がゲージの隙間に指をやるが、ハムスターにも無視されている。総菜を小さなこたつテーブルに並べた。冷蔵庫の残り物で味噌汁を作り、保温してあったご飯を盛る。テレビをつけ、スマホを夢中でいじりながら食事する。テレビと食事はついでのもののように見える。

食後、スマホの無料ゲームに十分くらい熱中した。ＳＮＳに書き込みを連投する。スーパーでクレーム客にあたったらしく、その愚痴だった。

南野が作業車に戻ってきた。トラブルがあったのか尋ねる。

「年配の男性客が、割引の印字が潰れて見えないことに難癖をつけていて。店長や正社員が見て見ぬふりですからね」

「こりゃ今日あたり、やるんじゃないの」

三部が嫌悪感を滲《にじ》ませ、呟いた。

二十二時過ぎ、３３０１は風呂に入った。糸がほつれ、固そうなバスローブをはおり戻ってくる。こたつを足で窓辺に押しやり、布団を敷く。肌に安物の化粧水と乳液を十五分かけて叩き込む。歯を磨き、髪を乾かした。パジャマに着替えて戻ってくる。布団に入らず、掛布団を三つ折りにした上に枕を置いて横になる。パジャマと下着を下ろす。片足だけを脱ぎ去って足を開いた。割れ目が露わになる。

「始まった」

三部は見てられないと、ヘッドセットを取る。「散歩に行く」と作業車を出た。柳田と南野は古池の顔色を窺う。隣にいたが、伏し目がちだ。せめて３３０１が玄関側を向いてくれたら、自慰行為を真正面から見ることにはならないのだが――。

３３０１はスマホでアダルト動画をあさりながら、指で陰部を弄《もてあそ》び始めた。脱毛したのか、つるりとしていてきれいな陰部だった。

ピンク色の陰核を剝き出しにして、自分で舐めて濡らした人差し指でいじくる。膣にも指を出し入れする。やがて中指も入れっぱなしになり、親指で陰核を転がしながらせわしなく二本の指を動かし始めた。スタンドライトのオレンジの光で、剝き出しの陰部がぬめぬめと照らされる。イクのを我慢したのか、手を止めて足を閉じた。最後、スマホを投げ出した。目をきつく閉じ、自分の世界に浸って盛んに手を動かす。誰を思い浮かべているのか。枕に顔をうずめて声を押し殺し、果てた。

古池はノートに記した。二十三時十五分、自慰行為終了。過去のページをめくる。週に一、二回のペースだが、仕事でトラブルがあった日は必ずやるようだった。ある種のストレス発散なのだろう。

3301はしばらく陰部をこちらのレンズに晒したまま、動かなかった。パジャマの胸が上下する。肩が震え出した。彼女はいつも、自慰行為の後、泣く。ハムスターが回し車を走っている。

3301のアドレス作業は順調に進んだ。五月末、時代は平成から令和に変わりもう一か月が過ぎた。古池は明日にも3301と接触を図る。

3301の監視を部下に任せ、古池は泉岳寺の自宅に帰った。宅配ボックスに荷物が届いていた。送り主は黒江律子。大きな段ボール箱だった。住所欄には長野県上田市と記されている。なにを送りつけてきたのか。重くはないがやたら大きな段ボール箱を抱え、古池は十五階の部屋に帰った。

開けていいのか。段ボール箱を見て、考える。伝票に記されているのは律子の実家の固定電話番号のようだ。誰が出るかわからないから、かけられない。律子の携帯電話番号は知らない。公安刑事は数か月おきに番号を変える。新しい番号を互いに伝え合わないうちに律子は消えてしまった。

パーティで再会した日から一か月以上経っていた。ティティナの旋律が蘇る。踊り手を翻弄する、変幻自在のピッチとリズム。愛する女とカーセックスをし、トカレフの男が現れ、官房長官はヒ素を盛られた。あまりに滑稽な夜だった。

古池はガムテープをいっきに剝がした。伝票の、古池と律子の名前が引き裂かれる。中を開けた。スニーカーの箱がぎっしりと詰め込まれていた。

「バカにしやがって」

古池は段ボール箱を蹴って嘆息した。しばらく椅子の背もたれに手をやり、考える。

――なにかあったのか。SOSか。

古池はスニーカーの箱を全て取り出し、メーカー名をメモ用紙に書いていく。並べ替えたり、暗号表と照らし合わせたりした。なんのメッセージも浮かび上がってこなかった。

乃里子に電話をした。深夜零時を回っていたが、叱られない。

「黒江の投入は順調ですか。なにかトラブルが起こっている、ということは」

「だから、黒江は退職している」

特異動向なしということだ。古池はスニーカーをシュークローゼットに片付けた。いつなんどきでも地下に潜れるよう、古池は物を持たないようにしている。律子にもそう教えたが、大好きなスニーカーだけは手放さなかった。それを古池の自宅に送り付けてくる。軸足はここにある、と古池に伝えたかったのか。

長谷川亜美として日々を生きる彼女の、内なる悲鳴だ。

五月二十四日、朝九時。古池は千歳船橋駅前にあるファミリーレストランの扉を開けた。3301はレジで客を見送ったところだった。いらっしゃいま……と古池を見た顔がこわばる。古池は黙って待った。見ればわかるだろうに、人数を尋ねられた。

「ひとり」

「おタバコは」

「吸う」

「右手奥が喫煙席になっております。空いているお席へどうぞ……」

その声は震え、消え入りそうだ。古池は厨房の出入口やレジがよく見える場所に座った。3301が水とおしぼりを持ってきた。夜ごと卑猥《ひわい》に濡れていた指だが、爪を短く切りそろえ、清潔そうに見えた。

「お決まりになりましたらボタンで……」

「焼鮭定食。納豆を生卵に変えてくれ」

3301は平日の朝、ファミレスのホールの仕事を二人でこなしている。クレームを受けやすい。夜通し飲んでファミレスに流れてきた酔客の相手をさせられたこともあった。

新聞を読んでいるうちに、3301が「お待たせしました」と定食を運んできた。

「焼鮭定食、生卵と、ご飯大盛りでお持ちしました」

大盛りを頼んだ覚えはない。ちらりと3301を見上げる。微笑みかけてきた。歓迎されているようだ。

十六年前も、毎晩夕飯を食べにくる古池に、お茶碗いっぱいのご飯を盛ってくれた。代謝が落ちた中年のいま、こんなに食べたくないが、頂くことにした。3301はこまめに水を注ぎに来た。「多かったですか」と尋ねてくる。「がんばって食べる」と答えたら、古池を不思議そうに、目を細めて見た。

「ちょっと痩せたんじゃないかなって」

「精悍になったと言ってくれ」

「ごゆっくりどうぞ……」

しばらく客として通い詰めてから本格的に接触しようと思っていた。その必要はなさそうだ。

古池は三十分かけてやっと完食した。ジャケットを着て伝票を掴み、レジに行く。

「九百七十六円になります」

釣銭は募金箱へ、と一万円札を出した。

「えっ。九千円も？」

「愛花《あいか》が貰ってもいいよ」

十五年ぶりに、３３０１を名前で呼んだ。広井《ひろい》愛花。胸の名札にも、そうある。

「話せるか」

「いつ？」

「いつでも。合わせる」

「一時に上がるけど――」

「夕方からまたレジ打ちだろ」

愛花は呆れたように古池を見上げた。すでに調査されていることへの嫌悪感は見えない。

「夜の方がいいんじゃないのか」

「じゃ、家に来て」

古池は店を出た。


二十時半。古池は環状八号線の車の走行音を聞きながら、マンションの外階段を上がった。愛花の部屋のチャイムを押す。小田急線の急行列車が通過していく。帰宅は確認済みだが、返答がない。もう一度押した。やっと扉が開く。愛花はすっぴんだった。

「嘘――本当に来た」

「行くと言ったろ」

愛花はひとりで夕食を摂っていた。残り物の総菜が容器のまま、こたつに並べられている。古池は勝手に上がり、愛花の隣に座った。

「俺の飯は」

「ないわよ。本当に来ると思わなかったもん」

「なんだよ。腹すかして来たのに」

なんかないのか、と勝手に冷蔵庫を開けた。十六年前の延長のように。それが今日まで続いてきたかのように、振る舞った。

「カップラーメンとか、レトルトのカレーならあるけど。ごはんは残ってないや」

「ひどい歓迎ぶりだな。感動の再会だろ」

「ねえ、結婚した？」

「してない」

「うっそだぁ」

「本当にしてない。お前は？」

「どうせもう全部調べてるんでしょ」

「五年も不倫してたな。あれで大事な時間を無駄にした」

勝手に缶チューハイをもらう。把握していたが「割りばしはどこだ」「グラスはどこだ」といちいち尋ねた。室内の監視までは悟らせない。古池はチューハイを飲みながら、愛花の総菜をつまんだ。

「本当に。私の人生は無駄ばかり。あなたの手伝いをしていたこととか」

「妙な組織に関わるのが悪い」

ハムスターが籠の中でやかましい音を立て始めた。おがくずの床を掘っている。

「その子、ハムちゃんって言うの。あなたの組織の蔑称ね」

公安の『公』の字を分割してハムと呼ぶことがある。

「ハムスターに名前をつけるほど公安を恋しく思っていたか」

「そんなわけないでしょ。ハムスターのハム」

「独身女がペットを飼い始めたら終わりだ」

淋しいわけじゃない、と愛花が遠い目になる。

「贖罪なの。いっぱい殺してきたから。遺品整理の会社に就職しているときね……。孤独死物件の後処理を、結構やったのよ」

ネズミが繁殖してしまった家は、粉末タイプの殺鼠剤をまき、二時間ほどかけてネズミ退治をしてから中に入るのだという。懺悔《ざんげ》が続く。

「薬剤が広がるのを待っていると、ネズミが逃げようと、窓や玄関口に殺到するのよ。そして両手でガラスをかくの。爪を立てて、必死に。キイイイって」

隅に逃げ込んだネズミには、殺鼠剤が行き渡らないから、なかなか死なないらしい。二時間猛烈に悶《もだ》え苦しみながら、死ぬ。

「バカね。五百匹くらい殺して、一匹は愛でる。ほんと、バカみたい——柴田《しばた》さん」

古池は愛花に「柴田」と名乗り通した。下の名前も本名も、一切教えていない。

「どうしているのかなって思ってた。いまでもゼロにいるの」

「いまはゼロじゃない。十三階だ」

「へえ……それ、私に教えていいわけ」

いいわけないが教えた。

「お前は頭がいい子だった。もう察しているだろ」

「やめてよ、飼い犬みたいな言い方」

「事実、俺の犬だった」

「もう昔の私とは違うのよ。あの時は女子大生だったし、公安の特別なところにいるあなたが、とても大人な男性に見えた。でも私はもうアラフォー。あなたもいま四十代でしょ。同じ中年。全然魅力を感じない」

「ひどいな。面と向かってそんなこと言うか」

「言えるようになった。もうおばさんだもの。夢見る乙女じゃないのよ」

古池は空気を変えようと立ち上がった。すぐ横をすり抜ける。愛花の視線が古池の股間に飛んだ。ジャケットを脱ぎ、物が積みあがった棚に引っ掛けた。薬缶に水を入れる。知っているが場所を聞き、カップラーメンを棚から出して封を開けた。

「四十四歳かぁ」

小さな座椅子の背もたれに腕をかけた愛花に、後ろ姿をじろじろ見られる。

「にしては、きれいな逆三角形の体ね」

「だから、精悍になっただろ」

「確かに。あの頃もう少し、なんていうか、後ろ姿は子供っぽかった」

「すごい大人に見えたんじゃなかったのか」

湯を注ぎ、こたつに戻った。

「彼女はいないの？　柴田さん」

「いる」

「結婚しないの？」

「忙しい」

カップラーメンをすすった。

「その子は、不幸ね」

「そうだな」

自分で言うそれ、と愛花は笑った。カップラーメンを食べ終わった。落ち着かない気持ちでいると、ニコチン切れと気づいた愛花が空き缶を持ってきた。灰皿代わりにする。

「ねえ、なにをもじもじしてるのよ」

「もじもじなんかしてない」

「言いたいことあるならはっきり言ったら。私に頼みたいことがあるから来たんでしょ」

「そういうことをずけずけ言えるようになったとはな」

「おばさんになると強いのよ。もうあなたの言いなりにはならないから」

帰る、と古池は立ち上がった。たたきで靴を履く。

「ジャケット忘れてるし」

わざと忘れたのだ。十七年前も、家を出るときは妻のように、愛花は古池にジャケットを着せてくれた。ジャケットを摑んだ愛花が気がついた顔になる。

「警察手帳入ってるの？　珍しい」

内ポケットに入れた警察手帳の重さと硬さが、手に伝わっただろう。

「ゼロって警察手帳持ち歩かないんでしょ。本部にいるときにしか持たないって」

「お前に見せようと思って」

古池はジャケットを受け取り、ナスカンを外して警察手帳を出した。使い古した革カバーは擦り切れ、味のあるチャコール色になっている。中の身分証を見せた。

「――柴田さんじゃなかったんだ」

興味がない風を装った声音とは裏腹に、愛花の視線は前のめりだ。

「これが本名だ」

「ふうん。古池慎一さんねぇ。教えてよかったの」

古池は目を逸らし、ジャケットをはおった。警察手帳をしまう。

「お前と一から、信頼関係を築きなおそうと思っていた」

向き直る。なにがほしい。金か。愛か。古池は財布から一万円出し、食事代だと愛花に握らせた。

「いらないったら。カップラーメンが一万円するはずないじゃない」

「正当な対価で、認められている。生活費が足りないだろう。月に五万くらいなら援助できる」

愛花は結局、金を受け取った。

「また来る」

来ないで、とは言われなかった。

家を出る。古池は尾行点検のため一時間かけて歩き回った。甲州街道沿いで作業車と合流する。二十三時になっていた。愛花は自慰行為の真っ最中だった。

終わった後、愛花は今日、泣かなかった。

翌日から一週間連続で愛花の自宅に顔を出した。願いは伝えた。愛花は態度を保留中だ。互いに指一本触れない。愛花は古池が帰った後に必ず自慰行為に耽《ふけ》った。

もう六月だった。日曜日は手料理を振る舞われた。白米、けんちん汁、豚の生姜焼き、卵焼き。全部、古池の好物だった。卵焼きは刻み葱の入った甘さ控えめの、出汁がよく効いたものだ。興津の実家の母の味で、古池がレシピを教えた。愛花は覚えていた。

箸が進み、酒も進んで会話も弾んだ。愛花は職場の男たちをこき下ろし、見合い相手で会う一般的な男たちを見下した。やりがいとスリルを欲している。古池の作業玉となって働く興奮を味わいたいはずなのに、古池を焦らしている。釣り糸に垂れた餌に飛びつかなくなった。スマートを装っているつもりらしいが、夜になれば、古池がわざと忘れていったハンカチを握りしめ淫らに指を動かす。余計に痛々しい。

相変わらず、古池のことを「柴田さん」と呼んだ。泉岳寺に住んでいることも、恋人の存在も信じない。郊外あたりの戸建てで妻子が待っていると決めつけた。

別れ際、雨が降り出した。愛花が傘を貸そうとする。古池は断った。

「返せるかどうか、わからないから」

「また明日も来るんじゃないの」

「いつ来られなくなる状況に陥るかわからない。そういう職務に就いている」

愛花は古池の言葉を、深刻に受け止めたようだった。大丈夫なの、と眉間に皺を寄せる。

「じゃあな。また来る」

「さっきいつ来られなくなるかわからないって言ったくせに」

「次は車で来る」

愛花は目を丸くした。どこか行きたい場所を決めておけと言って、古池は雨の中、マンションを出た。いいタイミングだ。空白期間を置く。十日は必要と見積もる。次に訪ねるのは六月中旬頃にする。

翌日、愛花はスーパーの仕事を休んだ。情報誌を買いあさり、ネットサーフィンをして夏の花火大会や海水浴場の情報を集める。夕方、スマホでレシピを見ながらキッシュを作り始めた。昨晩はシンプルな家庭料理だったが、今日はフランス料理に挑戦しているようだ。古池はそれを、部下たちと共に作業車で見ていた。俺が食いたいよ、と三部が笑う。

「本当に今日から空白期間にするんですか。ちょっとかわいそうですよ……」

柳田が秘撮映像を見て言った。こたつに手料理が並べられていく。今度はリゾットを作り始めた。これで放置したら激昂するか。かつての愛花と同じように扱うのは確かに危険だった。

十七時、早めに行って喜ばせようかと思っていたとき、ヘッドセットから古い曲が流れてきた。

私の胸の鍵を　壊して逃げていった　あいつはどこにいるのか

盗んだ心、返せ——。

古池の口元が勝手に引きつる。ピンク・レディーの『ウォンテッド（指名手配）』だ。愛花はスマホで曲を流し口ずさみながら料理している。

「ずいぶんまた古い歌を聴いてるな。世代じゃないだろ」

三部が言う。古池は、ちょっと散歩だとヘッドセットをかなぐり捨てた。

「どうしたよ。オナニー見るよりずっとましだろうよ」

古池は無言で作業車を出た。あの曲は、古池が愛花から離れるきっかけを作った。

当時、結婚したがった愛花は古池の実家のことを根掘り葉掘り聞いた。教えなかったが、個人を特定できない程度に話したエピソードはある。

実家の母親はピンク・レディーが好きだった。陽気な性格で、『ウォンテッド』のセリフ部分をよく真似た。まだヨチヨチ歩きだった古池が大笑いして、どんなに泣いていても喜んだらしい。愛花に聞かせたのはこれだけだ。翌日、愛花は夕食の支度をしながら、ピンク・レディーのヒット曲を流し始めた。当時のＭＤには『ピンク・レディー』とラベルが貼られていた。自分で編集したらしかった。古池はぞっとした。慌てて上司に相談した。これ以上、３３０１の運営は危険だと――。

古池は愛花を十日ほど放置した。

愛花は必死に古池と連絡を取ろうとした。警視庁の大代表に電話をかけてきたのだ。震える声で「公安一課の古池慎一さんはいますか」と尋ねた。オペレーターは古池のデスクの内線番号を鳴らしたはずだ。誰かが代わりに電話を取り、不在を伝えたようだ。

古池慎一という名前が本名だと、ようやく信じた。愛花は泣いた。本名を教えてもらえただけで嬉しい。重症だ。強烈な愛情を向けられている。すぐに運営できるだろう。だが終わり方が難しくなる。

愛花は毎晩夕食を二人分作り、古池を待ち続けた。自慰行為をしなくなった。なにかの願掛けじゃないかと三部は言った。

六月十二日、愛花は欠勤が多いことを理由に、スーパーをクビになった。落ち込むことはない。好きよ好きよこんなに好きよと『ウォンテッド』を歌う。茄子を素揚げし、おろしポン酢であえる。これも古池の好物だ。

雨が続いていた。愛花はティッシュでてるてる坊主を作ったが、出来に満足できなかったようだ。暇だったのかもしれない。本格的に布を買ってきて、綿を詰め始めた。フェルト布で目と鼻と口を縫い付ける。好きよ好きよと歌いながら。翌日はファミレスのバイトも休み、朝からカレーを煮込み続けた。こまめにアクを取りながら、愛花がスマホで見つめていたのは、第七セクトのＳＮＳアカウントだった。メッセージを送ろうとして、やめる。これを何度も繰り返していた。

カレーを大量に余らせたのに、次の日は牛頬肉の赤ワイン煮に挑戦した。好きよ好きよこんなに好きよ。十時間近く煮込まれほろほろに崩れた肉はうまそうだった。古池は行かない。翌日、愛花は大掃除を始めた。好きよ好きよこんなに好きよ。肌寒い一日だったので、寄せ鍋の準備をした。古池は行かなかった。

六月十六日、日曜日。晴れた。

三部と柳田は非番で、南野と二人きりだった。午後、愛花の自宅を訪ねる。朝から愛花は近所の神社へ参拝に行った。絵馬に「Ｋさんの仕事が無事済みますように」と書いていた。

監視作業を続ける南野に、古池は頼んだ。

「南野。ちょっと俺を殴ってくれないか」

南野はきょとんと上司を見返した。

「トラブルに巻き込まれて訪ねられなかったという風にする。自分じゃできない。殴ってくれ」

「無理です」と南野が即座に拒否した。古池は芽が出ない部下を叱責する。

「お前は作業員候補として十三階に呼ばれた。いつまでも情報分析だけしてればいいと思うな。お前の育成が遅れていることで、俺は女校長からどやされている」

南野は深く頷《うなず》いた。立ち上がる。今日の引っ越しトラックを装った作業車は天井が高いので、大人が直立して対峙できる。古池は歯を食いしばり、南野の前に立った。

「手加減するなよ」

「わかっています」

南野のパンチが飛んできた。スピードがないから簡単に避けられそうだったが、意外に重い。古池は一メートルくらい飛んで、背後のモニターで背中を打った。モニターが机の上から落ちて、故障してしまった。

「バカ、手加減しろよ」

「いや、手加減するなと」

「そういう意味じゃない。今度教える」

警備専科教養講習では、撃術と呼ばれる北朝鮮生まれの武道を教えられる。剣道も柔道も逮捕術も、手ぬるすぎてやらない。国内の特殊部隊はイスラエル生まれのクラヴマガを基本にした制圧術を学ぶが、十三階は敢えて敵国の武道を教えられる。南野は講習を受けているから、一般的な警察官より技術と知識はある。どこまで力を加えればどんなダメージを相手に与えられるのかは、まだまだ体得していない。

一時間ほど、口元に青痣《あおあざ》が浮かぶのを待つ。その間、古池は車を取りに電車で泉岳寺の自宅に帰った。また律子から荷物が届いていた。中身を確認する暇がない。アコードに乗って千歳船橋へ戻った。愛花のマンション駐車場の空きスペースに勝手に停めた。

十三時。チャイムを鳴らした。小田急線が二本通過しても、愛花は出てこなかった。一旦階段を降り、スマホで南野に電話をかけ様子を尋ねる。

「扉の向こうにいます。トキメキで胸を上下させているようです」

古池は再び部屋の前へ行き、もう一度、チャイムを鳴らした。やっと扉が開いた。愛花は作りこんだ顔で立っている。視線がすぐさま、口元の痣に飛んだ。

「……どうしたの、その痣」

「もう大丈夫。出かけよう。どこへ行きたい？　海の方か」

愛花はグッチのワンピースに着替えてきた。そういえば彼女は古池と再会してから、結婚相談所に行っていない。古池は駐車場のアコードに愛花を導く。

「ダメじゃない、勝手に停めちゃ。警察に通報されたらどうするの」

「違反切符なんか簡単に握りつぶせる」

助手席のドアを開ける。愛花が嬉しそうに、助手席に乗った。古池は丁寧にドアを閉める。運転席に回って車を出した。

「で、どこの海にする」

「上野の美術館はどう。見たい絵があるの」

「は？　絵？」

そんな趣味があったか。この十日間、愛花は美術館の情報など調べていなかった。

「ちょうどクリムト展をやっているのよ。連れていって」

黄金様式を確立した画家で『接吻』が有名だと、愛花からレクチャーを受ける。

「てっきり海かと。十六年前、連れていけとうるさかったろ」

「大人になったでしょ」

「自分で言うな」

笑ったが、心の中で舌打ちした。お台場や鎌倉周辺の女が喜びそうな店を下調べしておいたのだ。上野はノーマークで、クリムトのことも知らない。環状八号線を北上し、甲州街道から首都高を目指す。

「なんか新鮮。柴田さんとドライブなんて。そういえばなかったよね」

「十六年前は車を持っていなかった」

愛花は古池の横顔を見て、心配そうな顔になった。

「ひどい痣。なにがあったの」

答えなかった。尋ねる。

「この二週間、どうしてた」

「別に、いつも通りひとりよ」

「実家には帰らないのか？　柏の両親はどうしてる」

「知らない、元気にしてるんじゃない」

千葉県柏市に住む実家の両親とは、過干渉ゆえの没交渉になっている。十六年前からそうだった。関わると火傷するほど傷つけられるらしい。

「古池さんは？　家族と過ごしていたの」

初めて本名で呼ばれた。このタイミングで呼び方を変えた意味を、しばし考える。一拍置いて答えた。

「仕事だ。帰ってない。ひたすら仕事だ」

「奥さんと子供は」

「だから、独身だと言っただろ」

「恋人は？」

「あっちも仕事だ。会っていない」

「六月といえばジューンブライドじゃない。どうして結婚しないの？　もう長いんでしょ」

「最近は連絡を取ってない」

「おかしくない、それ」

「そういう職務に就いている」

「理解ある彼女なのね」

相手も同業だとは言わない。

「そろそろ独身だと信じてくれ。次、妻子はと聞いたら本気で怒るぞ」

「どうやって信じろというのよ。平気で嘘をつくくせに」

「確かに。嘘をつくことはある」

「約束だって平気ですっぽかすでしょ」

古池は眉を少しひそめて、黙った。

「――ごめんなさい、トラブってたのよね」

愛花の手が初めて、古池の顔に伸びてきた。口元の痣に触れる。そのまま指先で、唇を撫でられた。古池はしばらくされるがままだったが、隙を見て愛花の指をぱくっと噛んだ。痛い、と愛花は笑いながら古池の頬を軽く叩いた。

「ワニなの。びっくりする」

「油断していると痛い目に遭う」

「私たちもう二十代じゃないのよ。中年の男女がドライブでじゃれあうなんて、はたからみたらバカっぽいわよ」

確かにな、と古池は朗らかに笑って見せた。愛花はハッとした様子で、古池の横顔を見た。

「あなたの歯。初めて見た気がする。普段、殆ど笑わないじゃない」

赤信号で停車した。古池は愛花に顔を近づけ、わざといーっと歯をむくような顔をした。

愛花は大笑いし、古池の頬を押し戻した。

「ありえない、公安がそんな無邪気でいいの」

古池は左手をハンドルから離し、愛花の右手を握った。彼女の手の甲を覆う。

「楽しいか」

「――別に。全然」

古池は運転中、絶対に手を離さなかった。サイドブレーキの上げ下げも、忙しく右手で行う。愛花はその様子を笑って見ていて、やがて手を強く握り返してきた。互いに指を絡ませる。

「事故らないでよ」

「だから、事故っても握りつぶせる」

「すごい強権ね」

「この十年でさらに権限は増えた」

「昇進したの？　いま警視とか警部とか」

警部補だと言うと、鼻で笑われた。

「ひとつしか階級上がってないじゃない」

「管理職にはならない。現場にいられなくなる。これ以上階級は上げない」

「ふうん……給料、上がらないね」

「機密費を使える」

「そんなこと私に話していいの」

「信頼している」

「彼女と私、どっちが信頼できる？」

ずけずけと踏み込んでくる。

「十七年前のお前を、誰よりも信頼していた。十七年前のお前に勝る相手はいない」

「それじゃ、なぜ捨てたの」

「結婚しない主義だ。したがってたろ」

「いまの彼女にもそれを話した？　結婚はしないって」

首都高を下りて上野駅前に入っていた。美術館や動物園、アメ横目当ての人でごった返している。梅雨の合間の貴重な晴れ間のせいか異様に人が多い。古池は駐車場を探しながら答えた。

「彼女には──俺は、責任がある」

子供がいるのかと愛花は尋ねた。

「違う。彼女の人生を狂わせた。俺には彼女の人生を背負う義務がある」

「私の人生だって狂わせたじゃない」

「だから戻って来た」

「あなたが戻ってきたのは第七セクトが動き出したからだわ。官房長官がヒ素を盛られなかったら、私のことなんか思い出しもしなかったはず」

「──くそ。ここも満車だ」

美術館周辺をぐるぐる回っているが、どこのパーキングも満車だった。

「電車で来ればよかったな」

「ねえ、流さないでよ。答えて」

「なにを」

「とぼけ方も超一流ね」

「駐車場がない。もう帰るか」

古池は愛花の手から逃れ、左手をハンドルに添えた。腕がしびれていた。

「ちょっと。逆ギレ?」

「キレてんのはお前だろ」

「質問に答えないからでしょ」

「お前はなにも質問していない。ぎゃあぎゃあ不満を叫んでいるだけだ」

「答えてよ。第七セクトの件がなくても、私のところに来た?」

「――いいや。思い出しもしなかったと思う」

愛花は唇を嚙みしめ、古池を睨んだ。古池はまた歯をむいてふざけて見せた。愛花は結局、笑った。

「バカね。四十四にもなって」

一台だけ空いているコインパーキングを見つけた。

「ミラクルね」

愛花は上機嫌になった。車を停め、エンジンを切る。シートベルトを外そうとする愛花の方に身をよじり、情熱的に抱きしめてキスをした。愛花はしがみついてきた。

クリムト展は賑わっていた。入場まで六十分待ちという。並んでいるからどっかで休んでいろと古池は言ったが、愛花は一緒にいたいと、指を絡ませてきた。十分でイライラしてくる。愛花に並ぶのを任せ、古池は喫煙所に行った。ギリギリで戻る。愛花は不貞腐れていた。相変わらずせっかちで自分勝手だ、と怒る。

末期状態のカップルのように険悪な雰囲気のまま、会場に入った。愛花は音声ガイドを首からぶら下げて、熱心に絵に見入っている。古池はつきあいきれず、愛花を置いて先に進んだ。『女の三世代』という、女の老いは不幸だと言わんばかりの絵の前で、人だかりができていた。素通りした。もうひとつの人だかりを通り過ぎようとして、古池はその絵に釘付けになった。

『ユディトI』という、半裸の女が甘美に微笑む絵だった。花束か果物でも持っていそうな雰囲気の絵なのに、ユディトが持つのは将軍ホロフェルネスの生首だった。ユディトの青白い肌には血も涙もない冷酷さを感じるが、透けて見える薄桃色の乳首が絶妙に甘い。

誰よりも残酷なことをするくせに、古池の前では甘ったれる。誰かさんにそっくりだった。

愛花が追いついた。咄嗟に待っていたふりをする。愛花はじろじろと古池の顔を見た。ユディトを一瞥する。不愉快そうな顔をしたが、なにも尋ねてこなかった。

上野のアメ横の海産物店で海の幸を買い、千歳船橋に帰った。愛花は真鯵を三枚におろして刺身にする。古池はズワイガニをキッチンバサミで食べやすいようにさばいた。甲羅を開き、カニ味噌を小皿に集める。海辺の街で育ったのでカニの解体には慣れていたが、愛花は驚いた。

「え、スパイの前は漁師だったの?」

古池は噴いた。「実はな」とニヤッと笑い、ロシアのスパイとオホーツク海の船上でトカレフを撃ち合ったと冗談を言った。愛花は目を輝かせて武勇伝を聞きたがった。嘘だと言うと尻を叩かれた。叩き返す。二人で大笑いした。特大のズワイガニは二人で食べるには多すぎた。満腹で煙草を吸っていると、愛花が甘えてきた。キスをする。完全に十七年前の延長線上にいた。

「第七セクトの裏アカウント、知ってる?」

愛花は、愛を囁くように言った。

「——ヤマダヒロシの子、ではない奴か」

「そう。汚面ライダーセブン、っていうアカウント名」

仮面ライダーとウルトラセブンをもじったような名前だ。愛花はスマホで、件のアカウントページに入った。汚面ライダーセブンのプロフィール欄は『辺野古』とあるだけだ。フォローしているのは、第七セクトほか、共産党や左派政治家、文化人など、左巻きの著名人のアカウントばかりだった。

「これ、支援者と直接メールをやり取りするためだけに開設されたアカウントらしいわ」

SNSにはダイレクトメッセージという、周囲に見られず直接メッセージをやり取りできる機能がある。

「どうやってこのアカウントに辿り着いた?」

「辺野古は工事機器搬入口の座り込み以外に、海からの抗議活動も活発でしょ」

海上保安庁が手を焼いている輩だ。カヌーでの抗議活動が多い。

「何隻か抗議船も出ているようだけど、お金のかからないカヌーが一番多いのよ。これからそのカヌーの数を増やす予定で、カンパを募ってるの」

愛花は七万円もカンパしていた。古池がこれまで渡した全額だった。彼女の真意を測りかねる。公安の金が辺野古反対派に流れていることになる。

「それは俺に対する嫌がらせか？　それとも――」

「そんなはずないでしょ。わかってよ」

「わかった。すまない。それで？」

「場合によってはもっと出せると言ったら、このアカウントを紹介されたの。直接やり取りをしようって」

古池はダイレクトメッセージ画面を開いた。カンパのお礼から始まり、正式に資金援助者になってほしいというやり取りが表示される。あちらの文面は形式的だった。愛花は、学生時代に第七セクトのビラ配りをしていたことがあると返信している。当時の学生支部の幹部連中の名前を書き連ね、「なにかあれば手伝いたい」と明記した。まだ汚面ライダーセブンからの返信はない。

「私、もしかしてやりすぎた？　もう半日も返信がないのよ」

「あちらも官房長官を襲撃した後だ。接触してくる輩が多くて慎重になっているはずだ」

誰が味方で、誰が味方を装った敵なのか――。

「このまま返信を待て。よくやった」

古池は財布を出した。これまで渡した金を、愛花は敵の陽動に使ってしまった。パートも解雇され、金がないはずだった。

「すまない。今日は現金があまりない」

三万円だけ渡し、その上から愛花の手を握った。

「この金はあっちに流すな。お前が好きなものを買えよ」

「足りない」

「――なにが欲しい」

「プラダの新作バッグが欲しいの」

十三万円。高すぎる。古池は仕方なく、クレジットカードを渡し暗証番号を教えた。愛花は目を丸くした。

「冗談よ。いらない」

いらないと言われると、引けない。

「いいから持ってろ。あまり使いすぎるなよ」

キッチンに並んで一緒に洗い物をした。距離が近い。愛花のボディタッチがやたら多かった。見つめられているとも感じる。古池が押し倒すのを待っているのだろう。一服したところで、帰ることにした。革靴を履いていると、「やっぱりカードはいいよ」と突き返された。待っている。セックスという名のご褒美を。古池は愛花がカードを持つ手をそのまま押し返し、部屋を出た。


古池は尾行点検のため、慎重に裏道を走り抜けた。中央道で八王子市まで出る。圏央道から神奈川県を回って都心に戻り、尾行殺しのトンネルを経て自宅に帰った。

律子から宅配便が届いていたことを思い出す。宅配ボックスから出した。大きくはないがずっしりと重い荷物だった。

部屋に入り、中身を見る。法律関係や左翼研究の一般書籍が詰め込まれていた。隙間を埋めるように入っていたのは下着だった。緩衝材代わりにしたつもりらしい。下着をそのまま段ボール箱に入れて古池に送り付けてくるとはどういう意味か。あるいは、なんの意図もないのか。

段ボールの底に封書が入っていた。「出しといて」とだけ宛先欄に書いてある。ハートマークまで添えられていた。律子らしくない。なにかの照れ隠しだろうと思った。中には律子の運転免許証と戸籍謄本、そして婚姻届が入っていた。律子の字で署名、捺印がされている。証人欄にも二名分の署名があった。ひとつは栗山真治《くりやましんじ》。十三階の元校長で、現在は奈良県警本部長だ。もうひとつは藤本乃里子のサインだった。腹が立って、婚姻届をぐしゃっと丸めた。

古池は乃里子に電話をかけた。深夜二時を回ろうとしていたが、やはり叱られない。

「黒江の投入は順調ですか」

「だから、黒江は退職したよ」

電話を切った。古池はスマホで、儀間の公式ブログを見た。〈みなさまに大切なお知らせ〉という最新の投稿があった。二日前、律子がこの宅配便を出したのと同じ日付だ。

〈このたび、わたくし儀間祐樹は、公私共に議員活動を支えてくれている公設第二秘書の一般女性と入籍しましたことを、ここに報告します。今後ともより一層の――〉

結婚写真が添えられていた。ウェディングドレス姿の妻の顔はスマイルマークのスタンプで隠してある。背格好が律子だった。事情があって式は挙げないが、写真だけは撮ったとブログに書かれていた。

古池はただ目を閉じて、ダイニングテーブルの椅子に落ちた。政治家の妻になるということがどういうことなのか、律子がわかっていないはずがない。選挙、後援会、政治資金パーティなど、妻が顔を晒す機会があまりに多い。偽りの身分で務まるとは思えない。これほどの危険な橋を渡り、なにを突き止めようとしているのか。

いつ終わる。いつ戻って来てくれる。

手のひらの中の婚姻届が存在感を増す。

――もう戻れないかもしれない。

律子が答えた気がした。古池は紙クズを広げた。丁寧に皺《しわ》を伸ばし、『夫』欄に古池慎一と署名、捺印した。


六月十七日。雨が降っていた。

古池は朝いちばんで港区役所の港南芝浦地区総合支所に行き、婚姻届を出してきた。受理された。妻に報告できない。乃里子に言づければ本人に伝わるだろう。結婚の報告を一番したくない相手でもあった。栗山とは一年以上会っていない。

古池は喫煙所で煙草を吸いながら、興津の実家に電話をかけた。母親の文子が電話に出た。もしもぉし——という母親のカン高い声を、何年ぶりに聞いただろう。五年、いや十年か。あちらは息子の自宅も携帯電話番号も知らない。家族仲が悪いわけではない。自分が東京でしていることに興津の家族を巻き込みたくない一心で、距離を置いてきた。巻き込まれると破滅する。黒江家のように。

「もしもし、俺だ」

母親は一瞬、黙った。「はあ、俺」と、戸惑ったような声で、繰り返す。

「あんたの長男だよ」

母の文子は沈黙していたが、やがて笑い出した。

「うちには咄嗟に出してやれる資産なんかないわよ」

「バカか、詐欺じゃない。本物だ」

「おあいにくさまねー」

母は電話を切ってしまった。

千歳船橋の作業車に入る。

三部が遅い朝食なのか、サンドイッチを食べていた。ヘッドセットを取り、監視映像のモニターを切っている。

「おい、監視を怠るな」

三部は無言でモニターのスイッチを入れ、ヘッドセットのジャックを抜いた。女の喘《あえ》ぎ声が車内に響き渡る。

「さっきファミレスのバイトから帰ってきたとこだ。帰ってすぐ始めた」

愛花はこたつに足を突っ込んだまま、体をのけぞらせ喘いでいた。仮眠を取っていた南野が、うんざりしたような視線をモニターに向けた。

古池はジャックを差し込み、ヘッドセットを耳につけてモニターの前に座った。記録ノートを見る。古池が昨晩部屋を出た二十三時以降、一晩で二度も自慰行為をしていた。南野はあくびをかみ殺しながら、呟く。

「アラフォーの女性ってこんなに性欲あるものなんですか?」

三部が答えた。

「動物学的に言うと、三十代後半から四十代前半がいちばん女の性欲が盛んな頃らしいよ」

ちなみに男は二十代前半な、と三部は愉快そうに南野の肩を叩いた。

「お前ももうピーク過ぎてる」

南野はムッとしたように、尋ねた。

「なんで女性はそんな遅いんですか」

「このあと閉経に向かってまっしぐらだぜ。子宮が騒ぐのさ、精子が欲しいとね」

「なるほど。出産の限界が近づいているからですか」

頂点を迎えたのか、愛花はスマホを放り投げ、激しく腕を動かし始めた。秘撮器の隅にスマホの画面が写る。すけべな動画が垂れ流しだ。画面にプッシュ通信が表示された。古池は映像をキャプチャし、スマホの画面を拡大して鮮明化した。

〈汚面ライダーセブンさんから、ダイレクトメッセージが届きました〉

愛花は十六時になり、また自慰行為を始めた。うんざりした古池は予定を早めて彼女の自宅のチャイムを押した。

慌てて支度している様子を、作業車で三部たちが見ているはずだった。数センチだけ扉が開いた。シャワーを浴びているから、と十分待たされた後、中に入った。

「また妙な時間にシャワーを浴びるな」

「私の勝手でしょ。パートをクビになって、暇なんだもの」

「汚面から返事は来たか」

愛花は無言でスマホを突き出し、洗面所で髪を乾かし始めた。

〈広井愛花様　ダイレクトメッセージ大変ありがとうございます。心が躍りました。懐かしい。ラシミ。会いたいな。俺が誰だかわかるね。まずは機関誌を送るよ。住所を教えて　HY〉

古池はスクリーンショットでメッセージ画像を保存し、自分のスマホに転送する。

「HYてのは誰だ」

かつて、愛花が付き合っていた第七セクトの学生支部の男は木村典孝《きむらのりたか》という名前だ。イニシャルが違う。愛花はドライヤーを止め、ため息をついた。いら立ちが見える。

「ヤマダヒロシに決まっているじゃない」

「お前を知っている様子だ。ラシミというのはなんだ。暗号か」

愛花は髪が半乾きのまま出てきた。コーヒーを淹れながら答える。

「私のあだ名よ。木村が私をそう呼んでいた。いつだったかの仮面ライダーに出てくる敵役怪人の名前」

受け口で、人の悪口をずるずると飲み込み巨大化していく怪人らしい。ひどいあだ名だが、由来はヒンズー教の女神、ラクシュミーから来ていると愛花は言った。

木村は特撮モノのファンだった。就職活動はその制作会社を中心に回っていた。子供が見る番組に左派思想を埋め込まれては困る。当時のゼロが就職面接先全てに怪文書を回し、ことごとく就職活動を邪魔した。それが本人にも伝わり、木村は公安への憎悪でますます第七セクトの活動を活発化させ、やがて地下に潜った。

「これが木村だというのはわかるが、HYは本当にヤマダヒロシを表しているのか?」

木村は人の上に立つタイプではない。所詮はヒーローに憧れる小物だ。第一、できすぎている。こんなに簡単にヤマダヒロシに辿り着けるものか。罠、という文字が頭をよぎる。

「愛花。前に俺が去ったあと、なにを考えた?」

愛花は思い出したくなさそうに目を逸らす。

「一番の黒歴史は、労組の男の愛人になったことだろ」

「あの男は私から捨ててやったの。あなたとの三年が人生最悪の期間よ」

「俺は楽しかったが」

「でしょうね。私も楽しかったもの」

「なるほど。別れ方がよくなかった。腹が立ち、激怒し、木村に俺の存在を話したか」

愛花の顔がかっと赤くなる。手の平が飛んできた。咄嗟に手首を摑み上げる。彼女が手を上げようとしたのは初めてだった。配置換えになったからもう会えないと告げたときは、泣くだけだった。

「私がそんなことをする女だと思うのなら、二度とここへは来ないで!」

愛花は手を引き抜こうとした。離さなかった。引き寄せて押し倒す、と一瞬考えたが、空気があまりに悪い。古池は手を離した。

「すまない。信じる」

「信頼していると言ったくせに。結局疑う」

どうするのよこれ、と愛花は声を震わせ、顎でスマホを指した。

「ヤマダヒロシからDMが来た。私、第七セクトのトップと直接やり取りしなきゃいけないの？　昔みたいにビラや機関誌を流すのとはわけが違う。怖すぎる。官房長官にヒ素を盛った男よ、人殺しじゃない！」

官房長官は死んでいない。

「ヤマダヒロシなんか怖がる必要はない。前に北陸新幹線でテロがあっただろ。名もなき戦士団は七十三人爆殺した。でも壊滅できた。第七セクトはそこまで過激なことはしない。怖がるな」

愛花は少し眉を寄せ、古池を見返した。

「あなたがやっつけたの？」

「その過程で二人射殺した」

「あれは殉職した刑事の手柄じゃ……」

「あの刑事は俺が見殺しにした。かわいそうだからそういうシナリオにした」

愛花の肩が、静かに上下する。

「ヤマダヒロシは部下にヒ素を盛ってこいと言っただけだ。どっちが怖い？」

愛花の頬が上気している。シャワーのせいではない。

「俺はそういう男だ。そしてお前はかつて、そういう男と作戦を共にした。自信を持て」

そして、覚悟を決めてくれ――。

熱く視線を絡ませ合う。愛花が欲しがっていると、痛いほど伝わってくる。古池はまだ押し倒さなかった。

愛花はコーヒーを飲み干した。熱すぎたようで、苦しそうに喉の下に落とす。無言でスマホを取った。住所を入力する。

「あなた、たぶんもうここには来ない方がいいわ。私が公安の協力者だとばれる。これからは、ドロップで書類の受け渡しをすればいいわね」

雑踏で、すれ違いざまに書類をやり取りすることをドロップという。

「いや。早急に拠点を用意する。お前はこれまで通り、ここで生活をしていろ」

古池は立ち上がった。飲みかけのコーヒーを全て捨て、入念に洗った。

「わかっていると思うが、お前から俺に連絡をすることはできない。部下がなんらかの形でお前に接触して、拠点の住所を知らせる。来るときは――」

「尾行点検をして、二時間かけて遠回りしていくんでしょ」

「よく知っている」

「何年あなたの作業玉をやっていたと思っているのよ」

もう行く、と玄関で革靴を履いた。古池は向き直る。

「報告がある」

たたきに立った愛花を、見据えた。

「入籍したんだ。結婚した」

愛花の表情は殆ど変わらなかった。いつ、とだけ聞く。

「今日の、午前中」

「そう。おめでとう。あれほど結婚しないと言っていたのに」

「決断させたのはお前だ」

「どういう意味」

古池はわざと言葉を濁し、背を向けた。扉を開けようとして——愛花が背中にしがみついてきた。素晴らしい、最高のタイミングだった。泣いている。古池は向き直り、感情が暴発した女の期待に応える。後ろ手に鍵を閉め、キスをしながら廊下に愛花を押し倒した。

部下たちが監視している。多少は死角になる玄関でこそっと終わらせたい。昂《たかぶ》っているふりをして、愛花のティーシャツの下に手を這わせた。愛花の体が、古池の手の冷たさにビクンと反応する。ブラジャーをずらし胸をもみしだく。胸の張りに衰えを感じるが、大きさは充分にある。指先で乳首を弄ぶと、愛花は体をくねくねさせた。もだえている顎を引き、受け口に舌をいれて存分に絡める。やる気を見せようと、自らワイシャツのボタンを外す。肌着も脱いだ。愛花は古池の腹の傷を見て、悲鳴を上げた。

「——どうしたの、これ」

「妻が手当を。命の恩人なんだ。責任を取った」

結婚を決断せざるをえない、という空気を出した。ここでダメ押しのひとことだ。

「これ以上お前といたら……」

愛してしまう、命の恩人を裏切ってしまう——古池はいかにも苦しいそぶりで口にし、あとはもう愛花の体をまさぐるのに集中した。充分「愛」は伝わったはずだ。

愛花が古池の腰にまとわりつく。古池のスラックスとボクサーパンツをずりおろした。ペニスにさほど力は見えない。二十代の頃とは違うその姿を、愛花は気にしていないようだった。優しく口に含む。まだ小さいから舌の上で自在に転がす。膨らみはじめると頬をすぼめ、手や舌を使ってしごき始めた。愛花のジーンズを脱がす。下着の隙間から指を入れた。陰部がねっとりと濡れている。

「ゴムは」

いつも愛花が用意していた。

「ないわ」

古池は財布を取ろうと、ジャケットを探した。念のため、避妊具を忍ばせていた。愛花に引き戻される。

「つけないで」

「無理だ」

「お願い」

「無理だ。妻がいる」

「わかってる——わかってて言ってるの」

愛花は、目に涙をいっぱいに溜めて、懇願した。

「お願い。愛人でいい。またあなたの奴隷になっていい。なんでも言うことを聞く。どんな危険なことでもする、お金もいらない──だから」

突然、古池のペニスの下で、愛花が土下座した。

「だから、お願い。赤ちゃんが欲しいの。どうしても母親になりたい。もう三十八歳で、時間がないの！」

やっと勃ち上がったものが、急速に萎《しぼ》んでいく。古池は声が震えた。

「……ばかか、お前、なに言ってるんだ」

「あなたには絶対に迷惑をかけない！　奥さんとの仲も理解している、絶対に邪魔をしない、むしろ二人の幸せを願っている。だから、お願いします。私に赤ちゃんを授けて。ひとりで育てる。認知しなくていい。養育費もいらない、だから……！」

再び古池の腰にまとわりついてきた。恐怖で縮みあがったペニスをくわえようとした。

「やめろ、触るな！」

古池は振り払う。それでも愛花はしがみついてきた。古池は顔面を蹴り飛ばした。着衣を直し、逃げた。

朝の七時半。古池は約束より一時間早く、校長室に到着した。乃里子はまだ出勤していない。スマホで儀間の公式ブログを見た。夫婦水入らずで伊香保温泉で過ごしているらしい。

〈ここの温泉宿、実は子宝の湯として有名なんです。僕は子供が大好き。妻には、サッカーチームができるくらい産んでほしい（笑）。僕は家事が得意だし、育児だって協力するつもり〉

八時、乃里子が出勤してきた。

「早いね。八時半って言ってなかった？」

「私の昨日の失態がお耳に入っているかと」

古池はかしこまった調子で、言ってみせた。

「情報提供の謝礼が子種って奴か」

乃里子は言って、ぷっと噴き出した。

「いやごめんね。笑っちゃいけなかった。３３０１は本気のようだからね」

コーヒーが来たので、乃里子は黙した。口元はにやついたままだ。秘書が出て行く。

「作業玉への見返りが、金とか愛とか友情はよく聞く。でも子種は史上初じゃないか？」

逃げ出すのも無理はない、と乃里子は肩を揺らして笑った。古池はきまじめに答える。

「一度情報の共有と分析が必要な事案だと思い、現場を離脱した次第です」

「３３０１はお前が去った後、無様な恰好のまま廊下で泣き続けたらしいよ」

その後、ネットで引っ越しの見積もり依頼をした。どこの引っ越し業者もだいたい営業は九時からだ。あと三十分くらいで見積もりの電話がかかってくるだろう。引っ越し先はこれから探すようだ。不動産物件サイトにも入って、問い合わせをしていたらしい。

「で、どうするの。古池」

「3301の運営は終了させていただきたい」

ふむ、と乃里子は言い「なぜ?」と返す。

「見返りをやることはできません。愛もセックスも、その場で終わる。だが子供はまずい。次の世代に受け継がれる。万が一愛花が――」

慌てて言い直した。

「3301が転向した場合、十三階はこの先大きな火種を抱えていくことになります」

「お前が生まれてくる子に情をかけなければ済む話では?」

古池は驚いて乃里子を見据える。押し黙るしかなかった。

「ヤマダヒロシが3301に接触してきているんだろう。汚面……なんだっけ」

「汚面ライダーセブン。私はあれがヤマダヒロシだとは思えません」

「けれどラシミという、ある種の暗号を知っていた。3301の元恋人、木村典孝は当時第七セクトの学生支部長だったね」

いまは三十九歳になっている。

「組織のトップに立つにはちょうどいい年齢だ。地下に潜ったまま行方がわかっていないし」

「木村はそういうタマではありません」

「十七年経って成長した」

「私の見解を否定するんですか」

「そう簡単に可能性を捨てるなと言っている」

古池はコーヒーを飲み、煙草に火をつけた。

「他の作業員のアプローチはうまくいってるんですか。パーティにいた水玉ネクタイの男は」

「沖縄県警の作業員が行方を追っているけどね。全然だめ」

ウェイターは金で雇われたただのアルバイトだった。ある人物の飲み物にヒ素を入れたら百万円という、闇サイトの募集に応募しただけだ。第七セクトの人間でもなかった。

乃里子は深いため息をついた。

「官房長官ヒ素事件から、二か月経ってしまった。それなのに第七セクトの牙城を崩す作戦すら立てられない。なにせ組織図がスカスカだからね」

乃里子の眉間に深い皺が寄る。

「昨日の内閣官房の定例会議で、新田先輩から吊るし上げを食らったばかりだよ、古池」

私は女だからね、と乃里子は煙草に火をつけた。

「普段から私にむかついている連中は多い。私の失脚を望んでいるような輩ばかりだ」

乃里子は、笑って煙を吐く。

「お前もそのひとりか」

「違います」

「ありがとう。味方はお前たちだけだよ」

「お前たち?」

「お前と黒江」

初めて認めた。律子がまだ十三階の作業員であると。乃里子がどれだけ参っているのか
——いや違う。カードを切って古池にすり寄っているだけだ。実に巧妙だ。

古池は折れてやることにした。ここで乃里子に大きな貸しを作る。

「私は反対しましたよ」

「おまえに責任はとらせない」

言質を取った。古池は煙草を灰皿に擦り付けた。

「次の定例会議では校長に恥をかかせません」

乃里子は上目遣いに古池を見た。

「言ったね。お前」

「正式に、許可を頂きたい」

広井愛花を妊娠させる。

「無事妊娠して出産できた暁には、十三階の奴隷になって尽くすはずです」

「お前の奴隷だろ。お前以外の言うことはきかないだろうね」

当時も古池の後任との仲が発展せず、愛花は登録番号を抹消された。古池は口に残る煙草の苦みをコーヒーで流した。ひとつ確認する。

「妻にこの作戦のことを話しますか」

乃里子は一瞬きょとんとしたが、そうか入籍したのかと頷き、答えた。

「伝えておくべきかどうかは、お前の判断に任せるよ。どうしても許可が欲しいというのなら、私から話して説得する」

「いえ。女性の意見を聞いているんです。話しておいた方がいいことか、と」

「必要ないよ。あの子はいま、自分の投入のことで精一杯だ」

「後で知ったら激怒するかと」

「するはずがない。黒江は3301以上にお前にメロメロだよ」

立ち上がり、校長室を出ようとした。「古池」と呼び止められる。乃里子は半分以上残った煙草の火を消し、ソファから腰を上げた。

「辛い新婚生活だと思う。でも十三階はお前たち夫婦を心から祝福し敬愛する。そして徹底的にサポートする」

「ありがとうございます」

「結婚、おめでとう」

愛花は六月十八日のうちに不動産屋を回り、七月一日には東京都多摩市に引っ越した。古池が子種をくれないのなら協力しないという、強い意思表示だった。

古池は引っ越し当日の夜には新居を訪ねた。上の了承が必要だったと言い訳し、説得し、いかにも昂った様子で愛花を押し倒した。

今度は愛花が焦らす。古池を拒絶して追い出した。それから毎日通い詰めたが、扉を開けてもらうのに一週間、部屋にあげてもらうまでにも十日かかった。海の日の七月十五日に江ノ島へ連れていってやった。ようやく打ち解ける。道中、互いに途切れがちに話し、遠慮がちに笑う。少しずつ溝を埋めていくさまは、仲違いから立ち直ろうとする夫婦のようだ。

今回は空白期間を置かず、絶対に約束も破らなかった。毎日愛花の自宅に通った。そのうち夕食が出るようになった。七月二十一日日曜日は、泊まっていくことにした。

夕食にまたけんちん汁、豚の生姜焼き、刻みネギ入りの卵焼きが並ぶ。定番の古池の好物の他、里芋の煮ころがしが大量にあった。けんちん汁にもやたら里芋が入っている。

「旬でもないのに、この里芋三昧はなんだ」

「里芋って男性の精力増強にいいんだって。子芋がいっぱいくっついているから、子宝祈願にもなるし。いっぱい食べて」

萎える。顔には出さぬよう努めた。

食後、愛花は転送されてきた郵便物を古池に渡した。第七セクトの機関誌だ。最新のものとバックナンバーで、過去一年分ある。

「早く拠点を探さなきゃな。それから、ここは引っ越せ」

「えっ、転居したばかりよ」

「多摩地域はファミリー層が多いし、建物も低くて道路の見通しがいい。公安は動きにくい。

二十三区内にしろ」

機関誌のバックナンバーが入っていた封書を開ける。手紙が入っていた。HYのイニシャルがある。字は、はねやはらいが大袈裟で筆圧が強く、右肩上がりの癖が出ていた。木村の筆跡だ。

〈ラシミ。ビラ配りを手伝ってほしい。近所に配れるかな？『報道されない辺野古の真実』という写真付きのものだ。一万枚くらいポスティングしてほしい　HY〉

やはり木村がヤマダヒロシなのだろうか。

「了承しろ。ビラを取りに行くから住所を教えてと送れ」

夕食を済ませ、洗い物は古池がした。愛花は先にシャワーを浴びた。こたつを窓辺に押しやり、布団を敷く尻を見届け、古池も狭いユニットバスで体を洗った。

今日はなにも考えない。下半身に任せる。幸い、この部屋は秘聴・秘撮されていない。いまさらセックスを部下に見られても平気だが、子作りを見られるのは嫌だった。

愛花は布団に横になり、スマホを見ていた。古池は背後から布団に入った。返事が来たと愛花がスマホを見せる。その首筋にかかった髪をよけ、キスをしながら、古池はスマホのメッセージを見た。

〈住所は教えられない。こちらからビラ一万枚を宅配便で送るよ。待っていて。HY〉

お預けのようだ。愛花がスマホを置き、古池に向き直った。愛花のバスローブの紐を取ろうとして、愛花は突然、拒否するように古池の手を取った。

「やっぱり今日はやめた方がいいかも。排卵日じゃなくて」

「……排卵？」

「年齢的に卵子の寿命が二十四時間くらいしかないから、排卵したその日じゃないと、妊娠できないと思うの。精子の量や動きの問題もあるし、タイミングを合わせないと」

あなたももういい年だし、と愛花は遠慮がちに付け足した。

「で、それはいつなんだ？」

「この前終わったばかりなの。このあと生理が来るから、来月の中旬か……排卵検査薬とか、産婦人科で詳しく調べられるけど」

愛花は起き上がり、引き出しから小さな冊子を取り出した。カレンダーに緑や赤のラインが引かれている。

「その、緑色の日が排卵期間なの。把握しておいてほしいから、これ持ってて」

受け取る。

「ごめん、冷めたよね。もししたかったら、いいよ。する？」

愛花は古池の下半身へ移動しようとした。古池は及び腰になった。

「いや。いい——今日はもう寝よう」

「ごめんね」

「別にいい。もう四十四だ、そんなに連日はできないから、その——排卵日に合わせてしよう」

ありがとう、と愛花は枕元に戻ってきた。

「今日は泊まっていくの」

「いまさら。寝るところじゃないか」

「奥さん、子供は欲しがっていない？」

「こないだ入籍したばかりだ」

そうねと呟き、年齢や名前を尋ねてくる。

「聞くな」

「ごめんなさい。なんだか、申し訳なくて。ねえ私、本当に迷惑をかけないからね。子供はひとりで立派に育てる」

子供と会えなんて言わないし、任務が終わったら子供を連れて消える。古池の前には二度と姿を現わさない――。愛花は生真面目に誓いを立てた。

生まれてくる子に情を持たなければ済む話だ、と乃里子は言った。昔の古池なら、簡単だった。


七月下旬のうちに、古池は品川区上大崎のマンションに拠点を準備した。今後、書類のやり取りや愛花との接触はこの部屋で行う。愛花の新居には近づかない。

新居は本人の希望もあり下北沢にした。人が多く路地が複雑に入り組んでいるので、公安にとっても都合のいい土地だ。

上大崎の拠点で、愛花に謝礼を与えることになる。拠点には普通、テーブルと椅子くらいしか用意しない。古池は布団を用意した。

なんらかの情報を愛花が得た場合、監視している作業員に送る合図も決めた。妊婦マークを愛花のカバンにぶら下げる——愛花が提案した。古池はそのマークを見るたびに、情報を得られると昂る一方、愛花に子供を授けなければならないというプレッシャーに苛《さいな》まれた。

八月になった。

愛花が妊婦マークをぶら下げてビラ配りに向かったと一報が入った。古池は急いで上大崎の拠点へ向かった。尾行点検してやってきた愛花は、顔を上気させ嬉しそうだ。

「産婦人科に行ったの。三日後の八月九日の午後が、いちばんいいタイミングだって」

「——それで？　ＨＹから接触は」

「まだないわ」

古池は呆れ果て、激怒した。

「そんなことを伝えるためだけに呼び出すな！」

愛花は亀みたいに首を引っ込めた。ごめんなさいを連呼する。十七年前もこうやって古池のご機嫌を窺っていた。再会してから「おばさんになったのよ」と強がっていたのが、嘘のような変わりようだった。

「でも、排卵日を伝えないとわからないでしょ」

「周期表は貰っている。排卵予定日は四日間だろ。その間は拠点に常駐しているようにする。

いいタイミングで来ればいい」

「でもそれじゃ……精子の状態が」

「は？」

「新しすぎても古すぎてもダメなの。古池さんにも、定期的に、その……」

「射精しておけと？」

「そうしないと、いい精子が……」

古池は頭を抱えた。

「そんなことまで強要されなきゃいけないのか。俺にオナニーをしておけというのか」

「ごめんなさい。でも、私だってこんなの早く終わりたいの。一回で確実に妊娠したいの。古池さんにも、奥さんにも悪いし——古池さんが奥さんのことをとても愛しているの、わかるもの。それなのに抱かれる方だって辛いのよ！」

古池は怒鳴り散らした。

「バカ言うな、辛いのは好きでもない女と子作りしなきゃならない俺の方だ！」

愛花の顔面が蒼白になる。目にじわじわと涙が溜まっていった。言いすぎた。どうかしている。古池は慌てて撤回したが、愛花は肩を震わせて泣き出した。

「すまない。本当にすまない」

愛花は泣きじゃくりながら、ぶんぶんと首を横に振った。

「古池さんは、悪くない」

無性に苛立った。こんなに作業玉との関係がうまくいかないのは初めてだ。落ち着かなくては。六秒間、目を閉じた。深呼吸する。思いついたことを、よく考えずに口に出す。

「体外受精とかにするか。精子を病院に持っていけばいいんだろ。そうすれば、互いにこんな苦しい思いをしなくても――」

言って古池は、慌てて打ち消した。

「いやだめだ。金がかかるな」

金なら乃里子に頼めばどうにでもなる。それでも二度とこの話をしなかった。医療の力を頼ったら、確実に愛花を妊娠させてしまう。

古池は必死に心の中で祈っていた。どうか妊娠しませんように。愛花を運営するために排卵日にセックスはしてやる。でもどうか、妊娠が成立しませんように――。

八月八日、妊婦マークが出ていると監視班から一報が入った。警視庁本部を囲むけやきの巨木の横を、古池は大急ぎで走る。蟬の鳴き声がうるさい季節になっていた。上大崎の拠点に向かう。

愛花はJR南武線と武蔵野線を使って埼玉県を大回りして、やっと上大崎までやってきた。大きな情報を摑んだと察知する。愛花は、真夏の暑さで汗まみれになっていた。

「あっちが接触したいって言ってきた。来週、幹部と会うことになった」

古池はメッセージのやり取りを見た。

「HYじゃないな——高階《たかしな》？」

突然、名前を晒してきた。文章も他人行儀だ。木村ではない。

「やっぱり木村がヤマダヒロシなのよ。だから直接接触はできない。でも私に協力してほしい。ビラの編集作成を頼みたいんだって。だから高階という代理人が出てきた」

ビラの作成は第七セクトのアジトで行われる可能性が高い。アジトを突き止められる。

古池はメッセージをスクロールした。すでに待ち合わせ場所は指定されていた。市ヶ谷のお濠沿いにあるレストランに、来週の八月十五日十三時待ち合わせ、とある。

古池は一瞬で監視・尾行態勢を頭の中で組み立てた。まずはこのレストランに協力を仰ぐ。当日は店員や客を全て公安部員に化けさせる。あちらも公安を警戒するだろう。直前で待ち合わせ場所を変更するかもしれない。あちこち移動させられる可能性を考えると、刑事部の特殊犯捜査係に協力を仰ぐか。バイクでの追尾班〈トカゲ〉に応援要請が必要かもしれない。振り回される愛花が違反切符を切られぬよう、近隣所轄署に話を通しておく必要もある。絶対にこのチャンスを逃さない。

古池は更にメッセージをスクロールした。愛花は待ち合わせの目印として、高階の外見を尋ねていた。高階は無警戒にも、顔写真を送付していた。古池は感動した。

マルAだ。目島官房長官ヒ素事件の際、古池を陽動したスキンヘッドの男だった。この三か月で髪は伸び、七三分けになっている。ポロシャツ姿だ。古池がトカレフを試し撃ちした腕は完治したのか、元気に動き回り始めたようだ。

「愛花。よくやった」

キスやハグは必要ない。ただまっすぐ愛花と目を合わせて、心から言う。愛花は少し照れた顔ながらも、充実感溢れる顔で見返す。古池は自ら確認した。

「──明日だな」

排卵日。

「午後がいちばんいいみたい」

「わかった。ここで待ってる」

乃里子は内閣府の内閣官房で会議の真っ最中だった。一刻も早く知らせたい。古池は内閣府に出向き、会議室前の廊下でじっと待った。

会議を終えた乃里子は一時間後に赤坂で会食があるとかで、急ぎ足だった。古池は廊下を歩きながら簡潔に報告する。乃里子は浮足立った。

「いよいよだね。会食なんか行きたくなっちゃう」

「すぐに戻ってください。当日まで一週間しかない。概算しましたが、必要な捜査員はレストランの班だけで三十名、秘聴・秘撮作業車は五台。追尾班にはトカゲを使わせていただきたい」

3301と接触後の高階の追尾も行う。あちらも尾行点検するはずだから、三列並行式で百メートルごとに人員を変える。三十人は必要だ。

「全部で百人規模の作戦になるね」

「なんとかなりますか」

「勿論だ。必ず期待に応える。末端の捜査員を大至急、集める。まずは新田先輩に報告だ」

乃里子は踵を返そうとして、ふいに足を止めた。

「3301はラシミと呼ばれていたんだよね」

その語源、ヒンズー教の女神ラクシュミーは、仏教界では吉祥天と呼ばれる——乃里子がにたっと笑った。

「作戦名は〈吉祥〉でいこう」


その晩、古池は自宅のデスクで作戦〈吉祥〉の詳細を練った。

市ヶ谷のレストランの店内図と写真を見て、秘聴・秘撮機器をどこに何台、どの向きで設置するか、頭を使う。作業車の配置も考える。都心なので下手に路上駐車できない。万が一、愛花に危険が迫ったときのための逃走経路も考えておく。

インターホンが鳴った。時計は二十二時半を指している。モニターだけ見た。オートロックの扉の前に、律子が立っている。伏し目がちだ。髪形がショートカットに変わっている。

古池はすぐさまロックを解除した。玄関の扉を開けて待つ。エレベーターホールから律子がやってきた。玄関先に立っている古池を見て、照れたように俯《うつむ》く。スポーツバッグを抱え、とぼとぼと歩いて来た。童顔だから、部活帰りの疲れた女子高生みたいだ。パーティの夜に古池に散々見せつけた淫靡《いんび》な空気が全くない。目の前に辿り着くと、古池を見上げ「ただいま」と恥ずかしそうに笑った。

「——お帰り」

古池は律子を中に入れた。彼女はもう妻なのに、この家に入るのはまだ二度目だ。

「私の荷物、どこ？」

「スニーカーはシュークローゼットに仕舞った。書籍関係は書斎にスペースを作った」

下着は、と律子は揶揄《やゆ》するような瞳で、古池を見た。スポーツバッグを持ってやる。大きさのわりに重たかった。

「衣装ケースに保管している。なにも言わずに荷物だけ送りつけてくるな。爆弾かと思った」

「手紙、入れたじゃない。区役所に届けてくれたんでしょ？」

「それは二度目の宅配便に入っていた」

「うそっ。送る順番、間違えた」

適当な調子で律子は笑った。婚姻届を書いたり、証人二人に署名を求めたり、上田に戻って荷物を送ったり——どれも投入中の身分で行うのは難儀する作業だ。

「本当は荷物は後で、婚姻届を持ってここを訪ねる予定だったのよ」

「そうしてくれた方が嬉しかったが」

「だって、いつ行ってもいないんだもの。昨日、誕生日だったでしょ」

律子はコンビニの袋を突き出した。いちごのショートケーキが二切れ、パックに入っている。

「パティスリー、どこも開いてなくて。四十四歳」

おっさん、と笑う。お前ももう三十路だろと額をつついてやる。律子は照れ臭そうに笑って、そして深呼吸した。なにかの覚悟を決めたように、古池を見上げた。古池も、覚悟を持って律子の視線を受け止めた。結婚した。溢れ出るものがあまりに大きすぎて、沈黙してしまう。愛しているという言葉も、お前はもう俺の妻だという独占欲に満ちた言葉も、ただ黙って抱き寄せキスをするような動作も、いまの古池と律子にはあまりにチープだった。

「飯、食ったか」

「うん。古池さんは？」

「食べた。風呂は？」

「まだ。三日で戻らなきゃならないの。もう明後日」

「わかった。いい湯を入れてやる」

古池はケーキを冷蔵庫にしまい、風呂を掃除した。律子がぼんやりと突っ立って、古池を目で追っている。

「ソファで休んでおけよ。疲れただろ。一応、一坪風呂だ。足を伸ばせる」

風呂の自動湯沸かしボタンを押した。背後でぐずぐずしていた律子が、古池の手に指を絡ませてきた。わかっている、と抱きしめる。あまりに力を込めすぎて、左右の胸筋で律子の顔を挟むような格好になった。律子はひーひーと音を立てて息をする。苦しいのかと思ったが、匂いをかいでいるようだった。

「汗臭いだろ。まだ風呂に入ってない」

律子は「古池さんの匂い」と言って、とうとう泣き出した。古池も律子の髪と耳の間に鼻をつけて、存分に彼女の匂いを吸った。あまり彼女の匂いを意識したことがなかった。

律子は泣いたが、それも一瞬で、すぐに飲み込んだ。任務、という文字が律子の顔に張り付いている。

戸籍で繋がっているとしても、身も心もあまりに遠いところにいる。それが今後も続き、いつ終わるかわからない。キスもせずに、いつまでも古池は律子を抱きしめ続けた。少し太ったと感じたが、言わなかった。見つめ合い、どちらからともなく右手を絡ませる。笑えてきた。ダンスのステップを踏む。

「あの日の晩みたいね」

「ティティナをかけるか?」

軽くステップを合わせる。数歩進んだところで、古池は「あの日しなかった。回転しろ」と律子の腕をぐいっと持ち上げた。そんな大技できないと笑いながら、律子はもたもたと回転する。転びそうになった。抱きとめて、大笑いする。古池は律子をそのまま抱え上げてベッドまで運んだ。律子はまた泣いてしまった。幸せは辛い。別れのカウントダウンはもう始まっている。古池は辛いどころではなかった。明日、作業玉と子作りをしなくてはならない。

律子のカーディガンのボタンを外しながら、そっと唇を重ねる。舌はじっくりと絡めた。律子のジーンズのフックを外そうとして、強く、律子に手を摑まれた。律子を見る。彼女は空虚な目をしていた。やはり無理か。彼女は、古池とだけセックスができないときがあった。作戦と現実の境界を見失って混乱し、なにをやっても全然濡れず、泣いて、十三階を辞めたがっていた。三年前の話だ。

パーティの夜は長谷川亜美になりきっていた。だからセックスできた。いま、古池の腕の中にいるのは明らかに黒江律子本人だった。

「ごめんなさい」

「いいよ。無理しなくていい」

古池は丁寧に、カーディガンのボタンを締めなおした。「違うの」と律子はまた古池の手を摑んだ。発熱しているのかと思うほど、その手は熱い。なにか重大な報告があると察した。彼女の言葉を待つ。

律子は口ごもり、なかなか言わない。かわいそうになってきた。古池自ら尋ねる。

「妊娠したのか」

律子は少し眉を上げて、古池を見返した。

「避妊しなかった。俺にも責任がある」

律子はただひとつ頷いた。目を離さない。決意が、見える。

「いま、何か月？」

「四か月入ったとこ」

「現場では、妊娠をどうしてる」

「体調不良ってことにしてる。お腹が大きくなる前になんとか任務は終わらせる」

中絶するという選択肢はないようだった。古池は話を逸らす。声のトーンが不自然に高くなってしまう。

「風呂、入ってこい。もう沸く頃だ。滑らないように気をつけろ」

「ねえ、嬉しい？」

律子が不安そうに、古池の顔を覗き込んできた。古池が黙っているので「幸せ？」ともう一度、尋ねてきた。

「――明日の午後、実家に連れて行く」

古池は答えを巧妙に回避した。

「三日しかいられないんだろ。入籍と妊娠を静岡の両親に報告する。お前の親は？」

「言うわけない。お母さん、過剰に心配して面倒なことになるから」

確かに、上田の母親には生まれてから報告した方がいいだろう。律子の姉も妹も妊娠中に死んだ。娘の無事出産を願い、また妙な新興宗教に走られたら困る。

「ねえ……実家って、静岡の？　本当に？　実家に連れて行ってくれるの」

「さっきからそう言っている。早く風呂に入って今日はすぐ寝ろ。疲れているだろ」

律子は跳ねるような足取りで、寝室を出て行った。嬉しさが体に出ていたが、嘘っぽくもあった。風呂の扉が閉まるのを確認し、古池は書斎の扉を閉ざした。乃里子に電話をかける。

作戦〈吉祥〉の中止を要請した。

明日午前中は、土下座行脚だ。３３０１の運営も終了する。

第三章　かわいそうなティティナ

十六時、ＪＲ品川駅構内の新幹線南のりかえ口付近は利用客で混雑していた。律子は改札近くのカフェで、もう四時間も古池を待っている。

「午前中に仕事を片付けてくるから、十二時にカフェで待っていろ」

と言われていた。律子はとても疲れていたので、昼近くまで寝てしまった。仕事に行く古池を新妻らしく見送ることもできなかった。妊娠してからずっと体がだるく、眠くて仕方なかった。

古池は律子の妊娠を、歯を食いしばり苦悶の末受け止めたという様子だった。四時間待っても来ない――仕事の調整がうまくいっていないのだろう。

スマホのアラームが鳴る。十六時三分。写真を送付する時間だった。律子は儀間に画像を送った。別府温泉の血の池地獄前で、母親と並んでＶサインしているものだ。この母親は協力者で、偽物だ。実母はいまも地元上田の病院の精神科に入院している。

メールには、地獄に落ちたくなーい、とおちゃらけた文章を添えた。出産したら母子水入らずの旅行はできないからと儀間を説得して、安定期に入りやっと遠出が実現した。

儀間には、儀間の子供を妊娠していると偽っている。

古池にも妊娠四か月だと嘘をついてしまった。本当はいま妊娠十九週、来週にも六か月に入る。お腹も少しずつ大きくなっている。妊娠がそこまで進んでいると知られたら、投入先で妊娠をどう周囲に偽っているのか、古池に問い詰められる。

妊娠を利用して儀間と入籍したのだ。

古池は激怒するはずだ。投入を辞めさせようと、また乃里子にきつくあたるだろう。

母娘二人旅を装う証拠画像や動画を残すため、昨日は飛行機で別府に飛んでいた。協力者と急ぎ足でスナップ写真を撮って回った。東京にとんぼ帰りして、古池のマンションに行ったのだ。

妊娠中の身でやることではない。疲れ切って、昨晩は風呂でもうとうとした。古池が心配して、一緒に入ってくれた。足の間に律子をはさみ、後ろから抱いてお腹を触ってくれた。実家の話もたくさん聞かせてくれた。

古池の寡黙な父親は地元の信用金庫を定年退職し、いまはシルバー人材センターで働いているという。母親は専業主婦。おしゃべりで社交的だがお節介な性格らしい。弟の耀二《ようじ》は父親が勤めていた信金の融資課で働いている。弟の嫁は保育士だ。姪は十五歳、中学三年生。

「もう高校受験か」と古池は説明しながら驚いていた。

律子がうたた寝していると、古池は話をやめ、しばらく黙り込んでいた。放心状態という様子だった。律子は途中目が覚めていたが、古池の僧帽筋に顔を預けてじっとしていた。古池を愛している。けれど二人揃うと、とても悲しい。

スマホに電話がかかってきて、律子は新幹線改札前の雑踏に、意識を戻す。十六時半になっていた。乃里子からの電話だ。いきなり声を荒らげられた。

「黒江！　古池に妊娠のことを話したね」

律子は返事ができなかった。

「私はあれほど言ったよね。古池には絶対に話すなと。よいタイミングを、私が判断すると」

作業員は、夫に妊娠を告げる自由もない。校長の命令に従うつもりだった。だが、任務の長期化は避けられない状況だ。古池との三日間を作るのにも苦労した。次いつ会えるかわからず、愛してもいない男の横で妻として振る舞い、最悪、儀間亜美として、出産せねばならない。古池に、作戦の末に潜入対象の子まで妊娠したと思われたくなかった。だからこそ、自ら妊娠を告げた。電話の向こうの乃里子に謝罪したが、火に油を注ぐだけだった。

「申し訳ないでは済まされない事態だ。作戦がひとつ、潰れた……！」

乃里子の息遣いは荒く、受話器越しの音が割れるほどだ。

「古池さんは、どんな任務についていたんですか」

「聞くな。自分の任務に集中しろ。情報交換が必要と私が判断した時点で、教える。お前たちはそんなに校長の私が信用できないか！」

もう一度謝罪したが、言い終わらないうちに電話は切れた。

古池は来られないだろうと律子は思った。乃里子は古池に対してはもっとひどい叱責をしているはずだ。年下の女の上司に雷を落とされる屈辱に、いまごろ古池は耐えている。

律子は改札前のカフェを出て、しばらく品川駅構内にあるエキュートを回った。昼食は新幹線の中で古池と一緒に食べようと思っていたから、なにも食べていない。空腹だ。儀間からメッセージが届いた。

〈地獄に落ちても僕がすぐに助けに行くよ〉

品川駅構内のアナウンスが入らないよう、多目的トイレに入った。儀間に電話をかける。彼は議員会館で仕事をしていた。先生、と呼びかける。結婚後もこう呼ばれることを、儀間は好む。

「亜美。どうした」

「メール見たら、声聞きたくなっちゃった」

なんだそれ、と儀間が笑う。律子はそれとなく沈黙した。儀間が察する。「なにかあった」と尋ねてきた。

「お母さんと喧嘩しちゃって。口うるさいんだもの。なんでも把握したがって、全部コントロールしようとする」

「いまに始まったことじゃないだろ」

その通りだ。古池と普通の恋人同士でいられたことはない。普通の夫婦でいられるはずもないのだ。

「切るよ、お客さんが来ているから」

電話に出なくてよかったのにと言ったら、強く返された。

「心配しているんだ。妊婦が温泉とか飛行機とか、なにかあったら一大事だ」

「大丈夫。母が一緒よ」

「喧嘩中だろ」

「わかった。仲直りする」

「お腹の子は、儀間家の血を継ぐ大事な存在だ。よくよく考えて行動するんだよ、亜美」

はい、としおらしく答え、電話を切った。

律子は飛行機の離発着の時間を調べた。母親と喧嘩別れし、早めに東京に帰ってきたことにして、赤坂の議員宿舎に戻ろうか。律子はいまそこで儀間と新婚生活を送っている。古池と過ごすのは、あまりに悲しい。任務中はやはり会うべきではない。あのパーティの夜も、同じ空間にいるのが辛かった。儀間に体調不良を訴えて、早めにパーティを辞した。目島官房長官が襲撃されたのはその直後のことだった。

律子は駅構内のハンバーガーショップに入った。つわりの一種か、安定期に入ってからも脂っこいものばかり食べている。深夜一時に突然揚げ物が食べたくなり、キッチンに立ったこともある。儀間は寝ぼけ眼で仰天していたが、寝不足になっても全く怒らなかった。

彼はとてもいい人だ。欠点はただひとつ。

女癖が悪い。

儀間の本命は別にいた。儀間は政略結婚を狙っていた。天方美月《みつき》という、二十六歳の女性と。

天方総理大臣の、大事な一人娘だ。

天方は四年前に夫人を不幸な事件で亡くしている。元女優の美しいファーストレディだった。夫人の死後、美月は総理の同伴としてパーティなどに顔を出すようになった。後援会事務所などの挨拶回りから選挙の応援演説まで、ファーストレディの穴を埋める存在だ。

母親譲りのスタイルの良さと美貌、そして父親とそっくりの理知的で力強い目元。総理にとっては自慢の娘であり、大切な忘れ形見だった。

美月は大学で政治学を学んだ。父親と同じ道に進むことを周囲に期待されていた。だが、大学院での様々なフィールドワークを通じ、草の根活動に目覚めてしまった。

天方は超保守のタカ派だ。同じ与党内の中道左派は内閣に入れないし目も合わせないほどだ。娘が市民活動に精進するなど、ありえないことだった。

美月は父親と衝突することが多くなった。大学院卒業後、政府系のシンクタンクに就職したが、時に父親の政策批判を口にするまでになっていた。

ここまでは、二〇一七年の話だ。律子や古池は新興宗教団体との攻防に奔走していた。天方親子の確執はただのファミリーマターでしかなかった。

事態が急転したのが、去年の二〇一八年の年明けだ。美月は「恋人を連れてきた」と、天方にある男を紹介した。

儀間祐樹だ。無所属の新人議員で草の根を標榜する。辺野古移設問題がこじれている沖縄3区から選出されていた。辺野古移設の撤回を政策に掲げている男だった。

仲を裂く。

官邸は儀間の身辺調査を開始した。女の影が次々と出てきた。儀間はその動きに気づいたのか、慌てて女たちと縁を切った。天方に土下座をして、交際の許しを請うた。「辺野古移設の問題解決のため与党に協力をしてもいい。沖縄の県議会に圧力をかけられる」とも言ってみせた。たかだか当選一回の無所属議員がバカか、と天方は呆れ果てた。

そんな時、首相官邸に匿名の怪文書が送られてきた。

『儀間はとある新左翼テロ集団に資金援助をしている。天方の娘にまとわりついているのも、内閣の情報を得るため。気をつけろ』

怪文書の送り主は儀間の元恋人を名乗った。儀間にテロ活動を嗅《か》ぎつけた彼女は警察に駆け込もうとしたが、儀間にヒ素を盛られて殺害されかけたと訴える。

ファミリーマターだった儀間問題は公安マターに発展した。官邸からの命令で十三階は怪文書を分析した。彼女を〈イナグ〉と符牒《ふちょう》し、行方を追っている。沖縄方言で〈女性〉という意味だ。「儀間に命を狙われている」と文書にしたためた彼女は身を隠しているようで、消息も素性もわかっていない。

怪文書の信憑性は、匿名文書に添付された写真にあった。資金提供を証明する書類を撮影したものだ。紙を持つ〈イナグ〉の親指の爪に、ミーズ線という特徴的な縞模様が現れていた。重金属中毒者に現れる症状だ。〈イナグ〉がヒ素を盛られた証拠だった。

儀間は左派テロリストなのか。

美月と儀間を即座に別れさせるべきだった。周囲がとやかく言えば言うほど、美月は頑《かたく》なになっていった。「官邸のでっち上げだ」「政治家に女の一人や二人くらい」と父親に反抗し続けた。

官邸はヒ素の件をマスコミにリークして儀間を潰す手も考えた。だがそれは儀間と交際を続ける美月のスキャンダルにもなりうる。天方も火の粉をかぶってしまう。

十三階の出番だった。

二〇一八年四月、休職中だった律子に白羽の矢が立った。

どんな手を使っても儀間と美月を別れさせろ。

律子は天方総理本人と極秘会談を重ねた。頭も下げられた。五月には、巡査部長という階級ながら部下五人のチームが与えられた。儀間祐樹のアドレス作業が始まった。律子は日常のルーティン、趣味嗜好、性癖、全部暴いた。

儀間は政治家にしては人の意見をよく聞く。うんうんと同情し、強く主張しない。共感力の高さと甘いマスクで、女性有権者を虜にしていた。一方で、女性に強く言い寄られるところっと落ちてしまう脇の甘さがあった。女性や弱者の味方と言いつつ、ベッドの上では身勝手に振る舞っていた。前戯が三十秒しかないのだから、一目瞭然だ。律子は、儀間の政策や主義主張の調査は二の次にした。軸足がふらふらの好色にしか見えなかったからだ。

アドレス作業から一か月経った六月のある日、美月が儀間の議員会館を訪れたことがあった。儀間は美月にがっかりしていた。美月のどんな行動になぜ失望したのか、律子は秘撮映像を何十回も見直した。儀間の表情、視線、仕草を徹底的に分析した。

律子は初めて、儀間という男の、政治家としての芯に気が付いた。これが投入の突破口だった。

二〇一八年七月、作戦〈対馬〉が始まった。

律子は警視庁を退職したことにして、古池班を去った。三か月間地下に潜り、長谷川亜美という人物を作り上げた。公設第二秘書を募集していた儀間に履歴書を送る。儀間が好む眼鏡をかけて、顎にほくろを描いた。儀間は少年時代、顎にほくろのあるアイドルに夢中になっていた。議員会館で直接面接した。儀間の目が何度もほくろに飛んだ。儀間は亜美の苦労の多い経歴を、草の根議員らしく同情して見せただけだった。面接は十分で終わった。律子も前のめりに主張はしなかった。勝負はここからだった。

律子は議員会館の儀間の部屋の入口に飾られた、ある短歌の前で足を止めた。

『疎開児の　命いだきて　沈みたる　船深海に　見出されけり』

短歌に魅入ったふりをする。儀間がハッと息を呑み律子を見つめている。律子はそれとなく儀間に尋ねた。

「これは、陛下が詠まれた歌ですね。対馬丸事件の……」

儀間の瞳の濡れと揺れで、その情動が激しく突き動かされたのがわかる。儀間は大きく深呼吸し、尋ねる。

「君、神奈川県出身だよね。よく知っているね。この歌のことも、対馬丸事件のことも。沖縄の人ですら、この短歌に目もくれず素通りしてしまうのに」

対馬丸事件とは、戦時下の沖縄で学童疎開船対馬丸が米艦隊に撃沈された悲劇のことだ。子供を中心に約千五百人が死亡した。米軍に悩まされ続ける沖縄の、怒りの原点でもある。沈没した対馬丸の船影が、平成九年に海底で撮影されている。当時の天皇陛下が詠んだ歌だった。

翌日には採用の連絡が入った。律子は儀間に誘われ夕食を共にした。しゃべり方、食べ方、仕草、全て儀間の好み通りに振る舞った。合間に、親密な甘い視線を送る。しつこくならないように、たまに冷たくあしらった。あっという間に男女の仲になった。仕事上でもベッド上でも絶対にNOを言わなかった。儀間の機嫌のいい日には、甘えたり、すねたりした。儀間が仕事上——委員会や勉強会でやりこめられたと監視班から一報が届いた日は、徹底的にもてそやした。

「亜美はなにも言わなくても全部わかってくれる」

律子の演じる『亜美』に儀間が夢中になるのに、そう時間はかからなかった。

演出された出会いから半年経ったが、律子はまだ第二の女、なかなかナンバーワンにもオンリーワンにもなれなかった。美月は三番目だった。

儀間のナンバーワンは、沖縄だった。

自身が沖縄と政権の架け橋になるという野望を捨てきれない。心を完全に奪っても、儀間は美月との仲だけは終わらせなかった。

「結婚相手なんて、正直誰だっていい。それが沖縄のためになる相手ならね」

女のいないところで、そんな風に言うことすらあった。そして子供を欲しがった。彼は高校生の時に両親を事故で亡くしている。兄妹はない。儀間の血が後世に残ることに、執念があるようだった。

美月と別れさせるための決定打がない。子供を欲しがっているなら妊娠を偽装する、もしくは本当に妊娠し入籍するという禁断の作戦案が、浮上しては消えていく。

妊娠偽装は週数が進むにつれて嘘がばれやすくなる。流産したとなれば、儀間はまた美月との関係を復活させるに違いなかった。テロ支援の証拠もヒ素も見つからない。作戦の長期化は避けられない見通しだった。妊娠偽装は現実的な選択ではない。だが、律子は儀間の子供を身ごもることは絶対に嫌だった。乃里子は理解してくれた。やがてこう提案した。

「古池の子供なら、どうだい」

律子は大量のフライドポテトを口に入れてつわりをやりすごした。店を出てJR山手線のホームに向かう。赤坂の議員宿舎に戻るのだ。

儀間になんとメールを入れようか。考えながら、階段を下りた。電車がホームに滑り込んできた。駆け下りる。突然腕をぐいと後ろに引かれた。古池が肩で息をして、立っている。

「探したぞ。カフェで待ってろと言ったろ。どこへ行く」

律子は、謝るのが精一杯だった。作戦がひとつ潰れたとヒステリックに叫んだ乃里子の声を思い出す。ごめんなさいという声が震えた。

「いや、俺もすまない。遅くなった。ゴタゴタしていて……」

「私も、本当に、ごめんなさい」

「なぜ何度も謝る」

律子は沈黙した。妊娠してごめんなさい。それを告げてしまってごめんなさい。

「校長になにか言われたな」

律子は首を縦に振りかけて、やめた。

「黒江」

古池を見上げる。髪を撫でられた。

「嬉しいよ。子供ができて。すごく嬉しい」

新幹線ひかりに乗った。静岡駅まで出て、ＪＲ東海道線で興津駅まで引き返す。車内から富士山が見えた。清水駅からは駿河湾も見える。古池はこんな風光明媚な場所で育ったのか、と律子は驚いた。無機質さをまとう古池に、この土地の情緒の気配がないからだ。

興津駅に着いた。小さな駅だった。周囲を見渡したが、富士山が見えない。古池が駅を南へ歩きながら、教えてくれた。

「興津からは見えないんだ。浜石岳があるから。海も目の前だが海水浴場はないし」

何年ぶりかのふるさとだろうに、懐かしそうな顔もせず、古池は冷めた表情だった。

「私たちがくること、家族の人たちにもう話したの」

いや、と古池は答える。実家は十年ぶりらしい。

「電話をしても振り込め詐欺だと言って、息子だと信じてもらえない。先に弟のところへ行く」

古池は県道沿いにある信用金庫に入った。ＡＴＭコーナーしか開いていない。弟の携帯電話番号すら知らないのか、古池は信金備え付けの緊急用電話で強引に呼び出した。

弟の耀二が、シャッター横の非常扉から出てきた。「兄貴」と言う声は驚きに満ちている。そして、誰、という目で律子を見た。

「妻。妊娠中」

耀二はひっくり返りそうになっていた。黒ぶち眼鏡の向こうに、切れ長の瞳が見える。二重が不安定で一重になったり三重になったりする古池と、全く似ていない。耳の形は同じだった。

「おふくろにいまから行くと連絡してくれないか。俺がかけてもだめなんだ」

耀二が話をつけてくれた。すぐに実家に向かうことになったが、古池の母親の喚《わめ》く声が、耀二のスマホから漏れ聞こえてきた。

「は？　入籍？　妊娠？　いまから来る？　客用の布団干してないからダニだらけだけど？　なに考えてんの慎一は……！」

律子は気が重くなった。先を歩く古池は愉快そうな顔つきだ。

実家は駅の北側の、山に挟まれた住宅街にあった。古池は裏道をすいすい通って、東海道線の反対側へ向かう。途中、神社や小学校の脇を通った。古池が通っていた小学校らしいが、思い出話やエピソードを披露するでもなく、素通りした。どういう子供だったのか尋ねたら、古池は苦笑いしただけだった。

築四十年という実家には灰色の屋根瓦が乗っていて、増改築の痕が見えた。増築部分に弟一家が住んでいるらしい。古池は「ここにガレージがあったんだけどな」とあてが外れたような顔をしている。

古池の母、文子が玄関先でせわしなく掃き掃除をしていた。もう七十歳くらいだろうが、ぴんと背筋を伸ばし、息子をひとにらみする。律子には「いらっしゃーい！」と笑顔をこぼれさせた。即座に古池に言う。

「あんたにじゃないわよ。全く、十年音信不通で、なんなのよいきなり！」

また律子を見て目尻を下げる。

「ごめんね、この自分勝手な男に突然引っ張ってこられたのよね、私はこんな風に育てたつもりはなかったのよ、疲れたでしょ、さ、上がって」

相槌を打つ間もないほどよくしゃべる。十九時半に帰宅した古池の父親は正反対だ。黙って文子の話を聞くのみで、息子にもなにも言わない。律子にも話しかけてこないが、優しそうな目には気遣いが見えた。目の形が古池とそっくりだった。

急に来るからなんにもないと文子は言いながら、耀二の妻に刺身や寿司を買って帰るよう、てきぱきと電話で指示する。

「清水港のまぐろ市場はもう閉まった？　健康ランドの物産店は？　行って来てよ」

耀二の妻が帰宅した。大量の買い物袋を提げている。食卓に海産物がずらりと並んだ。古池の父親が寿司をつまもうと割り箸を割ったが、片方がやけに短くなっていた。

妊娠中で酒が飲めない律子のために、静岡名物の瓶詰コーラが三本並んだ。さくらコーラ、茶コーラ、うなぎコーラ、どれか一本選んでと文子に言われる。律子はうなぎコーラを選んだ。文子は律子の肩を抱いた。

「私、気に入ったわ。この子」

鰻の味はしない。普通のコーラだった。鰻エキスが入っているだけらしい。

二十時過ぎに耀二も帰って来たが、塾にいる娘を迎えに行くとかで、酒は飲まなかった。耀二も寡黙な父親に似たのか、必要以上のことをしゃべらない。耀二の妻は裏方に徹していて、席に座らない。律子が手伝おうとすると、断固拒否した。

テーブルは、文子の独擅場だった。古池の仕事のことを根掘り葉掘り聞く。古池はほぼ無視していた。文子はめげずに律子に話を振る。古池とは職場で知り合ったこと、長野県上田市出身、亡き父は県議会議員だったことを話した。文子は仰天した。

「信じられない……！　息子が四十四にもなって一回りも年下の県議会議員のお嬢様を孕《はら》ませて実家に帰ってくるなんて！　私たちはどの面下げて上田に挨拶に行けばいいのよ」

上田に行く必要はないと話したが、文子は収まらない。飲まないとやってらんないわ、と夫にお酌させる。機嫌はいい。

「男の子が生まれたら嬉しいわね」

文子の一言で場が凍り付いた。耀二の妻が冷めた一瞥を送る。この家はこの家で、いろいろあるのだろうと思った。

姪が帰宅したのは二十二時半のことだった。顔が文子とそっくりだった。受験生だから、塾の自習室が閉まるまで勉強しているらしい。

「子供部屋を増改築して作ったのにねー」

文子が嫌味を言った。姪も反撃する。

「だってばあちゃんがうるさくて勉強に集中できないんだもん！」

二十三時にやっと解放され、風呂に入った。耀二が「うちの風呂の方が新しくて広いから、こっちで入ったら」と声を掛けてくれた。律子は耀二の妻が怖かったので遠慮した。古池の父親が心配した様子で言う。

「こっちのは古いから、風呂釜がちょっと深いんだ。くれぐれも滑らないように気を付けてね」

舅と会話をしたのはこの一回きりだった。

風呂に入り、どっと疲れが出た。だが、古池の泉岳寺の自宅に帰りたいとは思わなかった。二人きりでいると切なくて身を切られそうになる。これくらいガヤガヤして、平凡な家庭のちょっとした軋轢《あつれき》にもまれている方がラクだ。

風呂を上がり、和室に入った。布団が二つ敷かれていた。安全ネットをかぶった扇風機が、首にコードを巻いた状態で置かれている。海辺の街だから夜は涼しい。盆地の上田は夜になっても気温が下がらない。東京は今日も熱帯夜だ。右側の布団は、布団乾燥機が作動中で掛布団が膨れていた。ダニ退治モードになっていた。文子の気遣いを感じる。しゃべりすぎるが、温かい人だった。

古池はどこに行ったのだろう。律子はすることがなく、布団に入った。隣の布団乾燥機の電子音が鳴る。膨れていた布団が萎んでいく。文子が障子を開けて入ってきた。ノックも声掛けもなかったので、驚いて飛び起きる。

寝てていいのよと文子は言って、酔いで赤くなった顔のまま布団乾燥機を仕舞う。丁寧に布団用掃除機をかけ始めた。そっちは終わっているから、ダニ一匹いないわよと笑い、ひとつしゃっくりした。

「すいません、あの……突然の訪問で」

文子はニコニコしたまま、行ってしまった——と思ったらまた入ってきて、仏壇の方を見た。

「なにもしなくていいけど、ご先祖様に手は合わせておいて」

はい、と立派に返事をして、律子は仏壇の座布団に座った。備え付けの大きな仏壇だ。観音扉にぶら下がる飾り紐が退色していた。扉を開ける。ろうそくの形をした電球のスイッチを入れた。小さな遺影が四つ並んでいる。そのうちのひとつに警察制服を着た男の遺影があった。

律子は驚愕した。

牛乳瓶の底のように分厚い眼鏡をかけているので目の形がよくわからないが、顔の輪郭、鼻の高さや口元の引き締まった感じが、古池にそっくりだった。

背筋がぞっとする。古池が死んでしまったように思えた。あなたは誰——と、一心に手を合わせる。廊下で話し声がした。古池と文子が会話している。じいさんの遺品が、ガレージがどうの、と話している。

古池が入ってきた。風呂上がりか、白い肌着に、ナイキのジャージのズボンを穿いている。耀二に借りたらしい。スーツ以外の姿を殆ど見たことがないので、妙な感じがする。古池の方も、律子が目に涙を一杯に溜めているので驚いたようだ。

「この人、誰？」

遺影を取った。本当に嫌な写真だった。

「じいさんだよ、母方の。あのおしゃべり文子の父親だ」

古池は、仏壇なんかどうでもよさそうに、布団に入った。

「おじいさん、警察官だったの」

「そう。静岡県警の。話してなかったか」

「初めて聞いた」

「警専講習で習ったはずだ」

律子はある名前に思い当たった。

磯村慎一。

三里塚闘争で反対派ゲリラにリンチされ、殉職した。警備専科教養講習では反体制組織への対決姿勢を持つため、公安事案で殉職した警察官の名前を暗記する。無残な遺体写真も見た。磯村というのは母方の旧姓だろう。それで気がつかなかったが、慎一という古池と同じ名前でピンときた。

磯村が殉職した三里塚闘争の総南十字路事件は、一九七一年の話だ。他にも三名が死亡し、重軽傷者三十名も出た。中隊が丸ごと壊滅させられた悲惨な事案だった。

古池は一九七五年生まれだ。文子は殉職した父親の名前を、長男につけたようだ。

「おじいさんの影響で、警察官になったの？」

「さあ。幼い頃から警察官に尊敬みたいなのはあった。でも影響というほどではない」

知らないからな、と古池は枕を直した。

「あのおしゃべり文子が、不思議とじいさんの話はしない。俺はその写真の顔と、警専講習で見たじいさんの焼死体しか知らない。いなくて淋しいと思ったこともない」

「公安に入ったのは、おじいさんの件があったから？」

「それを持ち出されて誘われたというのはあるが、あまり俺の人生とは関係がない」

妙に冷めた言い方をする。律子は磯村の遺影を前に、板挟みになった気分だ。やはりこの遺影は見つめているだけで辛い。古池が死にかけた日のことを思い出す。律子は急いで古池の布団に入った。古池が少し笑った。

「お前、そっちの布団だろ。せっかく文子がダニパンチしたのに」

古池は暑がって、扇風機を回した。律子をしっかりと抱き寄せて目を閉じる。古池はすぐに寝息を立てた。首を振る扇風機の風が、定期的に古池の髪を揺らす。好きな人の髪の毛がふわっと持ち上がる。手のひらで触っていたら、古池はうっとうしそうに背中を向けてしまった。古池の背中のそばで丸くなり、目を閉じた。だが寝つけない。仏壇から磯村慎一の存在を強烈に感じる。

三里塚闘争は、殉職者を出した第二次代執行以降、世論の同情で風向きが体制側に吹いた。元は心穏やかで善良だった農民たちは、死者が出たことに意気消沈した。反対連合の中核を担っていた青年活動隊員たちも次々と逮捕された。闘争は下火になった。成田空港の建設がいっきに進んだ。

八〇年代には闘争の主役が農民から過激派に成り代わった。管制塔占拠事件を起こしたり、空港公団職員宅にロケット弾を打ち込んだりした。九〇年代後半には政府と反対連合のシンポジウムや円卓会議が始まり、双方は闘争に終止符を打った。幾人かは活動を続け、いまでも空港用地の中に住んでいる。

大規模な衝突から五十年近く経ったいまでも、千葉県警は警戒を続けている。空港の全ての玄関口に大量の警察官を配備している。周辺道路は機動隊車両がひっきりなしに行きかう。

律子はスマホで、磯村慎一が殉職した総南十字路事件の裁判の経過を調べた。凶器準備集合、公務執行妨害、殺人、傷害の容疑で百五十名も逮捕されている。殆どが証拠不十分で無罪か、執行猶予付きの判決を受け、釈放されていた。

そんな中でただひとり、無期懲役の実刑を言い渡され、未だ服役中の男がいた。


そら走れティティナ――。

急《せ》かされている気がして、律子は目が覚めた。外は明るい。古池もいなかった。朝十時を過ぎている。また朝寝坊だ。儀間は出勤前、いつも「行ってくるよ」と起こしてくれた。古池は勝手にいなくなってしまう。

律子は寝癖のついた髪を押さえ、廊下に出た。レコードをかけているのか、雑音交じりの古い調子の音楽がリビングから聞こえてくる。美空ひばりだろうか。ティティナがどうのと歌っている。古池と再会したときのパーティでもティティナという曲がかかっていた。美空ひばりの方は愛馬について歌う全く別の曲のようだが、調子が似ている。

リビングの扉を開けた。レコードセットがダイニングテーブルの上に置かれ、小さなスピーカーから音楽が流れていた。文子が懐かしそうに音楽を聴いていた。

「おはようございます。これ……」

「慎一が納戸から引っ張り出してきたの。おじいさんの遺品。音楽を聴くのが好きな人だったから、レコードが山ほどでてきた」

他にも、ペギー葉山やザ・ピーナッツなど、女性歌手のレコードが積み重なっていた。古池はもう東京に帰ったという。

「かわいいお嫁さんを置いて、薄情な男ね。あ、私が育てたのね。ごめんね」

文子は軽快に笑う。律子はわかっていた。古池は別の目的で実家に戻ったのだ。律子の妊娠のせいで作戦がひとつ潰れた。一刻も早く挽回するため、必要なものを取りに実家に戻った。律子の紹介などついでだった。腹立たしいが、古池らしい。

こんなに素早く動けたのは、もともと第二のプランを考えていたからだろう。もしかしたら、古池は〝潰れてしまった作戦〟が成功する見通しを低く見積もっていたのかもしれない。

「朝ごはん、なに食べる？　パン、ご飯？　慎一には毎朝なにを作ってるの？」

矢継ぎ早に尋ねられる。古池に料理を作ってやったこともないし、古池が朝食になにを食べるのかすら知らない。文子は返答に悩む律子を不思議そうに見て「じゃあパンにしましょうかね」と立ち上がった。オレンジジュースをコップに注ぎながら、文子が尋ねる。

「慎一とどれくらい付き合ってたの？」

また答えに窮する。咄嗟に口から出たのは「十年」という年月だった。律子が警察官になる直前の二十二歳の時、初めて体を重ねた。古池は遊びだっただろうが、律子は本気だった。

朝起きたらもう姿が消えていて、律子はかなり傷ついたのを覚えている。

「長い春だったわねぇ。全く優柔不断な男ね、すぐに結婚してやればよかったものを」

律子は別れた期間があったと言い訳した。紆余曲折という一言で、文子は片付けた。

「ごめんね、変なこと聞いて。慎一はダンマリだし、興津に帰ってこないし、連絡先もすぐ変わっちゃうし、この分じゃ自分たちの葬式にすら来ないいんじゃないかってお父さんと話していたほどなのよ」

卵でも焼く、と文子が返事も聞かず、フライパンを出した。

「そういえば、入籍の報告の電話をしたとき、慎一さんと気づかなかったって」

律子は尋ねた。文子が一拍間を置いたのちに笑った。

「声――変わるものね。顔つきも、表情も。昔はあんなんじゃなかったんだけど。仕事のせいなのかしら？」

文子は不安げだ。

「そうかもしれません。とても責任ある立場にありますから」

警部補でまさか、と文子が鼻で笑う。警察の階級をよくわかっている様子だった。突っ込んだ質問をしてもいいかと前置きし、尋ねてくる。

「慎一って公安にいるんじゃない？」

律子は警備部門だと通常通りに答えた。警視庁では警備部と公安部が分かれているが、他道府県警本部で公安が部として独立しているところはない。警備部公安課として存在する。

文子は少しがっかりした様子で、目を逸らした。

「あなた、慎一の部下じゃ言えないわね。うちの父親の話は知ってる？」

昨日初めて知ったとは言わず、もちろんだと深く頷いた。

「あの事件の関係で、うちにもよく公安刑事が来てたのよ。偉そうで、権限を持っている人特有の匂いがあるのよねぇ」

公安に対してあまりいい思いを抱いていない様子だった。

「弱い人間ほど権力を持ちたがるって、父が生前よく言っていたの。慎一を見ていると、その言葉がぴったりと言うか」

律子はつい、細かく頷いた。十年会っていなくても、母親はよくわかっている。

「耀二は物静かで大人しい子だったけど、慎一は私に似てやかましい男の子でね。もうずーっとしゃべってるのよ、おしゃべり慎ちゃんってあだ名されてたくらい」

律子はまさかと笑ってしまう。

「本当よ。その分、感情の起伏が激しい。活発で目立つタイプなんだけど短気で気性が荒くて、そのくせすごく傷つきやすいのよ」

面倒くさいタイプね、と文子が付け足す。

「周囲からは、お兄ちゃんは強くて弟は気弱って言われてたけど、逆なのよね。本当は」

律子は黙って聞いていた。文子が親密な一瞥を律子に送り、苦笑いした。

「写真を捨てちゃったのも、そのせいね」

見せてやりたかったわ、と文子が嘆く。古池は警視庁に入って数年経ったある日、突然帰省して、自分が写っている写真を全て燃やして捨てたらしい。

「信じられる？　卒業アルバムだけじゃなくて、赤ん坊の頃とか家族で写っている写真も、アルバムごと燃やしちゃったのよ」

家族や仲間との絆を断ち切れ。

警備専科教養講習で教わることだ。連絡先を消し、写真を捨てることも推奨されるが、実際にそこまでやる作業員は少ない。強要もされない。

律子もできなかった。古池はしたのだ。

律子は朝食を摂り、和室に戻って布団を上げた。仏壇に線香が焚かれている。磯村慎一の遺影が目に入った。位牌を手に取る。享年四十六。

律子は父親を思い出した。八歳の時、目の前で刺殺された。腹の流血を手で押しとどめながら、すぐ横にいた律子を後ろにやり、犯人に立ちはだかった。そして力尽きた。古池も以前、同じように律子を守ったことがある。父は享年四十四だった。古池は四十四歳になったばかりだ。嫌な数字。律子は涙があふれた。

律子さん、と文子がまた勝手に襖を開けた。律子が泣いているのを見て、びっくりしている。

「すみません。父のことを思い出して」

文子の表情がはたと、こわばる。

「私の父も右翼の過激派に殺されているので」

文子が絶句した。顎が震えている。そうだったの、と肩に手が置かれる。

「律子さんが何歳のとき？」

「八歳です」

文子が律子の背中をさすり、気遣う。布団は私がやっておくから、とリビングに連れて行かれた。ティーバッグがテーブルに出され、お盆にお菓子が積みあがっていた。律子を茶飲み友達にしておしゃべりしたかったのだろう。

レコードは脇に追いやられている。『可愛いティティナ』とレコード盤に曲名が書かれていた。『かわいそうなティティナ』だと思っていた。そら走れティティナ、飛ばせティティナ、馬車馬のように働け黒江、体制の擁護者として国を守れ……。

文子は手にプラモデルの箱を持って、リビングに入ってきた。

「律子さん、いつから産休に入るの？」

近いうちに、と適当にごまかした。

「それじゃ暇になるでしょ。よかったらこれ、もらってくれない。作れる？」

雷電21型という旧日本軍の戦闘機のプラモデルだった。たったいま埃を拭った様子で、箱が少し湿っている。箱を開けた。作りかけだった。

「それね、慎一のおじいさんの遺品。成田に行く前日の夜まで、作っていたの」

文子がしんみりと続けた。

「父はいつも家では和服でね。牛乳瓶の底みたいな眼鏡かけて、夜遅くまでプラモデルを作ってた。本当はパイロットになりたかったんだって。戦争のせいで夢はかなわなくて、警察官になったのよ」

文子がこぼれた涙を拭った。

「最後の晩――風呂上がりにね、父がプラモデルを作っている後ろ姿を見たのが最期だった。私に気づいておやすみって言ってくれたんだけど、私は返事をちゃんとしたのか覚えてないくらい、そっけない態度をとっちゃった。二日後に死んじゃうなんて思ってもみないから――」

文子はどっと涙を流した。ティッシュの箱に手を伸ばし、大量に取って目頭を覆う。

「やだわ。もう五十年も前の話を。でも昨日のことのようにいまでも覚えてる。誰にも話したことなかったのよ。こうして泣いちゃうから――」

文子が涙で目を真っ赤にしたまま、律子に微笑みかけた。

「このプラモデル、棺に入れようか迷ったんだけどね。結婚が決まっていたから、絶対男の子を産んで、慎一って名前を付けて、プラモデルの続きをやってもらおうと思ったのよ。だけど気がついたら慎一は近寄りがたい存在になっちゃって、半世紀」

律子はプラモデルの箱に蓋《ふた》をした。大事に抱いて、文子に大きく頷いてみせる。文子は洟《はな》をかんで、照れたように笑った。

「もう五十年経つのね。自分が産んだ息子が、死んだ父親の年齢に近づいているなんて……」

六月十七日に電話をもらったのよね、と文子がぽつりと言った。律子と古池が入籍した日だ。

「慎一ったら、入籍の報告の電話だったらしいんだけど、こっちは声を聞くの十年ぶりくらいだったのよ。十年前はもう少し若々しい声だったの。いまはあれ、煙草の吸いすぎか、ちょっと掠《かす》れてるじゃない。もしもし俺だ、って電話を受けたとき——あの声が」

お父さんにそっくりで、とまた文子は号泣した。

「お父さんが成田から電話をかけてきたのかと思って、動揺したのよ。泣きそうになっちゃって。詐欺電話撃退のフリして、電話を切っちゃった」

律子は風呂敷包みのプラモデルを東京に持って帰った。他に、うなぎパイやまぐろのカマの缶詰、ホタテの煮つけなどを持たされた。泉岳寺の自宅には誰もいなかった。

警視庁本部庁舎に向かう。マスクをして顔を晒さないように気をつけ、中に入った。

公安四課資料係には、小さな閲覧室が並ぶ。古池はいつも三番ブースを使う。3という数字が好きだった。彼の作業員としての登録番号が33番だからだろう。

ノックをしても無視されることはわかっていたので、勝手に開けた。

古池はパソコンのモニターを見ていた。律子にじろりと目をやり、ヘッドセットを取る。

律子は後ろ手に扉を閉めた。

「ノックぐらいしろ」

「あなたのお母さん、ノックしないんだもの」

真似したと肩をすくめて見せる。モニターには白黒の映像が映っていた。「空港、粉砕！」と叫びスクラムを組んで機動隊に突撃していく過激派の様子が見える。古池はモニターの電源を切った。

「帰れ。仕事中だ」

「三峰雄三《みつみねゆうぞう》を運営するの」

古池の表情は変わらない。

三峰雄三——磯村をリンチ死させた、芝山・三里塚反対連合の活動家だ。裁判の最中も機動隊だけでなく、死んだ者すらも冒瀆するような発言を続け、たったひとり無期懲役の実刑判決を受けた。事件当時二十五歳だった。いまは七十三歳になっている。

「任務のことは聞くな。俺ももう、儀間のことは聞かない」

律子は風呂敷を取り、雷電のプラモデルを出した。古池が眉間に皺を寄せる。

「勝手に取ってきたのか。じいさんのだろ」

「プラモデルのこと知ってたの」

「他に誰が作る。弟が生まれる前からあった。親父は割り箸もうまく割れないほど不器用だ」

「お義母さんが私に託したの」

腕を組み、デスクに腰を下ろした。

「使ったら。作業に」

古池が目をすがめた。

「本気で言っているのか。母親がどんな気持ちでお前にこれを託したか――」

「祖父を殺した男を作戦に利用する方がどうかしてる。お義母さんがどういう気持ちになるか、わからないの」

古池はヘッドセットを首にかけた。

「お互い、最低な人間ということだな」

「いい小道具だと思うけど」

「小道具という言い方はやめろ。形見だ」

律子は真剣に迫った。

「三峰雄三は手強いわよ」

愛情で釣れる女でも、友情を分かち合える同年代でもない。

「七十三歳の頭がゴリゴリに固まった老人で、五十年も刑務所に入れられている。そんなのをどうやって――」

古池はプラモデルを受け取った。有無を言わせない目で言い返す。

「妊婦の投入こそどうかしている。今後は儀間の子を妊娠していることにするんだろ」

罵倒される覚悟だったが、古池がそれ以上口出しすることはなかった。だからお前も黙れということだ。

「明日の夕方には戻るんだな」

律子は頷いた。

「今日も明日も帰れない。無事、産めよ」

ため息を返事とし、律子は軽い調子で尋ねた。

「流行りの立ち会い出産はしてくれないの」

古池がモニターの電源を入れた。ヘッドセットを耳に当てながら言う。

「プロポーズしたときに、条件を出した」

「俺と結婚したら不幸になるぞってやつ？」

「立ち会い出産なんかしないし、家事も育児も手伝わない。そもそも子供やお前ともあまり関われない。生活費も入れない。先月はエスの女に三十万円以上使った」

儀間と正反対だった。出産に立ち会うよ、育児休暇を取るよ、勉強も自転車の乗り方も教えたい。子供のために貯蓄をしよう、ランチ代を節約するよ……。

それでも律子は、古池がまぶしく見えた。

作業に没頭しているときの古池が一番好きだった。律子に愛情を注いでいるときの古池は痛々しくて、見ていられない。

「班長」

律子は古池班に入りたての頃のように、古池を呼んだ。ご教示を、と尋ねる。

「どうやって警官殺しで無期懲役になった牢屋の中の男を作戦に使うんです？　仮釈放でもさせるんですか。十三階の強権をもってしても難しいと思いますよ」

古池の目に自信が迸《ほとばし》る。

「時代が変わっただろ」

ぴんと来た。時代が変わる。平成は終わり、令和になった。

令和の恩赦だ。

昭和から平成になったときも恩赦が実施された。対象は道路交通法違反、公職選挙法違反などの刑罰の軽い者が殆どだが、戦後すぐの頃は、死刑囚や無期懲役の者にも恩赦が実施されていた。

令和の恩赦は秋には実施される。これで三峰を釈放させ、協力者として育成し、敵対組織に送り込んで運営するつもりだ。

「お前もいい仕事をしろ。焦るな」

八月十日、律子はひとり古池の自宅を出た。尾行点検に三時間かけ、人着を何度も変える。眼鏡をかけ、髪を緩く巻いて顎にほくろを描いた。羽田空港の到着口を、儀間亜美として歩き出す。

いい仕事をしろ。

律子は迎えの車を待った。シルバーのＢＭＷがやってくる。飛び跳ねるように手を挙げて律子は車に駆け寄った。助手席に乗り込む。ハンドルを握る儀間が、苦笑いしていた。

「なんだよ、はしゃいじゃって」

「三日も離れていたのよ。嬉しいんだもの」

あなたの顔を見るだけで。いつかその仮面を剝いでやる。律子はぞくっとするようなスリルと興奮を嘘の愛情に変換し、儀間の首にすがりついた。その唇に吸い付く。

そら走れ、ティティナ。そら飛ばせ、ティティナ。お前の引く赤いソリが――。

愛する人の故郷で聴いた古い歌が、脳裏をよぎる。

国家のため体制のため、律子は走り続ける――いつか必ず、このテロリストの正体を暴くために。

第四章　さよならはダンスの後に

令和元年九月一日。

古池は警視庁本部の公安一課のデスクでモニターを見ていた。三里塚闘争の映像資料だ。公安刑事が撮影したもの以外に、反対連合側に密着してドキュメンタリーを撮っていた制作会社の映像を手に入れた。

内線が鳴る。校長から呼び出しだ。古池はネクタイをしてジャケットをはおった。三部に呼び止められる。

「いよいよ、作戦のゴーサインか」

もしくは、却下か。

本部庁舎を出て桜田通りを南下した。蟬の死体があちこちに転がっている。夏が終わろうとしていた。

古池は中央合同庁舎第2号館のロビーを経て、十三階の校長室に入った。

乃里子が難しい面持ちで古池を待っている。古池が作戦〈雷電〉の概要書類を提出したのは二週間以上前だ。可否判断に通常の倍近い時間がかかっている。

乃里子は書類の束を持ち、秘書に飲み物を頼んでソファに腰掛けた。古池はいつも勝手に座る。今日は傍らに立ち続けた。許可を待つ。座りなよ、と言われる。

「今日はやけにお行儀がいいじゃないの」

「上官の機嫌を取らねばならないタイミングを熟知しておりますので」

乃里子はにやっと笑った。すぐに厳しい顔つきになる。

「知らなかったよ。お前があの磯村警視の孫だったとはね」

白々しい。知らないはずがない。古池はソファに座り、黙って続きを聞いた。

「それで、いくつか確認したいことがある」

乃里子は眼鏡をかけた。初めて見た。老眼だろうか。

「まず、三峰雄三を恩赦で釈放して情報提供者として育成・運営し、第七セクトに送り込むという大胆極まりない作戦だけども――リアリティがない」

「不可能だとおっしゃりたいんですか」

「三峰雄三は学生運動上がりの過激派じゃない。農民の子だ。もし空港が当初の予定通り富里にできていたら、鎌を持って機動隊に立ち向かうことはなかった」

「だからこそ、転向させやすいと思います」

乃里子は咳払いし、書類を捲《めく》った。眼鏡を取ってしまった。近視なのか。

「それからね。第七セクトに入る口実として、三里塚と辺野古の共通点、つまりは共感できる点を三峰に語らせるとあるけど、三里塚闘争と辺野古移設問題は根幹が違う」

「同じです」

「全く違う。三里塚闘争は、二束三文で農民から土地を奪ったことが原因だ。辺野古は違う。もともとあそこはキャンプ・シュワブ沿岸だ。土地を取り上げられた沖縄県民はひとりもいない」

「三里塚闘争の反対連合は、土地収用が終わった後、闘争の焦点を環境問題に絞っています。〈土地返せ〉のスローガンは、コンクリート埋め立て後では現実味がありませんから」

空港ができたことで変わってしまった風や水の流れ、騒音、汚染などの問題を広く周知させ、有機野菜の販売などを行いながら反対活動を繰り広げるようになった。この点が辺野古と同じなのだ。

「政府は土砂を入れて埋め立てを着々と進めている。いま、反対派がアジっているのは環境汚染や死にゆく珊瑚、それから二匹に減ってしまったジュゴンに対する同情心です。国民が『環境』という言葉に弱いということを彼らはよく知っている」

乃里子はうんともすんとも言わず、古池を見ている。目にペットを愛でているような色がある。古池はスローガンを並べ立てた。

三里塚は、肥沃な北総台地と里を守る闘い。

辺野古は、美しい海と貴重な海洋生物を守る闘い。

「環境破壊反対というスローガンをもってすれば、三峰は第七セクトに入りやすいはずです」

第七セクトは警官殺しの三峰を大歓迎するはずだ。警察側には大きな脅威になる。

「官房長官にちょびっとヒ素を盛るくらいしかできない貧弱な組織です。三峰にしっぽを振る可能性は高いかと」

乃里子は口もとだけで皮肉に笑った。

「ちょびっとってお前、それを政府高官の前で言うんじゃないよ。目島官房長官は死にかけたんだ」

手ぬるい、と古池は首を横に振った。

「三峰は有刺鉄線を巻いたこん棒で私の祖父の頭部を破壊し、証拠隠滅のために火炎瓶を叩きつけた男ですよ。バイトにヒ素を盛らせるのが精一杯の第七セクトは喉から手が出るほど、実行部隊員としての三峰を欲しがる」

老いたとはいえ、その度胸と実行力は若手に刺激を与える。古池は前のめりになった。

「一刻も早いゴーサインを」

三峰を動かすには、恩赦が必須だ。法務省が管轄する中央更生保護審査会に動いてもらわねばならない。すでに対象の選別を終えている頃だ。乃里子は何度も頷く。

「いい作戦だと思う。私はこういうの、大好きだよ。だが、警官殺しを恩赦するとなれば、機動隊から反発が起きかねない」

静岡県警だけでなく、全国の警友会からも猛烈な抗議が予想される。歴代校長どころか警察庁長官にも根回しが必要で、千葉や静岡の県警本部長も説得しなくてはならない。

「遺族であるお前の母親に伝える役目を、誰が担うのかも――」

「私はできません」

この件に息子が関わっていると母親に知られるのはまずい。

「わかっている。その根回しを私がひとりでやると言っている」

「そこがあなたの警察官僚としての、腕の見せどころでは？」

言ってくれるね、と乃里子は眉を寄せたまま笑った。

「そもそも論だがお前、祖父を殺した男を運営できるのか。仇《あだ》を恩で返すような話だ」

「そこが私の諜報員としての、腕の見せどころかと」

わかった。乃里子はひとこと言って、デスクに回った。決裁印を仰々しい手つきで押す。

「とことんやり尽くしなさい、古池。期待している」

いつ法務省を説得できるか、古池は尋ねた。まずは府中刑務所にいる三峰のアドレス作業から始める必要があるが、法務省の協力が必須だ。

「話はついている。すぐ府中刑務所に行きなさい。長官の了解も取っている。法務省も説得した」

古池はなるほど、と嘆息した。だから二週間も待たされた。

「さっきお前にした質問は、実際に私があまたいる官僚や政治家から浴びた反論だよ。私はお前とほぼ同じ答えで蹴散らしてやった」

「あなた自身が当初から乗り気だったのであれば、それをすぐにお伝えいただきたかった」

前倒しできる作業がいくらでもあったのに、二週間を無駄にした。

「乗り気だったんだけど、考える時間が必要だったんだよ」

この作戦名〈雷電〉、と書類を示す。

「ぱっと見て同じあめかんむりだから読みにくい。カタカナの〈ライデン〉か、やはり漢字がいいか、二週間悩んだの」

「で、結局どちらに」

「漢字の〈雷電〉でいこう」

古池は一礼して校長室を辞する。舌打ちした。あの女、俺で遊んでいる。いつか厳しくしつけてやらねばならない。


古池は警視庁本部庁舎に戻り、三部と柳田に作戦のゴーサインを出した。府中刑務所に出向き、監視カメラ映像を押収するよう指示する。南野に電話をかけた。現場離脱を命じる。小会議室を押さえ、南野だけを呼び出す。

南野は中止した作戦〈吉祥〉をひとりで引き継いでいる。3301を細い糸で繋ぎとめていた。彼は作戦〈雷電〉の概要を知らない。教えてやらねばならなかった。

南野が一時間かけ、下北沢から警視庁本部に戻ってきた。小会議室に入る。

「どうだ。3301を押し倒せたか」

南野は嫌悪を滲ませた。

「僕の精子じゃ納得しませんよ、彼女」

愛花は捨てない。万が一、作戦〈雷電〉が失敗した場合、すぐに〈吉祥〉に戻れるだけの態勢は維持しておく。

愛花は外交パーティで陽動部隊員だったマルAこと高階と、まだ接触していない。謝礼がないなら危険なことはしない、と高階と会うことを拒んだ。ダイレクトメッセージのやり取りは継続している。高階は弁護士の卵らしい。法科大学院を出て、弁護士事務所で雑用係をしている。愛花に明かしているのはここまでだ。具体的にどこの法律事務所かはわかっていない。

「引き続き、金銭的な支援は続ける。遠慮するかもしれないが、俺のカードは好きなだけ使っていいと伝えろ」

南野が大丈夫なのかと目を丸くした。

「もう家庭がある身じゃないですか」

誰から聞いたのか。鋭く尋ねると、南野が怯えたように口ごもった。

「校長から入籍したと聞きました。三部さんも柳田さんも知っています」

あの女――いつどうやっていたぶってしつけてやろうか。脳がサディスティックに動く。

「黒江さん、怒るんじゃないですか。年末か年明けには赤ちゃんも生まれるんですよね」

律子が儀間亜美として投入されていることは知らないようだった。本当に退職したと思っている。

「お前、デパートの売り子の女とはまだ続いているのか。靴を買ったときに出会った」

南野が顔を引きつらせ、古池を見返した。

「知っていたんですね。報告すべきでしたか」

「別にいい。だが結婚しても子供が生まれても十三階のことは話すなよ」

「当たり前です、わかっています！」

「それなら、一刻も早く３３０１を落とせ。早くセックスしろ」

無理だと南野が嘆いた。

「そういう雰囲気になりません。彼女は古池さんに夢中です。僕のような年下の男は眼中にないといった様子で」

「そこを落とすのが作業員の仕事だ。教えを乞えばいい」

僕は新人スパイ、あなたが初めての作業玉です、なんでも教えてください——。

「３３０１に忠実に従え。女には母性本能がある。そこをくすぐればいいんだ」

南野があからさまに嫌な顔をした。

「そんな顔をするな。愛花には愛花の長所がある。体も悪くない。胸は大きいしアソコはきちんと手入れしてつるつるだ。気を許せたら舐め放題、入れ放題だぞ」

南野は顔を赤くし、そわそわと周囲を見た。

「お前の恋人もそうだろ。お前が脱毛の費用を払ってやっていた。生えているのは不潔でいやなんだろ」

南野の顔がすうっと青ざめた。

「監視していたんですか」

憤る南野に、古池は言い聞かせる。

「南野。お前は十三階の作業員だ。三部や柳田のような分析官じゃない。十三階を舐めるな。そして組織を凌駕する存在になれ。それしか、いまのお前の屈辱を鎮める方法はない」

古池は南野の顔面に作戦〈雷電〉の書類を投げつけた。

「五分で読め。煙草を吸ったら戻ってくる。レクチャーしてやる」

南野は慌てて書類を捲った。


三峰雄三、と古池はホワイトボードに書いた。昭和二十一年六月十日生まれ。現在七十三歳。逮捕当時は二十五歳だった。

「つまり、逮捕は何年だ？」

南野が「昭和四十六年です」と即答した。西暦でも滞りなく答える。

「よろしい。逮捕はお前が生まれる十九年前の話だ。当時の世相はわかるか」

南野は書類を捲った。

「三里塚闘争真っ最中、ということしか」

「お前の両親は何歳だった」

南野が考え込む。

「今度里帰りしたときに当時の世相をよく聞いておけ」

いえ、と南野が白けた顔で言った。

「親類縁者とはもう、縁を切っています」

古池は南野を紹介したとある警察官僚の言葉を思い出した。十三階向きのいい人材がいる、と卒業配置についたばかりの南野の人事書類を持っていた。親戚の家をたらいまわしにされ、児童養護施設に預けられていたこともある、孤独な生い立ちが記されていた。人を絶対に信用せず、醒《さ》めている。IQは高い。打てば十倍響いた律子の育成に夢中で、こんなに素地が整った人材を何年も放置してしまった。古池は三峰の経歴に戻った。

「成田市三里塚の農民の長男として生まれた。両親は東京出身だ。東京大空襲で焼け出され、着の身着のまま三里塚まで辿り着き、荒れた土地を開墾していった」

南野がいちいち頷く。メモしろと指示した。

「でも、メモは残せませんし」

「書いた方が記憶に残りやすい。頭に情報を刻み込み、メモは一時間後に断裁しろ」

南野がボールペンを握った。

「両親は北総台地の強い風と、掘れば木の根がゴロゴロ出てくる荒れた土地に辟易しながらも、十年かけて水田を整えた。食えるようになったのがまた更にその十年後。三峰は高校生になっていたが、暴力沙汰で中退している」

三峰の粗暴な性格は生まれつきか。

「農業を手伝っていたが、両親や近隣としょっちゅう衝突し、農協の職員を殴ったことで集落から孤立した。そんな時、シルクコンビナート事業の話が舞い込んできた」

南野が慌てて資料を捲る。古池の喫煙の間に読み終えられなかったようだ。

「シルクコンビナート事業とは、農林省主導の産業計画だ。北総台地の水田を桑畑に代え、国営の製糸工場を建てて一帯をシルク事業で発展させるというものだ」

三峰はシルクコンビナート事業に飛びついた。政府の減反政策も始まっていた。水田をやり続けても金にならないと説得したが、両親は大反対した。三峰は両親を殴った。また警察沙汰だ。

「三峰はこの頃、浅草にあったダンスホール『ママン』に足しげく通っていた。ここで中村《なかむら》時枝《ときえ》という踊り子の女と出会って恋に落ちている。時枝とは逮捕時もまだ関係があった」

「踊り子って、ポールダンサーとかそういうのですか」

違う、と古池は首を横に振った。

「いかがわしい店じゃない。いまでいうディスコとかクラブとか、その程度だ」

時枝はそこで初心者にダンスを教えていた。説明をシルクコンビナート事業に戻す。

「両親は息子に屈服する形で、事業に参加することにした」

事業開始式典は豪華に執り行われた。三峰も参加している。当時の千葉県知事も農民たちと祝杯を挙げた。

「政府が新空港建設予定地を成田市と芝山町に決定したのが、その直後のことだった」

そりゃ怒りますね、と南野は唸《うな》った。古池の顔色を窺い、慌てて口をつぐむ。叱らなかった。これは誰でも腹が立つ。

「住民説明会とか、発表前に地元への根回しはなかったんですか」

「一切ない。三峰をはじめ三里塚の農民たちはみな新聞やテレビのニュースで知った」

激怒した農民たちは団結し、三里塚闘争に突入していった。

「集会や抗議デモでちょこちょこと騒ぎはあったが、本格的な機動隊との衝突は昭和四十二年の測量作業が最初だ」

三峰も芝山・三里塚反対連合の青年活動隊員として、闘争を始めた。

「平和なときは集落のつまはじき者だった三峰が、この青年活動隊では先頭に立ってみなから頼りにされていた」

測量作業時の衝突で、三峰は空港公団のガードマンに全治半年の大怪我を負わせている。

ガードマンは三里塚の元農民で、『条件派』だった。金を受け取って土地を売り渡し、公団に雇われた裏切り者のことだ。

三峰はこの件で逮捕されたが執行猶予判決を受け、半年で三里塚に戻った。このころには学生運動の過激派の支援が活発になっていた。農民たちは闘争のやり方を教示されている。当初、支援に入っていた共産党や社会党は「機動隊が農民を警棒で叩きのめしている横で、応援歌を歌うだけでなにもしてくれない」からと、三里塚闘争から排除された。

力には力でと訴える過激派を、三里塚の農民は歓迎した。暴力慣れした三峰も持ち上げられた。次の衝突は第一次代執行だった。空港公団の作業班は、抗議する農民が登ったままの巨木を切り倒し、重傷を負わす暴挙に出た。止めようとした三峰らは機動隊員に警棒で殴打され、頭部に全治一か月の怪我を負っている。

「この時、三峰の恋人の時枝も支援に入り、機動隊から暴行を受けている」

農民の女たちは夫人活動隊員として、絣のモンペ姿だったが、時枝だけはハイカラなスカート姿だった。時枝は八人の機動隊員に囲まれ、スカートを引きちぎられ、下着を脱がされた。下腹部を執拗に警棒で突かれる。「女が男勝りに戦うのは、夜が不満だからだろ。お前がへたくそだからだ」と、機動隊員は助けに入った三峰に暴言を吐いた。三峰のズボンを脱がし、尻を叩いてせせら笑ったという。

三峰と時枝は公務執行妨害で逮捕された。一週間ほどで釈放されている。三峰の頭は機動隊への憎悪で一杯になっていたようだ。空港反対、故郷を守るという前提が置き去りになり、機動隊への復讐しか頭になかったと思われる。

昭和四十六年九月十六日の、第二次代執行を迎えた。

三峰は、応援に入っていた静岡県警の警部補、磯村慎一を殺害した。その二か月後に逮捕される。同時に逮捕された青年活動隊員たちは無罪を主張した。警察や検察は証拠集めに苦慮した。五年の裁判を経て他のメンバーは執行猶予を勝ち取り、誰も刑務所に行かなかった。検察もこれ以上の証拠集めは困難と、控訴を断念した。

対照的に、三峰は罪を認め事件から三か月後に起訴されている。裁判の判決が出るのも早かった。三峰はいかにして磯村を殺したのか、その残虐非道ぶりを、裁判でせせら笑いながら話した。一審で無期懲役の判決が出た。三峰は控訴せず、府中刑務所へ送られた。収監直後は刑務官に反抗ばかりしていた。革製品の作業場に送られると、革の魅力に取りつかれた。こん棒を握っていた大きな手で、意外に繊細な手仕事をする。彼の革製品は人気だ。刑務作業品の中でも高く売れる。個別注文が入ることもあるという。

「収監中の外部交通はどうなんですか」

南野が、手紙のやりとりや面会はあるのか尋ねた。皆無だと古池は答えた。

「両親や恋人、反対連合は？」

「裁判での態度が悪すぎて、反対連合は三峰と縁を切っている。支援は一切していない。時枝が面会に通ったのは最初の三か月だけだ。そのうち別の男と結婚して、あっさり見捨てた」

三峰の両親は警官殺しを育てたと糾弾され、ひっそりと三里塚を去った。九〇年代に相次いで病死している。

南野がペンを走らせながら、震えるため息をついた。

「班長、本当にこの男を運営するんですか」

「する」

おじいさんは……と言って南野は口ごもった。磯村慎一が古池の祖父であることは、書類に記してある。古池は無言で言葉を待つ。南野がやっと言う。

「作業玉とはときに家族を超える信頼関係が必要です。おじいさんを殺した男と、そんな絆を――」

「作る」

お前は。古池は南野を見返した。南野がペンを置き、古池を一心に見つめた。

「3301を、必ず運営してみせます」


作戦〈雷電〉がいよいよ動き出す。

府中刑務所内の、三峰の行動範囲内にある五十八台の監視カメラ映像を、作業車に転送させている。監視と分析に二週間かけた。祖父を殺した男と、まずは映像上でご対面だ。

背は年齢の割に高い。百八十センチ弱の古池とほぼ同じくらいか。腰は曲がっていない。筋肉質でしゃきっとしている。白髪頭を短く刈り込む。顔は日に焼け、深い皺が刻まれていた。上の前歯の四本に銀歯が入っていた。いまどき前歯をセラミックではなく銀歯にしているとは珍しいが、刑務作業で得た微々たる賃金は全てこの銀歯の維持費につぎ込んだ。笑うと銀歯がむき出しになり、サイボーグのように見えた。

服役して五十年近くになる彼は六人部屋の部屋長を務めていた。新入りに日常生活の指導をする。態度が悪い新人はバレないように殴った。刑務官にはへつらう。ご機嫌取りがうまい。三峰をチクる受刑者はいなかった。みな、彼を恐れている。

府中刑務所には初犯の受刑者は入ってこない。累犯で比較的刑期の長い者が多い。半数はヤクザや薬物中毒者だ。三峰は四十代の頃に、あるヤクザと衝突し、銀歯でヤクザの鼻を噛みちぎった。そもそもが警官殺しだ。リンチを主導し、その手で痛めつけた。銃器に頼って仲間内でドンパチやるのが精いっぱいのヤクザは、三峰を恐れた。

作業場では一心不乱に刻印の金槌を振るう。革に見事な模様を彫り、色をつけた。仕上げのニスの配合は当日の気温や湿度を確認して、毎日替えるこだわりようだ。この二十年は抗弁を取られていない。作業場監督の刑務官と談笑している姿も見えた。

古池は政権寄りの新聞社に、第一報を書かせた。『令和の恩赦』の見出しだ。小見出しには『警察官殺害の過激派、恩赦で釈放か』と明記させた。それが三峰だとは書かせなかった。通常ならこの手の記事を受刑者が読まないように刑務所側は配慮する。古池の根回しで三峰の目には触れさせた。

三峰は大いに反応した。二段ほどの小さな記事を舐めるように読み返す。

彼は毎年のように、仮釈放申請を出している。娑婆に未練タラタラだった。刑務官に、自分も対象なのかと問いただしている。

記事を読んで反応したのは、三峰本人だけではない。人権派弁護士団体、加害者支援NGO、新左翼支援の弁護士などが動き出した。現在収監中の政治犯のところへ支援を申し出る手紙を送り始める。三峰の元にも届いたが、古池が抜いた。本人には渡っていない。

古池は三峰をどの団体と接触させるか、吟味した。城南弁護士会という団体に決めた。第七セクトの過激派の弁護を担当したことのある、武藤竹久《むとうたけひさ》という人物が所属している。三峰を育成後は武藤を介して第七セクトに送り込むことができる。

それ以外の支援の申し出は、全て破棄した。三峰が自ら選んだ支援団体宛の手紙も、古池が引き取って捨てた。

準備は整った。

古池は三峰との初接触を、九月十六日に設定した。磯村の命日だ。前日、古池は眼鏡を買いに行った。裸眼で一・五はあるので、度はいらない。祖父の写真を出した。

「これと似た形のフレームが欲しい」

接触第一回目。

古池は作業車を府中刑務所の職員用駐車場に待機させた。ベージュ色の壁に囲まれた要塞へ近づく。二リットル入りのペットボトルの水を強引に飲み干す。おくびをこらえる。腹のベルトが苦しい。

レンガ造りのモダンな庁舎から、刑務所内に入った。乃里子が府中刑務所にも根回ししている。面会記録は残らない。接触場所は、優良受刑者とその配偶者のみ使用が許される、立ち会いなし、アクリル板なしの面会室だ。秘聴・秘撮機器はすでに設置している。

表に、所轄署で見つけてきた屈強な警備課捜査員を二名、配置した。三峰が逃げ出さないように、扉に張り付かせる。

三峰には、城南弁護士会の武藤竹久が面会に来たと伝えている。武藤と三峰は仲良く文通している。中央更生保護審査会は、まだ恩赦の通知を出していない。

三峰は請願書などを出した方がいいのか、はたまた法務大臣、首相、天皇陛下に直訴の手紙を書くべきではないのかと武藤に尋ねていた。必要とあらば磯村の家族に謝罪の手紙をしたためるとまで書いていた。よほど外に出たいらしい。

三峰が出房した。五分で来る、と作業車で監視している三部から無線で連絡が入った。古池は面会室の扉の蝶番の横で待った。眼鏡が邪魔だった。律子も視力は悪くないはずだが、いま眼鏡をかけている。古池はスマホで儀間のブログを覗いた。妊婦健診に同行したとはしゃぎ、エコー画像を投稿している。

〈見えますか、僕の赤ちゃん。まだ性別がわからないのですが、確かに人間の形をしている！　すごい！　かわいい！　感動して泣いてしまいました〉

古池は初めて、自分の赤ん坊の姿を見ることになった。頭がでかい。小さな体をまるめ、指しゃぶりしているように見えた。下半身がむずむずする。小便がしたくなってきた。

ノックの音がする。失礼しますと神妙に言う、しゃがれ声が聞こえた。裁判ではその声で磯村を罵倒した。磯村の頭にこん棒を振り下ろすのは、出来が悪く出荷できないスイカをたたき潰すような快感があったと得意げに語ったのだ。こん棒に絡みついた磯村の頭皮は豚に食わせたと爆笑した。

〝心残りがあるとすれば、磯村の顔に小便を引っかけられなかったことだ〟

よく燃えるので、小便では済まなくなったと裁判でせせら笑った。

扉が開いた。内開きなので、三峰からは扉の蝶番のそばに立っている古池の姿は見えない。三峰が空っぽの部屋をきょろきょろと見た。背筋が伸び、肩を覆う三角筋が盛り上がる。刑務所内では酒も煙草も嗜好品も口にできず、食事管理も厳しいからか、娑婆の男たちよりもずっと体つきが若々しい。それでも、自主的に体を鍛えないとこの体は維持できないだろう。

古池は素早く扉を閉め、灰色の作業服の背中を、革靴の底で思い切り蹴飛ばす。三峰が前のめりになって吹き飛び、長テーブルの角に顔面を強打した。パイプ椅子と共に、床に倒れ込む。鼻血を噴き出し「誰だ畜生っ」と喚く。立ち上がりながら、倒れたパイプ椅子を振り上げた。

敏捷な反応と強気の性格を感じるが、隙だらけだ。三峰の腹部に蹴りをお見舞いした。肝臓を狙う。三峰が呻き、パイプ椅子を後ろに落として頽れた。息ができないのだろう、口をパクパクさせながら、痛そうに腹を抱える。膝をついて丸まった。その尻を蹴り上げる。執拗に、尻の穴に革靴の先をお見舞いする。二発、三発、四発。大便の時に激痛で泣き叫ぶはめになる。やめてくれ、と三峰は尻をすぼめて、仰向けになった。睾丸を潰す。股の間に踵《かかと》を落とした。三峰は体を丸めて泣きじゃくった。

古池はゆっくり三峰の体に沿って歩き、シュートを決めるように頭を蹴った。三峰は失神した。大の字になって床の上に伸びる。

三峰の体のそばでパイプ椅子を広げた。その足の一端を三峰の腹に載せ、どっさりと腰掛ける。腹部にかかる重圧に、三峰は「ぐぶっ」と喉を鳴らした。三峰の眼球がぐるぐると回る。吐いた。仰向けだったので、嘔吐物が逆流して窒息しそうになっている。

古池は座ったまま、準備していた警棒を伸ばした。その先を口の中にねじ込み、気道を確保してやる。

三峰は大人しい。覚醒した三峰の顔面を、今度は警棒で殴打する。

ただじっと、警棒を振り下ろす古池を見ている。眼球が、血と嘔吐物と涙で眼窩にぷかぷかと浮かぶ。

古池は立ち上がった。三峰の髪を鷲摑みにする。引きずって歩いた。無抵抗の三峰は、深海から引き揚げられたダイオウイカのようだった。椅子に座らせる。グラグラしていた。

「座れ！」と一喝する。椅子にしがみつくようにして、三峰は体勢を整えた。

テーブルを挟んで、向かい合う。

「俺が誰だかわかるか」

「地獄から蘇ったか。磯村」

しわがれた声で、ファンタジーなことを言う。

「呼び捨てとは無礼だな」

古池は三峰の方へ長テーブルをひっくり返した。三峰は下敷きになった。床の上でぴくぴく痙攣するだけだ。古池はもう我慢の限界だった。血と嘔吐物にまみれた三峰の顔の横に立つ。スラックスのジッパーを下ろした。ペニスを出し、放尿をした。三峰は、古池の尿で溺水しそうになっていた。まだまだ出る。二リットル飲んできたのだ。古池はゆっくりしゃべった。

「恩赦で娑婆に出るんだって？　三峰」

三峰の顔に降り注いだ尿が跳ねる。古池のスラックスの裾を汚した。

「楽しみだ。警官殺しが娑婆に出る――ゾクゾクするね。日本中の警察官がお前を袋叩きしに集結することだろうよ」

放尿がやっと終わった。古池はペニスをよく振った。尿の雫の最後の一滴まで三峰の顔に飛ばす。社会の窓を閉めた。

「また来る」


校長室で叱責を受けた。

「ちょっとやりすぎじゃないか」

九月二十五日。古池はすでに三峰と三度、面会をしている。二度目はろっ骨を折り、三度目は三峰の耳が取れかかった。古池は軽く肩をすくめた。

「ゴーサインを出したのはあなたですよ」

「だからといってここまでの暴力を――お前だって怪我をしている」

乃里子が古池の右手を顎で指した。ギプスと包帯のせいで、コーヒーカップをうまく持てない。警棒を使ったのは最初の面会の時だけだ。あとは素手で痛めつけた。二度目の面会で、古池の右拳の中手骨にひびが入った。三度目、粉砕してしまった。ギプスを嵌《は》めることになり、日々四苦八苦しながら報告書を作っている。

「これは計算済みです。以上で〈ニーサン〉への鞭は終わり。次回以降は飴を与えるつもりです」

〈ニーサン〉は三峰雄三の符牒だ。氏名に『三』が二つ入っているからこうなった。

「私がこの十日間でお前の暴力を隠蔽するために、いくつ証拠を隠滅したと思っている？」

「府中刑務所は黙らせているんでしょう」

「刑務官はもちろん被害届を破棄してくれたようだけど、刑務所の医務官が府中署に通報してしまった」

「所轄の口封じなんか簡単でしょう」

「できるよ。だが私は万能じゃない。あまり頼りにしすぎるな」

古池はソファに体を預け、大袈裟に驚いて見せた。

「そうだったんですか。それは知らなかった。あなたは万能だと思っていましたが」

乃里子は不愉快そうに唇をぴくりと痙攣させた。もうしないね、と古池に言質を取る。

「言った通りです」

「ここまでボコボコにしておいて、いまさら飴がきくのか。〈ニーサン〉は恐怖で眠れなくなっている。恩赦はもういい、府中刑務所から出たくないと刑務官に頼んでいるそうだが？」

「次はたんと優しくしてやります」

古池は立ち上がった。呼び止められる。

「最近聞かないねぇ、黒江のこと」

「聞く必要がありますか。儀間のブログを覗けば妻子の様子はわかります」

「男の子だってね。古池家の長男、立派な跡継ぎになる」

古池は無言で校長室を出た。

一度目の面会は城南弁護士会の武藤竹久、二度目はＮＰＯ法人の弁護士名で三峰を呼び出した。三度目は中央更生保護審査会のメンバーを名乗った。

今日、古池は正直に自身の所属と氏名を書いた。面会場所はアクリル板越しの通常面会室だ。

呼ばれるのを待つ間、スマホで儀間のブログを覗いた。赤ん坊が男児とは知らなかった。乃里子から聞いて初めて知るというのが腹立たしい。

儀間は今朝がた、エコー画像を投稿していた。赤ん坊のおちんちんにわざわざ赤丸をつけている。男児、跡継ぎ、儀間の名がこの先も残る——嬉しくて仕方がないようだった。人の息子のおちんちんに赤丸をつけた挙句にネットで晒しやがって、と怒りがこみ上げる。

誰かをめちゃくちゃに攻撃してやりたい。強烈な破壊願望が、ふつふつとこみ上げた。拳は使えない。作戦上、もう三峰を嬲《なぶ》れない。愛花を思い出した。スケベな受け口をした、古池の種を欲しがる従順な女。彼女を痛めつけながらセックスをするという妙な場面が頭をよぎる。

刑務官に呼ばれた。面会室へ通される。一分後、三峰がやってきた。古池の暴力で顔面崩壊していた。瞼が腫れ、目が殆ど開いていない。耳にあてたガーゼが痛々しい。ろくに顔も洗えないのか、鼻の下に鼻血の跡が黒く残って汚らしかった。

今日、古池は眼鏡をかけていない。それでも三峰は逃げ出そうとした。古池は慌てたそぶりでアクリル板にすがった。

「待て、待ってくれ……！　今日は手を出さない。いや、出せないだろ？」

アクリル板を叩く。三峰が立ち止まった。

「それに本名を晒した。その意味を、考えてほしい」

三峰がそうっと、古池を振り返る。古池は目に一杯涙を溜めてみせた。

「申し訳なかった……！　俺はなにも知らず、あんたに本当に、ひどいことをした」

古池はパイプ椅子をはねのけて床に正座し、額をリノリウムの床にこすりつけた。

床から額越しに、振動が伝わる。仕切りの向こうにいる三峰が、パイプ椅子に座ったのだ。

古池は許しが出るまで、土下座を続けた。拳を震わせる。爪が床を打つカチカチという音を、わざと立てる。

「――顔を上げてくれ。こ、古池さん」

三峰が困惑げに声をかけてきた。古池は様子を窺うそぶりで、顔を上げる。嘘の涙と鼻水で汚れた面を拝ませた。三峰がいぶかしげな顔で尋ねる。

「磯村さん、じゃないのかよ」

「磯村は、母方の名前だ」

「そうか。あんたは磯村さんの娘さんの、息子か」

「座っていいか」

「もちろんだ。座ってくれ」

古池は椅子に座った。包帯の手でハンカチを使い、不器用に顔を拭う。その手……と三峰が古池のギプスに気が付いた。

「なんでもない。あんたの怪我の方がひどい」

「いいや。俺があんたのじいさんにしたことの方が、ひどいさ」

「三峰さん。もういいよ」

三峰が警戒心を顔に滲ませ、古池を見た。

「上が俺の暴力を知った。ある警察官僚が、真実を話しに来た」

その話はいい、と三峰が乱暴に遮る。

「それよりあんた自身の話を聞かせてくれ。あんたは磯村さんの孫で、警察官になったんだな。静岡県警ではなく、警視庁なのか」

古池は頷く。三峰が古池の母の様子を尋ねてきた。裁判で顔を合わせたことがあるのだという。

「元気だ。嫁と険悪で、毎日バトルしている」

三峰が初めて笑った。銀歯がむき出しになり、不気味に光る。

「そうか。嫁姑でバトってんなら、そりゃ元気だな……」

「話を戻すぞ」

「あんたがなにを聞いたか知らねぇが、もう終わった話だ」

「終わってない。俺のじいさんを殺したのは、あんたじゃなかった」

もう全部知っていると三峰に斬り込む。三峰は「俺が殺した」と繰り返し、立ち上がった。

面会室を出ようとする。古池は書類を出した。アクリル板に押し付ける。

恩赦決定通知だ。釈放は明日、九月二十七日。十三階が根回しした特例措置だ。通常の恩赦はまだ始まっていない。三峰が目を丸くした。椅子に座り、尋ねる。

「恩赦は十月中と聞いた。それで弁護士さんに部屋や仕事を探してもらっている。いま出されても、どこへ行けばいいのか……」

「俺が迎えにくる」

三峰が頬を引きつらせた。

「これまでの暴力の、罪滅ぼしをさせてくれ」

腰を浮かせた三峰が、慌てて笑う。

「古池さん。本当に、気にせんでいいって。俺はあんたに復讐されるだけのことをした。もう本当に、あんたとはこれっきりだ」

恐怖か、顔がこわばっていた。古池はスイッチを切り換える。ドスの効いた低い声で迫る。

「じいさんの墓参りをしたいんだろ」

立ち上がり、巻き舌で凄んで見せる。

「墓案内が必要だろうが……！」

パイプ椅子を乱暴に蹴飛ばした。恐怖に歪んだ三峰の顔を横目に、面会室を出た。

南野から何度も着信が入っていた。緊急事態と察する。

古池は駐車場に出て、南野に電話をかけた。

愛花が消えたという。


古池は警視庁本部庁舎の小会議室に入った。南野が顔面蒼白で椅子に座っている。三部と柳田に挟まれ、守られているように見えた。古池を見て立ち上がろうとした。古池は南野の顔面を蹴り倒した。

三部と柳田が、慌てて間に入る。鼻血を噴いて倒れた南野を、柳田が抱きかかえた。三部が「班長、落ち着け」と古池を羽交い締めにする。

「落ち着いていられるか！　大事な作業玉に逃げられたんだぞ！」

家財道具はそのままだが、もう三日も戻っていないと聞いた。三部が言う。

「３３０１が逃げ出したのは初めてじゃない」

「わかっている、ヒステリックで気まぐれに行動する女だ。だから監視を怠らずいつどこへ引っ越しても把握して追い続け、育成してきた！」

柳田が代弁する。

「運営と監視を南野ひとりに任せたことに無理があったのではないですか。班長が運営していたときは、監視は僕ら三人で交代してやってました。だから行動は把握できていましたが――」

そうか、と古池はため息をついた。柳田ではなく、南野に言う。

「俺が3301を本格的に運営していたのは二十七の時で、運営も監視も全部ひとりでやっていた！　寝ないで、自分の時間を惜しんで3301に集中した。お前はどうだ、え？　3301が逃亡した時、デパートの売り子相手に鼻の下を伸ばしてたんじゃないのか！」

南野は震えて俯いた。

「お前、いま俺の拳が使えないことに感謝しろ。普段だったら蹴りだけじゃ済まされない。〈ニーサン〉にそうしたようにお前を料理したところだぞ！」

「班長、ちょっと落ち着けよ、最近おかしいぞ！」

三部が顔面を近づけた。古池の襟首をつかむ勢いだ。

「なんだと」

「タガが外れたように暴力を振るうようになった。〈ニーサン〉への暴力も度が過ぎているし、部下にまで暴力は――」

「3301は十六年越しの作業玉だ。それに逃げられた重さをお前らわかってんのか！　本気で第七セクトを潰す気があんのか。官房長官がやられてるんだぞ！」

「それってそもそも、古池さんの失敗じゃないですか」

南野から、信じがたい言葉が出た。古池は「なに」と鋭く南野を睨む。南野はやけっぱちの表情で、古池を罵倒した。

「陽動作戦に引っ掛かった古池さんのミスでしょう。だから目島長官に被害が及んだ……！」

今度、三部は古池の味方をする。

「班長は警護でパーティに行っていたわけじゃない。班長に責任はない！」

「黒江さんがパーティにいたって話、聞きましたよ」

古池は奥歯を嚙みしめた。こみ上げる怒りを堪える。

「結局古池さんて、色と暴力で成り上がってきただけでしょう。古いですよ。しかも自分は全部捨ててきた、みたいな顔で。個を殺して十三階の男の最たる存在みたいな顔して、結局は家庭作ってんじゃないですか！」

やめろ、と三部が顔を真っ赤にして南野を叱責した。南野は止まらない。

「そんなんだから——そんなんだから暴力が加速する！」

べそをかきながら、古池を糾弾した。

「あなたは怖いんだ。せっかく全部捨ててきたのに、また守るものを作ってしまって、自分が十三階の男としてダメになってしまうのが怖い。だから必要以上に暴力を振るったり、部下に厳しくあたったりするんだ！」

「言うな。本当にもうやめろ！」

三部が南野の口を強引にふさいだ。柳田は、言ってしまった——という様子で顔を覆う。

南野の言葉が部下の総意、ということだ。

翌朝七時。古池は愛車のアコードで府中刑務所までやってきた。三峰の出所は八時だ。古池は刑務所のベージュの外壁に寄りかかり、煙草を吸って待った。九月も下旬になり、最近は朝晩冷える。ジャケットを着た。

南野は昨日、古池を罵倒した勢いで校長室に乗り込み、乃里子に辞表を叩きつけた。「この組織はおかしい」といまさらまっとうなことを言ったらしい。乃里子は冷静だった。

「辞めるのは構わないけど、責任は負ってもらう。二つの仕事を終えてから、去りなさい。一つは3301を捜し出すこと、二つ目は、古池に謝罪することだ」

古池はとても優しいからきっと許してくれるよ、と乃里子は微笑んだらしい。あの女は一体なんなのか。鎮めた怒りがまたぶり返しそうになる。

古池は考えた末、深夜になって部下に指示を流した。三峰と古池の秘聴・秘撮・分析は南野がひとりで行う。三部と柳田には愛花の捜索を命じた。

南野はいま、京王線府中駅へと通じるけやき並木通りに作業車を停め、待機している。顔を合わせていないが、互いの車の位置はGPSで把握している。

地響きがした。刑務所の頑強な扉は二つある。奥の扉が開いたのだろう。古池は携帯用灰皿に煙草を押し込んだ。アコードに乗りエンジンをかける。

刑務所の外側の扉が開く。三峰が出てきた。身ごろの色が左右で違う長袖ポロシャツに、裾が広がったノータックのズボンを穿いている。時代遅れにもほどがある。古池は噴き出してしまった。三峰が車の中の古池に気づき、足を止めた。

古池は窓を開け、気安い笑顔で手を振った。三峰は逃げ出した。刑務官に別れの挨拶すらしない。古池の車とは逆方向に走り出す。

古池は車で三峰を追う。三峰は小さな革カバンを抱えて、JR武蔵野線沿いの府中街道を走る。怪我をしているから、おぼつかない足取りだ。

古池は歩道に車を乗り入れた。乗用車が通れるほど幅がある。

三峰が振り返る。歩道を車で走る古池を見て、仰天した顔だ。あきらめたのか、刑務所の壁に背をつけ、こわごわ古池を見る。古池はハンドルを右へ切り、三峰に車を寄せた。煽る。アクセル、ブレーキ、アクセル、と小刻みに足を動かす。三峰の腹に、バンパーがめり込んでいく。三峰は恐怖で涙を流しはじめた。

古池はギアをバックにいれ、後ろへ急加速した。車を停める。運転席の窓から顔を出す。

「乗れよ」

三峰は素直に従った。助手席にそうっと、浅く座る。震えていた。

「あのまま潰されるのかと……」

「冗談に決まってるだろ。お遊びだ」

車をUターンさせ、甲州街道に向かった。「あっ」と三峰が府中刑務所の門を振り返る。もう扉は閉まっていた。

「刑務官に別れの挨拶すらしてねぇよ。あいつが新入りの頃からの付き合いなのに」

名残惜しそうに刑務所の入口を見ている。

「まずは服でも買うか」

「金がない」

「俺が買ってやる。ダサいぞ、その服」

「いや、これでいいんだ」

「時枝が差し入れた服だな」

三峰が黙り込んだ。車が神奈川県に入るころ、ようやく尋ねてきた。

「――時枝はいま、どうしてる」

知っているが、古池は答えなかった。

「静岡に向かっているんだな」

「そうだ。初めてだろ。俺のじいさんも、千葉は初めてだった」

三峰が眉を寄せた。若い時分は太い眉が力強かった。年老いたいま、眉の長さは短くなり、眉毛一本一本が長くなった。しわくちゃの瞼の隙間に眉毛を引き込みながら、包帯が巻かれた古池の右手を顎で指す。

「その手で運転できるのか」

「あんたできないだろ」

「そうだな……娑婆の第一歩は運転免許を取り直すところから始めないとだな」

「まずは墓参りだ」

「そうだった。すまない」

「なぜ謝る。あんたは殺してない」

三峰は顔をこすった。その話はしないでくれ、と言わんばかりだ。強引に、話を逸らす。

「あんた、警視庁なんだろ。どこの部署だ」

すぐには答えない。面会の時に所属を書いたが、覚えていないのか。

「だいぶ荒っぽいから、組対ってとこじゃないか。ヤクザみたいなことするんだろ。刑事ドラマで見たよ」

「いまどきマル暴でもああいうことはしない。俺は、時代遅れなんだ」

古池は名刺を渡した。三峰は公安一課の肩書を見て困惑した様子だ。

「こんなもの俺に見せて、あんたバカだな」

三峰が古池の太腿の上に名刺を返した。なにを企んでいるのかすぐわかる、と鼻で笑う。

「俺になにかさせる気だ。俺を使って、三里塚闘争を終結させるつもりか」

「三里塚闘争はとっくに終結している」

「まだ空港用地に住んで闘っている同志がいるさ」

「一軒か二軒だろ。警視庁の公安がそんなものを相手にすると思うか」

「それじゃ、なにを相手にしている」

「市民運動の監視をしているだけだ。毎日暇だ」

「――それで、俺にどうしろと」

「どうしろ？　墓参りだろ」

「嘘だ。それだけのはずがない」

「あとはただ詫びたいだけだ。俺があんたに振るった暴力を忘れたか」

「忘れねぇよ。めためたに殴った挙句、ションベンまで引っ掛けやがって」

三峰がなぜか笑い出した。

「いるかいまどき。そんな刑事」

「いない。だから言っているだろ。俺は時代遅れで、組織でも孤立しているんだ」

古池はセブンスターに火をつけた。三峰に勧める。三峰は大袈裟に頭を下げ、煙草を受け取る。おいしそうに一服した。古池は忠告する。

「あんたも覚悟した方がいい。空港粉砕も、ゲリラもテロも、時代遅れだ」

「わかっている。俺だって、塀の中にいても時代の流れは感じている。変わったよ、日本は。みな大人しくなった」

三峰は何百人という新入りを迎え入れた。娑婆に出ていくのも見送ってきたのだろう。

「ヤク中かヤクザばっかりだよ。政府と戦ってきた奴なんか、ひとりも入ってこなかった」

だろうな、暇だな、と古池は笑った。

「ああ――退屈だ。だが自由だ」

三峰は窓を開けた。川崎から東名高速道路に入っていた。古池は時速百キロ近く出している。風が巻いて車内で暴れた。煙草の灰が飛んで行く。

「つまりあれか。俺を殴ったりすり寄ったりしてるのは、ただの暇つぶしか」

「そうだよ。三峰さん。元ゲリラと接触してんだ。組織から見たら多少は仕事しているように見えるだろ」

古池は目を細め、にかっと笑った。

「俺と遊んでくれ」


東名高速道路を順調に走る。

足柄あたりで三峰は富士山の大きさに驚く。静岡県に入ると広大な海に息を呑《の》んだ。富士山も駿河湾も初めて見るらしかった。駿河湾を東京湾かと尋ね、海の向こうに見える伊豆半島を房総半島と勘違いする。五十年近く刑務所にいた上、そもそも学がない。字が書けるかと心配すると、三峰はムッとした顔になった。

富士市に入った。富士山の麓を走り始める。三峰はヤッホーと叫んではしゃぎ始めた。

朝は古池のことをあれほど恐れていたのに、いまは「娑婆に出た初日が富士山とは縁起がいい」と感謝し始めた。

磯村家代々の墓は、静岡市内の駿河湾を望む丘陵にある。墓地を管理する寺の外門を揃ってぐる。水を張った桶と柄杓《ひしゃく》、菊の花束や線香を全て三峰に持たせ、古池は墓へ向かう階段を上がった。三峰は車内にいたときとは打って変わって、大人しくなった。

古池はそわそわしたふりをして、やがて足を止めた。

「ちょっと、トイレ。墓は右から四つ目だ」

「あぁ、待ってるよ」

「先にやっててくれ、うんこだ」

三峰が苦笑いした。古池は階段を下りて一旦寺の共用トイレに入る。すぐ出た。壁に隠れながら、墓地の斜面を見上げた。

三峰は磯村家の墓の前にいる。じっと墓石を見つめていた。枯れた花を取り換え、掃除を始める。手を合わせたがあくびをしたり首を鳴らしたり、態度がふてぶてしい。周囲をきょろきょろと見た。古池を探しているらしい。いないとわかると、三峰は磯村の墓前に唾を吐きかけた。


古池は戻らず、駐車場の車で暇をつぶした。一時間後、三峰が古池の車に戻ってきた。遠慮がちに怒っている。

「なんで来ない。どれだけ待ったと——」

「あんた、じいさんの墓に唾吐いてたな」

三峰は真っ青になった。震えて首を横に振る。見間違いだ、知らない、と繰り返した。見ていたぞと念を押す。三峰は怖気づく。

「あ、あんた結局、俺となにがしたいんだ」

「言ったろ。暇だ。あんたと遊ぶ」

古池は無精髭で覆われた三峰のしわしわの頬を、思い切りつねった。三峰の頬の肉を引きちぎる勢いで引っ張り、振り回しながら言った。

「さあ。遊びに行くぞ」

頬の肉をねじ切るようにして手を離した。三峰は頬を押さえて、いってぇ、と背中を丸めた。

古池は車を発進させる。

「早くシートベルトをしろ。時代は変わった。そして俺は早く血が見たい」

三峰は目に涙を溜め、慌ててシートベルトを引いた。どこへ行くと尋ねる。

「成田だ」

「いまからか？　何時間かかると」

「この道中は、じいさんが五十年前に通った死の道だ。その景色をとくと脳みそに刻んでおけ。そして罪をひとりでかぶったことのバカバカしさに早く気づけ」

そして、怒り、昂れ。

古池は窓を全開にして、煙草を吸った。無性にセックスがしたかった。三峰をサンドバッグにできない鬱憤を、乱暴で一方的なセックスで発散したい。古池は三峰の横で堂々と、三部に連絡を入れた。

「俺だ。３３０１は見つかったか」

「いや。一週間分くらいの荷物を持っていなくなったようだ」

引っ越し業者でも使っていれば行き先がわかる。手荷物ひとつでふらりと出て行かれるのが、一番捜しにくい。三部は呑気に「そのうち帰って来るんじゃないのか」と言う。

「真面目に探せ。顔認証システムを使ってもいい」

「ただの女の気まぐれで顔認証って、大袈裟な」

呆れた様子ながら、三部は対象区域を尋ねた。下北沢駅周辺と小田急線沿線の監視カメラ映像を見ろと答え、古池は電話を切った。これでも、確認すべき監視カメラは千台を超える。

三峰が尋ねてきた。

「３３０１てのは、なんだい」

「俺の遊び相手のひとりだ」

「時枝のことだな」

磯村殺しの真犯人の名前がぽろっと出た。

東関東自動車道に入ったときにはもう、日が暮れ始めていた。千葉県佐倉市を通過したあたりから景色がのどかになっていく。かつての三里塚とよく似ているらしく三峰は子供のように窓にかじりついた。この先に国際空港があると思えないほど、風景が原始化していく。

三峰がやたら吸うので、煙草が切れた。富里で一般道へ降りる。コンビニに寄った。辺りは薄暗い。三峰に二千円の小遣いを与え、古池はトイレに入った。

三部に電話する。愛花の捜索の進展具合を尋ねた。対象区域の監視カメラ映像を顔認証にかけたが、引っ掛からなかったという。巧妙に路地を抜けて下北沢を出たようだ。京王線や東横線沿線の映像も確認しろと命令し、古池は電話を切った。

三峰はコンビニの外で煙草をくわえていた。五十年前も販売されていたわかばを吸っている。

「煙草しか買ってないのか」

「いや……一分といられない。照明がまぶしすぎて、くらくらする」

刑務所内は必要最低限の照明しか取り付けられていないから、薄暗い。そこに約五十年もいた。コンビニの煌々とした明るさに慣れないのだろう。

「古池さん。ちょっと今日は、申し訳ないんだけど、東京に引き返してくんないかな」

出所していきなりあれもこれもはきついらしく、三峰が弱音を吐く。

「気持ちがおっつかねぇよ。しんどい」

「成田で宿を取ってあるんだが」

「キャンセルしてくれ。すまない。どこか、安宿があるとこでいいよ、山谷とかさ」

都内のドヤ街を指定してきた。

「ダメだ。俺が保護司代わりなんだぞ。うちに来い」

「いやいやいや、それは遠慮する。静岡まで連れてってくれただけで、感謝感激だ。あんたも疲れてるだろうしさ、家族もいることだろうし」

古池は渋々な態度を装って了承した。台東区清川の、簡易宿泊所が並ぶ一角で三峰を降ろした。スマホの番号を教える。明日迎えに行くと伝えると、三峰に深く頭を下げられた。

「古池さん、もうこれっきりにしよう。俺はあんたと遊べない。自力でがんばるよ」

古池は残念な顔をしてみせた。

「そうか。元気でな。だがくれぐれも気をつけろよ。あんたは――」

わざと途中で言葉をつぐみ、意を含ませた。三峰が聞き返そうとしたが、車を発進させる。バックミラー越しに三峰を見る。また頭を下げていた。卑屈な姿だった。路地を曲がる。いまごろ、道路に唾を吐いているに違いない。

古池は路肩に車を停めた。作業車の南野に電話をかける。上大崎の拠点に来るよう指示した。愛花と子作りするために用意した部屋だ。南野に躊躇《ちゅうちょ》するような沈黙があったが、了承した。

南野は尾行点検後にやってきた。左頬には、靴先の形をした痣が残っていた。古池は謝らない。南野も憮然としたままだ。

古池はコンビニ弁当を買って、待っていた。

「どっち食う」

チャーハン餃子弁当とカルビ焼肉弁当だ。南野はカルビ焼肉弁当を取った。

「予定変更だ。一週間早いが、今晩、プランCを前倒しで決行する。午前一時だ」

南野が目を丸くした。

「早すぎませんか。プランCは五名の補助班と所轄署の根回しが必要です」

南野は腕時計を見た。あと五時間しかない。

「それでもやる。〈ニーサン〉は台東区清川の簡易宿泊所に泊まっている。悪くない」

「ならば、補助班をすぐに呼んで――」

「補助班は呼ばない。お前だけでやれ」

南野は静かに古池を見返した。昔から大人しく、あまり感情を表に出さない。

プランCは、三峰が古池への信頼を深める最終段階の工作だった。

最初は暴力で支配し、次に謝罪と敬意で甘やかす。続けて磯村殺しの真犯人の現在の姿を示し、三峰に復讐心を植え付ける。その次の段階がプランCだった。

だが、三峰は磯村に謝罪の意がない。あの男には情がないのだ。実利でしか人を見ない。古池は三峰にとって利用価値のある人間になるべきだった。

用心棒だ。

三峰を、恩赦が許せず義憤に駆られた警察官集団に襲わせる。古池が身を挺して三峰を守る。プランCではその義憤集団を所轄署の公安刑事三名に頼む予定だった。南野ひとりにやらせることにした。古池は南野に缶ビールを勧める。自分も飲んだ。

「俺とお前の、一騎打ちだな」

南野が呆れたように答えた。

「昨日のあれの、延長戦みたいですが」

「好きなように考えていい」

「俺、手加減はしませんよ」

南野が珍しく感情的に言った。いきなり顔面を蹴られたのが、よほどむかついたらしい。

「当たり前だ。だが、三峰には手加減しろ。すでに怪我をしている。辞表は撤回して、校長に頭を下げろ」

「校長は……班長に、頭を下げろと」

「下げなくていい」

戦え。


翌日の夕刻、古池は校長室に入った。

土曜日というのに朝から呼び出しを食らっていた。外を歩ける状態ではなく、この時間になった。「失礼します」と校長室に入った古池を見て、乃里子は短い悲鳴を上げた。

「お前、その顔。四谷怪談のお岩さんじゃないか！」

簡易宿泊所の三峰の部屋で、南野と深夜の乱闘を繰り広げた。古池は右目が開かないほどに顔が腫れてしまった。

「これでも朝よりはだいぶましです」

乃里子は、プランCの変更概要書類をガラステーブルに投げ置いた。

「もう暴力に頼らないと約束したはずだよ」

「破っていません。私は三峰を守ったんです。彼を殴っていませんよ」

「南野を病院送りにしたじゃないか」

多少は殴らせてやったが、南野はまだまだ。最後は腕と足技で南野の右腕を固め、肩を亜脱臼させた。全治一か月と診断されたらしい。

三峰はすっかり古池に気を許した。昨晩は戦場の看護師のように手厚く古池を看た。簡易宿泊所の三峰の部屋で、こんな会話をした。

「宿を見張っていたのか」

「誰かが絶対に、あんたを襲いに来る気がしてたんだ」

警察官による義憤団の仕業だから、警察を呼んでも仕方ないと話した。簡易宿泊所のオーナーが騒いだが、古池が警察手帳を見せたので、通報はしなかった。乃里子が言う。

「南野は笑ってたよ。うきうきした顔してさ」

辞表は撤回し、校長に頭を下げたようだ。乃里子はあきれ顔だ。

「お前たち、青春しているつもりか」

「違います。作業玉の育成をしつつ、部下の育成も同時に行っている次第です」

まあね、と乃里子はため息をつく。

「南野——目つきが変わったよ。覚醒したか」

「まだまだこれからです」

楽しみだとにんまりする。乃里子が不気味そうに古池を見た。それにしても暴力沙汰が多すぎる、とまたグチグチ始まった。姑のようだ。

「お前いま、思春期かなにかなのか」

古池は本気で噴き出し、腹をよじらせて笑った。熱いコーヒーが、口の傷に沁みる。意外に心地よかった。

「もう行きます。私の帰りを待つ恋女房がいますので」

三峰はいま古池の自宅にいる。簡易宿泊所は危険と思い込ませたから、おとなしくついてきた。他人から自宅の鍵を預けられたことも、嬉しかったはずだ。娑婆でも塀の中でも三峰は友人がいなかった。監視はついている。古池の自宅には秘聴・秘撮機器を設置済みだ。古池は立ち去り際に「ひとつ、お願いが」と申し出た。

「そろそろ拳銃帯同許可を頂けませんか」

乃里子は口を引き結び、首を横に振った。

「いまのお前には許可できない」

「三峰に見せびらかすだけですよ、これで警官義憤団からお前を守ってやる、と」

「ダメだ」

「三峰は陥落したも同然です。一刻も早く真相を話し、第七セクトに送り込む。拒否や反抗があったら拳銃が抑止力になります」

「ならない。怪我人が出て私が書く隠蔽指示の書類が増えるだけだ」

古池はあきらめたが、確かに許可は求めたぞ、と乃里子を目でけん制した。

「やめてよ、お岩さんの目で睨むの」

呪い殺されそうだ、と乃里子は嘆いた。


三峰は自宅で夕飯を作り、古池を待っていた。服役中に調理係をやったこともあるから、料理は得意だという。筑前煮とアジの干物が出てきた。しょぼかったが味はよかった。

三峰は洗い物もやり、風呂も沸かしてくれた。風呂上がりには古池の顔面の絆創膏を替え、拳の包帯を巻き直してくれた。新妻よりかいがいしい。そして不思議そうに古池に尋ねる。

「独身か？　奥さんの気配が全くないが、女物のスニーカーばっかりやたらある」

「妻のだ。別居中だ」

「だろうな、そんなんじゃ」

三峰が苦笑いする。

十月になった。最初の週末が終わる頃には古池の顔の怪我が完治した。三峰が「自立しなくては」と、城南弁護士会の武藤竹久に連絡を取ろうとした。古池は慌てて止めた。

「しばらくはここに雲隠れしていろ。目立った行動をとってヤサがバレると、別の義憤団が来る。弁護士なんかお前がメタメタにやられたあとに警察に抗議することくらいしかできない。あんたを守ってやれるのは、俺だけだ」

三峰はありがたがる。なぜ自分を守ってくれるのか、不思議そうな顔もした。

「遊んでるんだ。暇なんだ」

古池はそう繰り返して、笑うにとどめた。

「時枝のいまを知っているようだな。あんたは復讐したいんだろうが、俺はつきあえねぇよ」

三峰が拳を膝に置いて、背筋を伸ばす。時枝の話になるとやけに律儀になる。

「俺は、人生をかけて彼女を守ると誓った。あんたのじいさんを殺したのは、俺だ。それでいい」

「違う。とどめを刺したのは中村時枝だ」

古池は棚からウィスキーボトルを出して、三峰にロックで飲ませた。あんたもと勧められたが、断った。車で三峰を連れ出す計画を立てていた。その方向に話を持っていく。

「確かに五十年前の中村時枝は守るべき存在だった。あんたの子を身ごもっていたんだからな」

三峰が憮然と古池を見返した。

全ては、千葉県警の公安資料に記されていた。

磯村慎一がガサ藪で遭遇したゲリラの中に、武装した時枝がいた。ダンスのプロだった彼女は背が高く、がっしりとした体格だった。磯村は相手が女と気づかなかったようで、滅多打ちにしている。三峰は逆上した。第一次代執行時に機動隊から受けた辱めの恨みもあっただろう。磯村に激しい暴行を加えた。とどめを刺したのは時枝だ。火炎瓶を二本も投げつけた。頭が割れてもまだ動いていた磯村が恐ろしかったのだろう。殺さないと自分も子供もやられる——妊婦ゆえの、過剰防衛だった。

古池が指摘した真相を、三峰は神妙に聞いていた。やがて目を閉じ、声を荒らげる。

「妊娠していると知っていたら、ゲリラに参加させなかった……!」

千葉県警は時枝も逮捕している。妊娠を知り、検察は躊躇した。起訴しても、時枝は過剰防衛が認められる。執行猶予がついたら、三峰の裁判にも影響する。妊娠した恋人を守るためだったと主張されたら、凶悪な警官殺しではなくなる。十五年ほどの服役で出てきてしまうだろう。地検は時枝の追及を止めた。三峰を主犯にして無期刑に処するための戦略だった。

一方、三峰は裁判で磯村を罵《ののし》り続け、悪目立ちする道を選んだ。世間の目が時枝に向かわないようにするためだった。奇跡的に被疑者と検察の思惑が一致したのだ。こうして、とどめを刺した時枝は永遠に無罪放免となった。

三峰がウィスキーを少量ずつ注ぐ。せわしなく飲み続けた。うなだれる。

「流産したんだってな」

「違う。中絶したんだ」

三峰が顔を上げ、ぎろりと古池を睨んだ。反抗的な目を見せたのは出所後初めてだった。

古池は立ち上がる。車のキーを取った。

「成田へ行くぞ」

東関東自動車道を進む。深夜でフライトがない。車の数も少ない。標識に従い、新空港自動車道に入る。

隣の三峰は目を閉じている。わざとらしくいびきをかいていた。狸寝入りだ。自分が望んだようにならなかった五十年後の故郷を、直視するのが怖いのだろう。

周囲には当時のままの雑木林やガサ藪が残っている。大規模ホテルやレンタカー、パーキング会社など、空港と連携する企業の建物も見えてきた。

古池は道路の上にかかる取香橋の手前で車を路肩に停めた。三峰を揺り起こす。成田空港は目と鼻の先だ。三峰は迷惑そうに、目を開けた。

「見ろ。あれだ」

通り沿いにパーキングがある。十人は乗れそうなバンが二台、停まっている。『パーキング・ママン』という会社名が入っていた。三峰が顔をこわばらせた。

「時枝の自宅兼事務所だ。空港利用客相手に、駐車場サービスの会社をやっている。夫と二人三脚で、もう五十年近い」

三峰が眼球をせわしなく動かし、「ここはどこだ、住所は」と問う。

「成田市取香956番地」

ダッシュボードに、三峰の拳が振り落とされる。

「畜生！　俺の家のすぐ横じゃねぇか！」

「時枝は条件派と結婚した」

「俺との子を中絶して？」

三峰が目を血走らせ、古池に迫った。凄まじい殺気だ。未だ衰えぬ闘争心が見える。戦ってきた男だけが持つ本能だ。

「どういうことだ、古池さん」

「そういうことだ。時枝はお前を裏切り、子を中絶し、公団側に寝返った男と結婚した。それからずっと空港利用者を相手に商売をしている。二人の子宝にも恵まれた。長男は空港公団職員でもう係長だ。長女は夫とこの会社の役員をやっている。孫は五人——」

三峰はみるみる顔面を青くする。「もうイイッ」とかぶりを振った。

「時枝は風を読んでいた。女はそういう生き物だ。三里塚闘争は反対連合が負ける。警官殺しの子と二人で生きていくのは無理だと見切りをつけた。そして、勝者側の男にすり寄った」

敷地内の自宅兼事務所は経年劣化しているが、コンクリート造りの立派な趣だ。成田ナンバーのぴかぴかのレクサスは、マイカーか。古池は「いい車に乗ってるな」とだけ言って、煙草に火をつけた。三峰は歯ぎしりし、拳を握る。

「時枝め。畜生。俺の子を、殺して……」

「いまから乗り込むか」

古池はたきつけた。

「凶器がないな。ホテルに一泊して、改めて明日、どっかのホームセンターでバットと有刺鉄線でも買ってくるか」

三峰は黙り込んでいる。両太腿を叩いて車を降りた。扉を怒り任せに閉める。チェーンを張っただけの境界線を跨ぐ。レクサスに近づいた。いまにもボンネットかフロントガラスを破壊しそうな勢いだ。

古池は見守った。タイミングを見て、監視している三部らに連絡し、千葉県警に来てもらう。二人揃って警官に追われ、ギリギリで逃げおおせる計画だ。正しいことを共にやった相手より、悪いことを一緒にやらかした相手との方が、より絆は深まる。

三峰は、獲物を狙う獣のようだ。拳を握ってレクサスの周りを落ち着きなく回る。敷地内にある自動販売機へ向かった。ペットボトルの茶を買う。猛烈な勢いで飲みながら、古池を手招きする。古池は車を降りた。茶が飛んできた。

「あんたも飲め。こうしてやるんだ」

三峰はスラックスのジッパーを下ろし、黒ずんだペニスを出した。放尿が始まった。レクサスのナンバーが三峰の尿を受け止める。

古池は腹を抱えて笑った。受け取った茶をいっきに飲み干す。三峰と共に、祖父を殺した女の車にションベンを引っ掛けた。

成田空港近くのホテルに宿を取った。入念な下調べが既に済んでいるホテルだ。

三峰とバーで飲んだくれた。ガラス張りの窓の外は真っ暗だが、空港のB滑走路だけはよく見えた。誘導灯の光が連なる。他は暗闇に沈んでいた。延伸工事中の箇所は強い照明で浮かび上がっている。

三峰はウィスキーを水のように飲む。古池の分までどんどん頼んだ。ペースを持っていかれると酔いつぶれてしまう。古池は三峰がトイレに立つたびにチェイサー頼み、酔いが回らないようにした。

三峰は、古池との連れションがよほど楽しかったようだ。一週間前の簡易宿泊所での乱闘から、一段と古池に気を許した様子だった。

「いやあ楽しかった。あんたと遊ぶのがこんなに面白くなるとは思いもしなんだよ」

三峰は陽気に酒を飲むが、忠告もする。

「でもな、古池さん。もうこれで終わりにしようや。五十年。もう半世紀も前のことだよ」

古池は敢えて不機嫌に尋ねる。

「車にションベン垂れただけで、あんたの五十年は返ってくるのか」

「なにしたって返ってこねぇよ」

三峰の五十年も。磯村の命も。

「な。これからは前を見よう。あんたもだ」

なれなれしく肩を叩いて、三峰は古池の家庭を心配する。

「あんた、どうして奥さんと別居中なんだ」

子供はいるのかと訊かれる。古池は無言でグラスを傾けた。自分の不幸で特殊な結婚生活を、どう作戦に利用するか。三峰が言う。

「人生百年時代だぜ。俺は残りの二十七年をひとり自由に生きていくさ。だがあんたはこの先長い。まだ四十四だっけか」

「人の心配をしている場合じゃないだろ」

「場合だよ。俺はあんたのことが好きだよ。娑婆でたったひとりの友だと思ってる」

古池はセブンスターに火をつけた。吸い終わる頃、ぽつりと言う。

「子供が生まれるんだ」

三峰が目を丸くして、古池を見た。

「奥さん、身重なのに出てったのかよ。早く呼び戻せ」

「問題ない。彼女を守る人がいる。その人物のもとで無事産むさ」

「妙な言い回しだな。実家に帰っているのか」

古池は回答を避け、時枝との恋愛話に会話を強引に持っていった。ダンスホール『ママン』での出会いは衝撃的だった――三峰が怒りも忘れて語る。鼻の下を伸ばし、過去に酔いしれている。

「倍賞千恵子かと思った。顔が本当によく似ていた。体つきは違うんだが。もっとむっちりしていて……」

ステップを教えてもらうたびに密着した体の感触や匂いを、饒舌に語る。初めて押し倒した日のことまで事細かに晒した。

バーは二時で閉店してしまった。部屋で飲み直す。この部屋からもB滑走路の延伸工事現場がよく見える。だが三峰は『空港』には全く興味を示さなかった。

古池は動画サイトで倍賞千恵子の映像を見せてやった。三峰は前のめりだ。スマホの扱い方にもすぐ慣れ、動画漁りを始めた。古い映像を検索していると思っていたら、スケベな動画を見始めた。こんなに簡単に見られるのか、無料なのかと感嘆の声を上げる。古池の体にしなだれかかり、声を裏返して吐露した。

「たまんねぇよ、古池さん。なあ頼む。女ンとこ行こう。姉ちゃんがいる店、ないか」

成田空港周辺にはない。デリヘルならと言ったら、呼べ呼べとうるさい。

古池はデリヘル業者に連絡を入れるふりをして、十三階に所属する千葉県警の公安刑事に電話を入れた。三峰が女を欲しがることは想定していた。存分に応えてあげられるよう、本番OKのデリヘル業者を選定してもらっていた。乃里子には話していない。機密費は出ないので古池のポケットマネーだ。業者からは目ん玉が飛び出る額をふっかけられたが、仕方ない。

三十分後に女が二人やってきた。

三峰は談笑もせずいきなり女を押し倒した。古池は遠慮して部屋を出ようとしたが、もう一人の女に捕まった。スラックスの上から股間をさすられ、いやらしい手つきでワイシャツを脱がされる。腹の傷が露わになった。女は驚いてハンドバッグを掴み、逃げ出そうとした。

ヤクザかなにかと勘違いしたらしい。古池は咄嗟に腕を摑んだ。そんな態度をされると引き留めたくなる。

古池のスマホが、倍賞千恵子の軽妙なダンスを映し出していた。『さよならはダンスの後に』という曲だった。男女のダンサーに囲まれ、ステップを踏みながら、透明感ある声で歌う。黒いシックなドレスはノースリーブで、細い腕がなまめかしい。小柄で痩せすぎているところも、衣装も、いつかの律子とよく似ていた。

古池は女を乱暴に抱いた。だってさよならはつらい、と律子が動画の中で踊り、歌っている。女の通り一遍倒の口仕事に激怒して頭をはたく。

「愛情をこめろよ」

女の尻を摑み後ろから攻めながら、その髪をぐいと引っ張る。ねじ曲がった女の細い首を締めあげたくなった。もうこれきりね……と律子がスマホの小さな画面の中で悲し気に囁く。射精寸前だったのに、古池は急激に萎えていく。お前じゃイカないと、女をベッドから蹴り落とした。三峰との行為が終わったばかりの女の上に覆いかぶさった。乃里子が古池を思春期だと言ったことを思い出した。腰を振りながら爆笑する。たとえ短い夢でも、忘れない……律子がそう歌うから、古池は大笑いしていたのに泣けてきた。

七十過ぎの三峰はひと晩で二度も果てた。古池は一度も射精できなかった。

フロントから何度も電話がかかってきた。チェックアウト時間を過ぎている。追い出されるように部屋を出た。三峰は疲労困憊していた。古池もひどい二日酔いだ。車の運転は無理だった。

ホテルの最上階レストランで、遅い朝食を摂った。このレストランも昼間はB滑走路や周辺の雑木林がよく見える。次々とジェット機が離陸していた。午後には着陸機も増えた。

三峰は神妙に、変わり果てた故郷を見ている。轟音に耳を塞《ふさ》ぎもした。成田山新勝寺が見えることに驚いていた。コーヒーを飲みながら愚痴っぽく言う。

「いまは羽田回帰論が活発なんだろ。ムショにいるとき、新聞で読んだ」

成田は遠すぎる、不便だ――。

「羽田空港周辺を埋め立てて拡張するし、航路を変更して離発着の回数を増やす方向だ」

「だから言ったんだ。成田に空港を作るなと」

三峰が食後のコーヒーを飲み干した。ウェイターにお代わりを頼み、古池はフォローする。

「成田も拡大を続けている。工事をしているだろ。必要とされているからだ。あんたらが流した血と汗と涙は、決して無駄じゃない」

古池は窓の外に見える延伸工事現場を指さした。土砂搬入トラックが、セキュリティゲートを抜けている。滑走路に入っていった。ゲートの見張り小屋は二つしかない。民間の警備員が二人いるだけだ。千葉県警の機動隊車両は、空港周辺道路を行きかうが、工事搬入口までは回ってこない。

夕方近くまで男二人、無言で飛行機を眺めていた。古池の二日酔いが抜けてきたので、東京に戻ることにした。

ホテルの駐車場へ向かう。古池は運転席で、トランクのロックを開けた。

「後ろに座布団が入ってるから、取ってくれないか」

助手席に回ろうとしていた三峰に頼む。腰が痛いと言い訳した。三峰が笑った。

「腰を振りすぎたんだ。あんた、何時間やってたよ。絶倫か」

射精できなかったと思っていないようだった。三峰が座布団を取り、トランクを閉めようとして、手を止める。雷電21型のプラモデルに気がついたようだ。古池の狙い通りだった。

「ずいぶん古いプラモデルだな。雷電か、懐かしい」

「ああ……母親から預かったんだ」

三峰が顔を上げ、バックミラー越しに古池を見た。

「磯村の遺品だ。成田に行く前日の夜まで、作っていた」

三峰の育成を始めて、三週間が経った。相変わらず泉岳寺のマンションで同居生活を送る。古池の右拳のギプスも取れた。三峰は家事全般を担っていたが、いつまでも世話になれない、と就職先を探し始めていた。

いいタイミングだった。古池は乃里子に頼み、律子を呼ぶことにした。

三峰と律子を鉢合わせさせる。

十月二十三日の十五時頃に律子が訪ねる、と乃里子から連絡を受けた。古池は不在にする。

いた方が三峰にはよいドラマを見せられるが、古池は律子の顔を見たくなかった。

三峰は律子の突然の訪問に、かなりたじろいだらしい。「どなたですか」「古池さんの友達です」という短い会話の後、三峰は家を出ようとした。律子は手紙を託し、立ち去ったという。

夜に帰宅した古池は、興奮気味の三峰から話を聞きつつ、まずはベランダの窓を閉めた。三峰はエアコンを嫌い、すぐ窓を開けてしまう。古池は三百六十五日窓を開けない。海風は予想以上に冷たかった。秋すらも終わろうとしている。三峰がしきりに律子を心配する。

「かなり腹が目立ってた。もう臨月近いんじゃないか？」

「いや、そこまではいってないはずだ」

「出産予定日はいつだよ」

古池は口ごもった。本当に知らなかった。三峰は呆れ果てた様子だ。

「あんた、無関心すぎるだろ」

古池は律子が託した手紙の封を開けた。手紙のことは聞いていなかった。署名捺印済みの、離婚届が入っていた。慌てたのは三峰だ。古池は笑い出しそうになるのをこらえた。署名が『古池亜美』になっていたのだ。

同時に――古池は心で泣いた。

早く亜美をやめたい。『投入』を終わりにして古池のもとに戻りたい。この離婚届からそんな意図を感じる。最高のタイミングだった。古池は、自分の内側にある悲しみと怒りに焦点を合わせた。集中し、想いを倍増させる。三峰の前で、泣き崩れてみせた。

「まあ飲もうや、古池さん」

三峰は明け方まで、古池の酒に付き合った。また女を呼ぼうと言う。準備していないから、成田で射精できなかったことを話してごまかした。妻を愛している、早く戻ってきて欲しいと泣いた。弱さを晒す。とうとう、全てを話す時が来た。

育成の最終段階の、最も大きいハードルに、いま、挑む。古池はベランダのカーテンを開けた。夜通し飲んで、朝日が昇り始めている。新しい時間の始まりなのだと、三峰に体感させるためにはいい光だった。

「妻も、公安刑事なんだ」

眠たそうだった三峰が、何度も目を瞬きさせた。まさかと笑う。

「あんな痩せっぽっちの……いや、とても頼りなさそうに見えたから」

「とんでもない。敏腕だよ。しかもただの公安じゃない」

古池は十三階の存在を明かした。

「妻はその組織で工作活動を行っている」

三峰が差し込む朝日に目を細めた。学がないから、組織の立ち位置がピンとこないようだ。警視庁と警察庁の違いからレクチャーしてやると、三峰はうとうとし始めた。仕方がないので、過激な話をする。妻が投入先で赤の他人として生きていること。捜査対象の男の子を身ごもったふりをして、古池の子供を産もうとしていること。儀間の名前は出さなかった。三峰は眠気が吹き飛んだ様子だ。

「奥さんは一体、どんなテロ組織に潜ってるんだ？」

三峰がわざわざ声を潜めて、尋ねてきた。古池は嘘をついた。

「第七セクトだ」

三峰の瞼に反応があった。官房長官の襲撃は塀の中にいても耳に入っていたはずだ。

「――それ、いま一番やばい組織なんじゃないのか」

三峰は立ち上がり、焦ったようにそこらを右往左往し始めた。

「妊婦を潜入捜査に使うなんて、十三階ってのは狂ってる。ありえない。子供になにかあったら……！」

嘘交じりだとしてもここまで話した。かなり危ない橋を渡っている。これは律子の投入を危険に晒す行為だ。

だが、必要だ。作業玉の育成から運営へと切り替える最後の壁が、一番高い。こちらの身元をばらし、対象組織への接触を示唆する。三峰を支配下に置くには、絶対に話しておくべき内容だった。三峰は空気を変えたかったのか、ベランダの窓を開けた。古池はすぐさま閉めた。離婚届をダイニングテーブルに広げた。

「妻はもう限界なんだろう。これがそのメッセージなんだと思う。一体どうしたらいい」

古池はまた、肩を震わせてみせる。

「一刻も早く、第七セクトから彼女を引き上げさせたい。だが、奴らは首相襲撃を狙っている。上は絶対に投入中止の許可を出さない。誰か代わりが必要なんだ――」

三峰はぽつりと、「代わり」と繰り返した。三峰の口から言わせる。「俺がやろうか」と。

それまで古池は、待つつもりだった。三峰が申し出るまで、いくらでも不幸を演出するのだ。

朝日が、三峰の体にも赤い輪郭をつけている。

「長話になった。すまない。もう寝よう」

古池は立ち上がった。待ってくれ古池さん、と三峰が古池の腕を摑んだ。

「ちょっと、見せたいものがあるんだ」

三峰はテレビ台の扉を開けた。布がかぶさったなにかを取り出した。大事そうにそれを持って、古池の前に置いた。

仰々しい手つきで布を取り去り、披露する。

雷電21型の戦闘機プラモデルが、完成していた。灰色のボディに塗料まで施され、赤い日の丸が燦然《さんぜん》と輝く。差し込んだ朝日にきらりと機体が反射した。

実際に三峰がこれを完成させたとき、どう振る舞うか。古池はその時の空気に任せるつもりだった。感動し、友情を深めるのか。激怒し、恐怖で支配するのか。

三峰は子供のように目をキラキラさせ、古池が喜ぶ顔を期待している。

古池は目を閉じた。あるがままに――。

雷電に拳を振り下ろした。

大きな音を立てて雷電は潰れ、破片がダイニングの床に飛び散る。

三峰は震えあがった。慌てて土下座する。一か月前、府中刑務所で繰り広げられた悪夢を思い出したはずだった。床の上についた指が、ブルブルと震えている。

「す、済まない。俺は、俺は本当に、余計なことを。やっぱりだめだよな。俺が作っちゃいけなかった。申し訳ない……！」

「三峰」

古池は作業玉を呼び捨てにした。力関係を示すためだった。

「言うのをすっかり失念していた」

土下座している三峰の前に立つ。朝日を背に古池は祖父を殺した男の前に君臨した。

「俺も、十三階の作業員なんだ」

第五章　地獄へ道づれ

律子はホテルの宴会場を飛び出して、トイレに駆け込んだ。嘔吐する。タートルネックの首元が汗ばむ。口をゆすぎ、カーディガンを脱いだら、すぐに寒気がやってきた。

——無事、産めよ。

古池の言葉が蘇る。

彼の要請だと乃里子に言われ、一か月ほど前に泉岳寺の自宅に帰った。古池に会えると思っていたが、三峰がいただけだった。手紙を預けた。意図は伝わったはずだ。

「奥様、大丈夫ですか」

儀間の公設第二秘書が、トイレにやってきた。山下利枝子《やましたりえこ》という三十五歳の女で、かつてはＮＰＯ法人で働いていた。つわりがなかなか終わらないので、律子は妊娠六か月のとき、公設第二秘書の座を利枝子に譲った。

適当にあしらって、ホールに出る。すでに昼食懇談会の客が集まり始めている。会費徴収の列ができていた。これは政治資金規正法で定められた正式な政治資金パーティの一種だ。

昼の一時間、レクチャー形式で儀間が登壇する。名刺交換などはしない。みな着席し弁当を食べて、政治家の話を聞くのみだが、これだけでひとり一万円を取る。

今日は二百人の申し込みがあった。二百万円の収入だ。弁当はひとつ千五百円、会場使用料が二十万円。大雑把に計算しても、この一時間で百万円以上の利益が出る。

今年、亥年は十二年に一度の、統一地方選挙と参議院選挙が重なる年だった。どちらも与党民自党が勝利を収めて政権は安定している。与党へのすり寄りがうまくいかない儀間の足元を揺るがす結果でもある。儀間は方針転換した。頻繁に有権者との会合を開いて、与党との対決姿勢を強めている。

律子がそうアドバイスをしたのもある。辺野古移設は覆らない。沖縄の基地転がしは日米同盟の名の下、永久に続く。政権与党に入って沖縄の意を伝えることは現実的な戦略だが、選挙では通じない。世間は白か黒かでしか物事を見ない。政治に関心がない国民ほどそうなる。そしてそれが日本国民の大半だ。政権に大きく拳を振り上げるパフォーマンスをしないと、地盤の沖縄県民には響かない。二年後の衆院選で痛い目に遭う。

儀間は苦渋の決断といった様子で、統一地方選も参院選も、貧弱な野党の支援に回った。最大野党民友党は大喜びだ。入党しろとうるさい。

今日は大臣経験もある民友党幹事長もやってくる。男性の入りが多く、コートを着ているので人々の群れは全体的に黒っぽい。律子は受付での万札のやり取りを眺めながら、名刺が溜まっていく箱を見た。個人、草の根活動家、ＮＰＯが多く、企業は少ない。あっても中小企業ばかりだ。

律子は名刺の入った箱を回収し、会場控室に入った。準備で秘書や後援会のボランティアたちが多忙にしている。ここは通称〈大奥〉だ。儀間の支援者は女が多い。裏方はいつも女たちの談笑の声でにぎやかだ。ハンガーにも、ブラウン、赤、青と色とりどりのコートが並ぶ。

儀間がこのうち何人の女に手をつけたのか、把握している。相手の女の態度にも如実に表れる。私はあんたの夫の体を知っているわよ、と律子を見る目に勝ち誇った色が入るのだ。

律子は名刺を並べ、スマホで撮影した。

「奥様、お名刺ならあとでまとめてコピーしてお渡ししますよ」

ボランティアのひとりが言った。

「それは先生の方に。私は個人的に支援者を把握しておきたいんです」

「でも、お腹も大きくて大変でしょう。パーティ会場にも来られなくても大丈夫ですよ。私たちが先生のお世話をしますから」

お願いねと言いつつ、名刺を撮りなおした。膨れたお腹が画像のフレームに入ってしまう。

十一月も下旬に入っている。律子は妊娠九か月だった。年明けが出産予定日だ。十二月には正産期に入り、いつ生まれてもおかしくない状態になる。儀間亜美として産みたくない。古池の元で息子を産みたい。焦っていた。

律子は撮影を終え、再びトイレに入った。イヤホンを耳に入れる。控室の小型電気ストーブに秘聴器を仕込んである。悪口が聞こえてきた。

「名刺を撮影なんかしてないで、先生と出迎えに立てばいいのに」

「街頭演説の後ろに立つのもいやだって、駄々をこねているらしいわよ。いまどきSNSの顔出しもNGって、それで政治家の妻なのって話」

「その割に私たちには口うるさいじゃない？　私なんかこの間、箸の持ち方が恥ずかしいって言われたのよ」

律子は県議会議員の娘として、食事の仕方や立ち居振る舞いなどを母親から厳しくしつけられた。母と同じことをしている自分に苦笑いする。お腹にドンと衝撃があった。息子が蹴ったのだ。

胎動は六か月ごろから感じていた。妊娠後期に入ると痛みを伴うほどだった。子宮の壁を殴る蹴るしているとしか思えないようなときもある。活発な赤ちゃんだった。

胎動は外から見てもわかる。律子の腹がぐにゃぐにゃ動いたり、ぶるんと震えたりする。そのたびに儀間は目尻を下げて大喜びした。

不思議と、儀間が腹を撫でると胎動は収まる。儀間が「パパだよ」と声を掛けても、動かない。律子の声掛けには反応する。息子がひっそりと子宮の中で相手の男を窺っているのを感じる。スパイのように。これは本当に父親なのか？　そうなのか？　俺は違うと思う――。

古池とは夏に会ったきりだ。恋しくて、最近はこのお腹の中に古池がいるような気すらしてくる。律子が古池を身ごもっている。暴れて律子を困らせ、儀間を警戒する。

妊娠後期に入っても終わらないつわりも、息子のレジスタンスのような気がする。苦しくても頼もしいとさえ思えてしまう。

律子は〈大奥〉の秘聴を終えて、再びホールに出た。入口に儀間が立ち、入場者を握手で歓迎している。律子に気がつき「亜美」と手招きした。ホテルに野党幹事長が到着したので、出迎えろという。

「奥さんも一緒らしいんだ。先輩ママとして教えを乞うて、仲良くし――」

「いやです」

律子はきっぱり断って、会場を後にした。妊娠は投入中の律子にとってリスクでしかないと周囲は言うが、とんでもない。どれだけ様子がおかしくても「妊娠中だから」という理由で全部、片付けられる。都合がよい。

お腹の息子は律子の大きな味方だった。

律子は尾行点検し、懇談会が行われている江東区のホテルを出た。タクシーで都心まで出て、人着を変える。電車とバスを乗り継ぐ間にもう一度服と髪型を変え、再びホテルの駐車場に戻った。律子の投入の支援班が作業車で秘聴と秘撮、分析を行っていた。

ホテルの駐車場に、クリーニング会社を装った大型バンが停まっている。十三階の作業車だ。周囲をよく窺い、律子は作業車の中に入った。三名の十三階所属員が作業を行っていた。

二人は男女の分析官だ。警視庁公安部に所属する。交代要員があと二人いる。万が一のときの離脱や現場作業を手伝う作業員もひとりいる。神奈川県警の警部補で、柏原《かしわばら》という。年齢も階級も律子より上だ。支援員をまとめ、投入中の律子のバックアップを的確に行う。頼もしい存在だ。

律子は作業車内のモニター前に座る。秘撮映像を見た。昼食懇談会が行われるホテルの会場が映っている。儀間が登壇したところだった。

「儀間、怒ってた？」

いえ、と女性分析官は苦笑いした。

「今日の亜美は危険日だ、あまり早く帰らないようにしようって、程度です」

儀間は、絶対に『亜美』を怒らない。スタッフには厳しく叱責することもあるし、目上の人間に怒りを見せることもある。律子は大事にされていた。喧嘩をしたくないのか、律子が不機嫌な日は帰宅が遅くなる。律子はそれを狙った。名刺の分析に時間をかけたい。

モニターの前にノートパソコンを開く。名刺を撮影したデータを呼び出し、一枚一枚、公安部のデータと照らし合わせる。活動歴がある者を探す。

東邦新聞の記者の名刺が出てきた。久保田貴子《くぼたたかこ》。関東の地方紙のひとつである東邦新聞は左派として知られる。政権批判を繰り返していた。もう何度も見た名刺だが、今日は引っかかった。

なにかがいつもと違う。

律子は過去に政治資金パーティに来た者たちの名刺データを呼び出した。貴子のものをピックアップしていく。考えてみれば、毎度名刺を渡すのもおかしい。二日連続で名刺を渡している日もあった。律子は名刺に記された内容を一字一句確認した。

「携帯電話番号が毎回違う！」

律子は分析官に指示した。

「久保田貴子をマークして」

了解、と分析官は貴子の運転免許証の顔写真データを登録し、昼食懇談会の防犯カメラ映像を顔認証にかけた。貴子は会場の後方に座っていた。その頭にポインターを当ててマーキングする。年齢は三十代後半だったと思うが、流行おくれで似合いもしないお団子ヘアをしていた。貴子の頭に乗ったお団子を突き刺すように、矢印マークの点滅が始まる。警視庁管内に張り巡らされた監視カメラにこの顔が映るたびに、ＡＩが反応するようにセッティングした。データが蓄積され、いちいち尾行しなくても行動パターンを解析することができる。

昼食懇談会が終わった。儀間が来場者の見送りに立つ。貴子は握手の列には並ばなかった。水色と紺色のバイカラーの大判ストールを巻き、会場を出て電車で東邦新聞本社に戻った。社屋の中の様子がわからない。律子は、儀間のスマホを監視するモニターを見た。

儀間は十五時から、沖縄基地問題に関する党派を超えた勉強会に参加する。移動しながらあちこちに電話をかけていた。勉強会に列席予定の議員たちと打ち合せをしている様子だ。音声は、公用車内に設置した秘聴機器が拾う。儀間は『亜美』にも電話をかけてきた。律子は出ない。メールで〈電車の中〉とだけ返した。返信がすぐ来た。

〈了解、気をつけてね〉

先ほどの態度を咎める様子はない。儀間がまたどこかへ電話をかけた。久保田貴子の名刺を見ている。電話の相手にいくつか相槌を打つ。スマホを耳から外し、利枝子にスケジュールの確認をした。通話に戻る。

「わかりました。予算を教えてくれる？」

金の話をしている。儀間は電話を切った後、利枝子に指示した。

「来週の月曜日の午後七時半から、どこか料亭の部屋を押さえておいて。口が堅いところだよ。マスコミに嗅ぎつけられないように」

「お相手は？」

「金城雄輝《きんじょうゆうき》君だよ」

宜野湾市議会議員だ。辺野古の土砂搬入に反対し、ハンガーストライキを起こしたこともある。地方議員の中でも左派として目立つ政治家だ。

「週末にも上京するそうだから。保守系のマスコミは彼に過激派のレッテルを貼っている。接触は秘密裏に行いたい」

久保田貴子がその仲介を行ったということなのか。律子はすぐさま、金城の事務所へ電話をかけた。沖縄県警を名乗った。警備上の都合で、月曜日の予定を知りたいと伝える。金城に上京の予定はなかった。

律子は作業車を出た。尾行点検に三時間かけ、赤坂の議員宿舎に戻った。寝室に入る。シングルサイズの和風のモダンベッドが二つ並ぶ。結婚後、儀間が同じメーカーのものを買い揃えた。お腹を気遣いながら、儀間が寝る方のベッドのマットレスを慎重にどかした。マットレスの下は畳敷きになっている。律子はノミを畳の隙間に差し入れて、持ち上げた。

畳の下に、十枚単位に束ねられた一万円札が、ぎっしり敷き詰められている。儀間がひっそりと貯め込んだもので、もう二千万円以上あった。儀間はさっき秘書にも言えない会合の約束をしたとき〝予算〟と口走った。

この金が動くという直感が働く。

二千枚の一万円札を、特殊ライトで発光する塗料でマーキングしていく。

律子はこの作業に三時間を費やした。寝具の下に隠されているので湿気がたまりやすく、マークした部分がカビなどで変色する可能性があった。するとお札が細工されているとバレるので、金が動く直前で工作する必要があった。

儀間は二十時に帰宅した。作業は全て終わっていたが、作業道具が入ったアタッシェケースを換気扇の裏側に隠す暇がなかった。律子は慌てて布団に入る。アタッシェケースを下にして、寝たふりをした。儀間は寝室に入るなり「寝るの早っ」と笑う。頬にキスをしてきた。そのまま膨れたお腹をポンポンと叩いて、風呂に行った。

お腹の子は沈黙していたが、儀間に叩かれた途端、怒り狂ったように動き出した。本当に、かわいい子だった。

律子は聞き耳を立てる。儀間が風呂場の湯船に浸かった音を確認し、ベッドを出た。アタッシェケースを隠す。パジャマを脱ぎながら、脱衣所に入った。儀間はいつもスマホを脱衣所まで持っていく。着替えの下着の上に置いてあった。磨りガラス越しに律子が見えたのだろう、「亜美?」と声がかかった。

「起きたのか。なにしてる」

脱いでるの、とマタニティ用のブラジャーを取っ払いながら、儀間のスマホを開く。ピンコードは秘撮で把握している。発着信履歴を見た。久保田貴子への発信履歴は消えていた。

律子はお腹に手を添えながら、裸で浴室に足を踏み入れた。一緒に入る、と儀間に甘える。儀間がおいでと腕を伸ばした。律子の脇の下に手をやって、子供を風呂に入れるように律子を後ろから抱き止めた。

「裸になるとすごい迫力だね、このお腹」

儀間は膨らんだ腹を優しく撫でた。

「ねえ、来週の月曜日の夜、空いてる?」

敢えて儀間の秘密の会合日時をぶつけてみる。

「どうだったかな。確かもう予定が入ってたと思うよ」

「キャンセルしてよ。友達がね、胎教は生演奏に限るって、モーツァルトのコンサートのチケットを二枚譲ってくれたの」

左手で万札のマーキング作業を行いながら、右手で月曜夜に首都圏で行われる興行を検索し、予約したのだ。

「ちょっと無理かな。お母さんと行ってきたら」

律子はむくれた。ごめん、と儀間が後ろから律子の胸に手をやった。妊娠してから二カップぐらい大きくなっていた。古池に触ってほしい。いまは儀間が乳首をいじくって卑猥に笑っている。首を捻じ曲げて儀間とキスをし、そのまま唇を頬にすべらせ、耳元で囁いた。

「女を口説いてきたでしょ」

「まさか。八時に帰宅したんだよ」

「嘘よ。まだ美月ちゃんと遊んでるの」

わざと外す。首相の娘の名前を出した。

「会ってない。信じてくれよ、いい加減」

「そうね。結局、民友党には入るの」

儀間の選挙まであと一年半あるが、そろそろ決断する頃だ。選挙の直前に動くと、選挙対策と思われて印象が悪くなる。

「どうだろう。いまの民友党はもう死に体だ。あっちは離党者が多いから、人数を増やしたいだろうけど。いまは結論を出さない方がいい」

「仕事もプライベートも引く手あまたね」

「そんなことないよ。与党のリベラル寄りにもう少し近づきたかった」

「下手に近づくと、軸足がグラグラ、信条がない、節操がないと国民から叩かれる」

「それはわかってる。でも僕はさ、こんなにも野党が政治の蚊帳の外にいるとは思いもよらなかったよ。民主主義は難しい」

「民主主義なんかとっくに破綻しているわよ」

律子の父親の口癖だった。

「だけど代わりがない。民主主義で我慢するしかないの」

レッツ・モナーキー、と儀間は揶揄するように英語で言った。君主制、万歳。

「金正恩《キムジョンウン》が羨ましいよ。彼は選挙の心配がない。我々はいつも選挙が念頭にあるから活動を制限される。政策を推し進める時間軸が全然違う」

儀間の両手が、お腹に伸びてきた。がっしりと、九か月のお腹を固めるように持つ。

「せめて家庭内はモナーキーでいさせてくれよ」

「君主は誰?」

儀間は、もちろん自分、と答えかけた。その口をキスでふさぎ「私よね」と言う。

「私が女王陛下。そしてこの子は王子」

そうくる、と儀間は大笑いした。

「たまに思うんだけど――亜美はさ、すっごい上から目線のときがあるよね」

律子は「そう?」と流し目をした。

「僕を下僕のように見るときがある。もう全部お見通し、逆らえないだろう、みたいな」

「それはごめんなさい。先生のことを本当に尊敬しているのよ」

向き直り、湯船の中で正座して、上目遣いに儀間を見る。いやいいよ、と儀間は律子を抱き寄せた。

「面白い。そういう女は他にいない」

儀間の手が、律子の股間に伸びてきた。割れ目を触ろうとする。

「やめてったら。妊娠中なのよ」

手を振り払った。律子は妊娠してから、儀間に体を許していない。儀間はいやらしく囁いた。

「あと二週間で正産期だろ。お迎え棒、してみる？」

なんの話かわからず、律子は首を傾げた。

「僕ので子宮口を刺激して、出産を促すんだよ」

律子はぞっとした。儀間は妄想したのか、もう勃起しかけている。儀間のペニスで古池との大事な息子を突くなんて、反吐《へど》が出る。絶対にさせない。律子は恥じらうふりをして、儀間の首に腕を回した。嫌悪の顔を、儀間の首元に隠す。

「絶対してね、それ。でも優しくね」

正産期に入ってからねとも約束させ、風呂から出た。

あと二週間しかない。焦るなよ、いい仕事をしろ——古池の言葉が、甦る。

儀間が月曜日の夜に予約したのは、赤坂にある料亭『香月《かづき》』だと判明した。『きたはなれ』という個室を取っている。人数は四人。儀間と久保田貴子が来るとして、相手も二人連れか。

十一月二十九日、金曜日。律子は午後、妊婦健診に向かった。待ち時間が一時間以上ある。律子は裏口から病院を出て、尾行点検をした。タクシーで赤坂の香月に向かう。十六時半、そろそろ店が開くころだ。女将が対応に出た。律子は名刺を出し儀間議員の妻だと名乗った。予約を確認する。ここだけの話、と女将に囁いた。

「夫の政治生命がかかった大切な会合なんです。どんな些細な失敗も許されません。部屋を下見させていただいても？」

「さようでございましたか。どうぞ見ていらしてください」

女将が先導する。廊下を、右へ左へ何度も曲がる。防犯カメラの位置や厨房、トイレの場所などを頭に叩き込む。

きたはなれは床の間がある十畳近い和室だった。和テーブルにお盆や箸の準備が整っていた。

「少し見させていただいても？　誰がどこに座るのかシミュレーションしたくて」

「結構でございます。十七時半にお客様のご予約がありますので、三十分前までに切り上げていただければ」

律子は丁重に礼を言って、女将が出ていくのを見送った。袖につけた無線機で、待機中の作業員、柏原に現場到着を伝える。作業車は近くの駐車場にいる。

「これから現場を撮影し、画像を送信する。秘聴・秘撮機器設置検討は三分で」

返答を待つ間、律子は一旦個室を出た。非常口の鍵を開ける。部屋に戻った。

柏原が非常口を通じて、きたはなれに入ってきた。律子はお腹が大きくて作業できない。

柏原に機器の設置を手伝ってもらう。時計を見た。

柏原に現場を任せ、律子は非常口から香月を出た。千代田区内にある産婦人科に戻る。もう順番が回って来ていた。

助産師が体重と腹囲、子宮底長を測り、産婦人科医に伝える。医師は『儀間亜美』と書かれた偽の母子手帳を捲り、記入していく。血圧、浮腫、尿たんぱく、尿糖、全て異常なしだった。

「元気ですね。なにか張り切ってるみたい。選挙でもあるんでしたっけ？」

医師が腹部エコーで胎児の様子を観察しながら、笑った。儀間がよく健診に付き添うので、議員の妻だと知っている。エコー画像の、胎児の手の部分にマウスを持ってきた。

「へその緒を持ってますね。引っ張って遊んでるんでしょう」

やんちゃな男の子だ。律子はとても幸せな気持ちになった。終わらないつわりに苦しめられてはいるが、今日はとても体調がいい。

母子手帳を受け取り、会計ロビーで待つ。古池律子の母子手帳は、乃里子に預けてある。フリーメールアドレスに、母子手帳に記入された数値を打ち込み、送信した。乃里子がこれを見て、本物の母子手帳に数値を書き込んでくれる。校長が女性でよかったと思う。だが、乃里子が校長でなかったら、こんなに危険な投入命令は出なかっただろう。

十九時、夕食の買い物をして宿舎に帰った。儀間が先に帰っていた。家族サービスと言わんばかりに、ひき肉の塊を手のひらで丸めている。

「おかえりー。亜美、そして僕の王子。今日はハンバーグだよ」

律子は猛烈に気持ち悪くなった。トイレに駆け込んで吐く。

正産期まで、二週間。体がスパイで居続けることを、拒否し始めていた。


十二月二日、月曜日。

儀間は朝早くに出かけた。まめな彼には珍しく一度もメールや電話がない。ベッドのマットレスをどけた。現金がきれいさっぱりなくなっていた。

夕方、母親役の女性と共にモーツァルトのコンサート会場に入った。十八時の開演から三十分後、会場を出た。赤坂の香月まで車で十分ほどだが、三十分かけて尾行点検する。十九時十五分に近くの駐車場にいたおしぼり業者を装った作業車に合流した。

準備万端だった。三台のモニターに、映像が映る。きたはなれの出入口、縁側沿い、部屋の正面を捉える。着物姿の仲居が盆や箸、グラスを準備している。

金銭の授受を確認することが今日の作業の目的だ。相手の素性はすぐにわからないかもしれない。公安が把握しているテロ組織の人物ならば、その場で逮捕していいと乃里子から了承を得ていた。

どうか今日で終わってほしい。

律子はヘッドセットをつけて椅子に座った。もうすぐパパのところへ帰れるよ、とお腹の子に言い聞かせる。焦ってはいけない。だが焦っている。自覚していれば大丈夫、と心を鎮める。

支援班の作業員、柏原から久保田貴子について報告がある。週末、ずっと張りつかせていた。貴子はあまりに記事が左に偏りすぎているとたびたびデスクから叱責を受けているらしい。ネット上では右派政治家や文化人に嚙みつき、しょっちゅう炎上騒動を起こしていた。

「表の顔は左派の知識人気取りだが、プライベートじゃ結婚相談所に必死に通う寂しいシングルだ。もうすぐ三十五歳」

結婚も出産もできないから、政治に口を出してくるとでも柏原は言いたげだ。非常に差別的だった。紙一重なのに。律子は、とても卑怯な方法で夫と子供を手に入れた。

十九時半。予約の時間になった。きたはなれに人の気配はない。律子は背後のモニターを振り返った。店の防犯カメラ映像をハッキングしている。モニターの数が少ないので、店の出入口の映像のみだ。予約客が次々とやってくる。スーツを着た男たち、着物を着た女性団体客――。

十九時四十分。まだ来ない。おかしい。

モーツァルトのコンサートの休憩時間に合わせて、儀間のスマホを鳴らした。繫がらない。議員会館の儀間の執務室にもかける。秘書の山下利枝子が電話に出た。

「私だけど、先生はいる？」

「夕方には出られましたよ。宜野湾市議の方をお迎えに行かれると」

十九時五十分。誰ひとり来ない。律子は店に直接電話を入れた。番頭が電話に出た。

「今日十九時半に予約しました、儀間祐樹の妻ですが」

ああ、はい——と、予約票を捲るような音が聞こえてきた。みな揃っているようだ。

「きたはなれにいるのかしら？　電話が通じなくって……」

番頭が口ごもった。

「本当にきたはなれに入りました？」

「いえ、儀間先生は、ええっと——」

律子は電話を切った。思わず舌打ちする。

「直前で部屋を変更した。直談判してくる」

律子は無線機器を身に着け、作業車を降りる。尾行点検のため、路地裏に入って夜の赤坂を抜けた。臨月近い妊婦が闊歩する場所ではない。分厚いダウンコートを羽織り、腕を組んで猫背に歩く。腹が目立たないようにした。

香月の正面の引き戸を開けた。コートの前を開け、膨れた腹を堂々と晒す。白い石が敷き詰められた前庭を抜け、暖簾がかかった扉を開ける。

電話と同じ声の男が対応に出た。彼が番頭だろう。名乗った途端、番頭の表情が緊張する。

律子は厳しい口調で囁く。

「夫に内緒で来ているんです。どうか部屋へ連絡はしないで」

どういうことかと窺うような目で、番頭が律子の腹を気にする。

「女と会っているに違いないんです。部屋を覗かせていただくだけで結構なんですが」

番頭が困ったように眉毛を掻いた。律子は、夫の不倫で頭に血が上った妻を演じる。カウンターに拳を振り下ろした。

「早く案内して！　こっちはもう臨月なのよ。いらいらして破水しそうだわ……！」

慌てた番頭が「こちらです」と歩き出した。廊下を進みながら、人差し指を当てる。

「部屋の変更について、他言無用と言われておりまして……」

律子は鼻で笑った。

「そりゃそうでしょうね、愛人と密会に来ているんだもの」

「いえ、四人でいらっしゃってまして、お仕事の会合という様子でした」

「あら、そうなの。男四人？」

「いえ――女性がひとり」

律子は久保田貴子の顔写真を見せた。

「こんな顔してたでしょ。きっとその女とデキているんだわ」

番頭があいまいに頷いた。儀間は久保田貴子の仲介で、男二人と会合を持っているようだ。

少しずつベッドの下にプールしていた、二千万円を持ち出して。

番頭が立ち止まり、廊下を右に曲がった奥を示した。『鳳凰』の間だ。

律子は番頭を追い払い、一旦トイレに入った。作業車に状況を無線で伝える。振動で音をキャッチするコンクリートマイクを窓に設置して、秘聴するしかない。換気口にはマイクロスコープカメラを入れ室内を秘撮する。接触対象を撮影し、人定分析だ。

律子は状況確認のため、店内に残っていた方がいいだろう。トイレを出て、鳳凰に続く廊下を見た。非常扉がある。万が一の場合はあそこから離脱する。

律子は再び、トイレに入ろうとした。微風を頬に感じる。廊下の先の非常扉をもう一度見た。数センチ開いている。閉まろうとしていた。誰か入ってきたのだ。

背後に人の気配を感じる。背筋が粟立つ。

まずい、と思う暇も、声を上げる暇もなかった。大きな手が律子の口を塞ぐ。もがいたが、屈強な腕が顎と首に回り、頭が固定される。もう片方の手が律子の腹の下へのびる。腹が膨れているからか、股の間に手を入れて、律子を抱え上げた。お腹が気になり、めいいっぱいの抵抗ができない。男は閉まりかけた非常扉を蹴り上げて、外に出た。全ては数秒の出来事で、男は物音ひとつ立てなかった。

下ろされた。足が地面につく。肩を摑まれ、ぐるりと振り向かされた。悲鳴を上げかけた唇に、人差し指が突き出された。

暗闇に、古池の顔が浮かぶ。

夫婦再会の感激は、互いにない。なぜ、という疑問符ばかりが浮かんだ。鋭く問われる。

「誰を追尾していた」

「儀間に決まってる。どの新左翼団体にテロ資金が流れるのか、判明するはずで……」

古池が絶句し、額を押さえた。

「古池さんは？　一体なんの任務で」

「三峰を運営している。ヤマダヒロシと、初接触の日だった」

儀間祐樹の正体は、第七セクトのトップ、ヤマダヒロシだったのか。

作戦〈対馬〉は終わった——。

帰れる。律子は古池の胸に飛び込んだ。

律子はもうそのまま、古池に体を持ち帰って欲しかった。泉岳寺に帰りたい。愛する人のそばで出産したい。だが古池に「あとの秘聴・秘撮はうちの班で引き継ぐから、お前は議員宿舎に帰れ」と言われてしまった。

「姿を消すにはあまりに早すぎる。儀間を逮捕してからだ。確証もない」

「古池さんの情報提供者が、ヤマダヒロシに会うと言ったんでしょう？」

「あくまで仲介者の話だ。裏取りはこれから。そっちこそ、なにか物証はないのか」

儀間と第七セクトを繋ぐ物証——なにもない。ベッドの下に現金をプールしていたことしか掴めていない。

律子は柏原ら支援班に、古池の指揮下へ入るよう指示した。泣く泣くひとり議員宿舎に帰る。儀間は二十二時過ぎ、なにごともなかったように帰宅してきた。律子はベッドに横になっていた。ただいま、と頬にキスされる。爆発した。

「触らないで!」

テロリストのくせに。

「女と密会してたんでしょ、香月で!」

儀間はなんの話だと目を丸くした。

「宜野湾市議の金城君と会っていたんだ」

「彼は上京していない。確認したわよ!」

儀間は真っ青になった。珍しく声を荒らげる。

「亜美。最近、おかしい。女のことばかりあげつらって。昔はあんなに寛容だったじゃないか!」

「妊娠してるのよ、もうすぐ子供が生まれてくるのよ、あなたは不潔なのよ!」

儀間はリビングのソファで寝たようだ。朝、律子が寝室を出ると、もう出勤したあとで儀間の姿はなかった。

置き手紙があった。

〈おはよう。愛してる〉

乃里子から離脱の命令が出た。

午前中に〈掃除班〉がやってきて、律子の痕跡を消して回る。議員宿舎に毛髪一本、指紋ひとつ残さない。私物は全て焼却処分する。近いうちに産婦人科でも作業が行われる。律子のカルテや情報は全て、医師の知らぬところで破棄される。

午後、律子はちょっと買い物へ行く、というそぶりで議員宿舎を出た。現金だけ持った。財布もスマホも掃除班が処理した。

もう二度と戻らない。半年暮らした議員宿舎を振り返ることはしなかった。夫の元へ帰る、ただそれだけだ。

律子は半日かけて尾行点検し、十三階に向かった。新宿でデパートに入り、人着を完全に変えるための買い物をした。マタニティワンピースから、黒のパンツスーツへ。腹が出ているので、ゆったりめのブラウスと、股上の浅いスラックスを選んだ。メイクを落とし、顎のほくろもきれいに消した。アイメイクはしなかった。太目に整えていた眉も山形に剃って印象を変える。黒目を強調するコンタクトレンズを外した。

儀間亜美とは似ても似つかない、地味でうすら寒い顔が現れた。

人の印象に残りにくい自分の顔は、十三階作業員として大きなアドバンテージとなる。

律子は中央合同庁舎第2号館のゲートを抜ける。国の行政機関とは思えない圧巻の吹き抜けを見上げる。十三階に戻ってくるのは一年半ぶりのことだった。

校長室にはすでに古池がいた。分析画像をモニターで見ている。

「黒江。来たね」

立ちあがった乃里子は「まずはお疲れ様」と律子をねぎらった。十五度敬礼し、許可を得て、古池の隣に座った。

「昨晩の、防犯カメラ映像だ」

古池は律子の体調を気遣う言葉もなく、ポインターでモニターを指した。

鳳凰の間には防犯カメラ映像がない。香月の廊下でのひとコマだ。十九時三十分ちょうどに、久保田貴子と儀間が並んで入ってくる。表玄関は監視していたが、二人は映っていなかった。古池が教える。

「あちらが料亭側に掛け合って、従業員通用口から入ったんだ」

儀間らの警戒ぶりが窺える。十分後、同じ場所を通過する二人の男が映る。一人は三峰だ。もう一人は七三分けの男だった。古池が「覚えているか」とその男を指した。

「目島官房長官が襲撃されたパーティにいた男ですね。髪が伸びてますが」

「そう。高階という弁護士見習いだ。就職先の弁護士事務所の男が、第七セクトの顧問弁護士だった」

この弁護士事務所が第七セクトのフロントであり、拠点だろうか。映像の中の高階は、右手の動作がぎこちなかった。

「高階は怪我をしているんでしょうか」

「俺がパーティで腕に一発撃ち込んでいる。その後遺症だろう」

古池が軽く流したが、律子は驚いた。

「銃撃戦があったんですか？」

「違う。トカレフを持っていた。動作確認をするために、試し撃ちした」

「人の体を的にして？」

なんてやんちゃな人だ、と思ってしまった。胎動が凄まじい。赤ん坊がでんぐり返しをしているのかというほど、腹が動いていた。父親をそばに感じ、母親以上に狂喜乱舞している。

古池は律子の腹に注意を払わなかった。高階の顔面にポインターを当てる。

「簡単にこの男に辿り着けたと思うな。半年かかった」

一発くらいいいだろう、と強引に言い訳している。乃里子が肩をすくめた。

「３３０１の件があったからね。あの運営が成功していれば、もっと早く高階と接触できた」

なんのことかと質問しようとしたが、古池が咳払いで空気を変えた。「金の映像だ」と映像を切り替える。一万円札が三枚、銀のトレーの上に並べられていた。特殊ライトで照らされ、律子がつけた印が浮かび上がる。

「確かに儀間のものです」

「金を受け取ったのは高階だ。料亭を出て別れ際、咄嗟に三峰が何枚か抜き取った」

これで儀間と第七セクトは繋がった。告発女性〈イナグ〉の投書通り、儀間が極左勢力に資金援助していることは裏が取れた。

「会話は記録できたんでしょうか。秘聴、秘撮は？」

古池は首を横に振った。

「雨戸が閉じられていた」

コンクリートマイクは、二重窓や雨戸越しでは機能しない。換気口は内側から塞がれていたという。

「公安を相当警戒している。部屋を直前で変えたのもそうだ」

古池が三峰に指示したわけではなかったようだ。

「俺たちは直前まで場所を知らされていなかった。最初は虎ノ門のホテルのロビーに十七時待ち合わせだった」

その後、二時間かけて三か所も場所を転々とさせられ、やっと辿り着いたのが香月だったという。指示は女の声だった。声紋分析の結果、久保田貴子の声と判明したらしい。

それで——と、古池が大きく長いため息をついた。鋭く乃里子に問う。

「黒江と作戦がバッティングした以上、儀間に目をつけたいきさつから投入の詳細を、我々古池班は知る権利があります。教えていただけますね」

乃里子は珍しく緊張した面持ちで、律子を見た。律子は静かに目を伏せた。古池が続ける。

「もちろん我々も、作戦〈雷電〉の詳細を黒江班に提供する」

乃里子が簡潔に説明を始めた。

「発端はファミリーマター。お前は天方首相の娘が草の根活動に熱心なのは知っているね」

「ええ。憂慮しています」

「で、儀間に口説き落とされてしまった」

古池がなるほど、と右眉を上げて、小さくため息をついた。律子がなぜ古池になにも言わず、投入に入ったか。首相案件だったのなら仕方がないと納得したようだった。

「正直、十三階の作業員に別れさせ屋みたいなことはさせたくなかったんだけどね。儀間の元恋人を名乗る女が官邸に怪文書を送り付けてきた」

乃里子が文書の実物と、封入されていた写真を古池に見せた。古池がA４五枚のワープロ打ちの手紙を三十秒で熟読した。写真も確認する。議員宿舎のベッド下の現金。不審な出納帳。写真に写り込んだ〈イナグ〉の親指の爪の異変にも気が付いたようで、乃里子に尋ねる。

「ミーズ線が入っている。彼女もヒ素中毒を起こしていたんですか？」

「そう。別れをごねていたら儀間からヒ素を盛られたと訴えている」

古池は不愉快そうだ。

「男女関係でごねたらヒ素を盛るような男の下に、妊婦を投入させていたということですか」

乃里子の瞼がぴくりと動く。「古池さん」と律子は乃里子を庇おうとしたが、遮られた。

「総理はこんな男、一刻も早く排除したいでしょう。十三階はテロリストとして捕まえたい。それで、黒江を投入して総理の娘から寝取る必要があった」

「古池——言葉を」

「事実、寝取ったんだろう」

古池が律子を横目で捉えた。

「相手は総理の娘だ。お前よりも若く、ステータスも高い。女優の娘だから見てくれも体もお前よりずっといい。儀間との仲を壊すには、妊娠という手を使うしかなかったんだな？」

乃里子が遮ろうとしたが、古池は止まらない。身を捻り律子の顔を覗き込む。顔面に、怒りが滲んでいた。

「あのパーティでの再会は、演出されたものだったのか」

律子は子宮の緊張を感じた。お腹が張っている。言い訳しようとするが、古池が許さない。

「妊娠なんかいくらでもでっち上げられる。初期ならなおさらだ。妊娠検査薬、それからエコー画像。医者の診断書の偽造だって簡単だ。ある程度日数が経ったら流産したと泣いてごまかせばいい。なんでリアルに妊娠する必要があった？」

乃里子が口を挟む。

「最初はその線で行ったが、儀間がしっぽを出さない。美月ともなかなか切れなかった。流産したと言ったら儀間が黒江を捨てる可能性すらあった。だから――」

「だから、俺を利用したんだな？」

古池には絶対、知られたくないことだった。だが作戦〈対馬〉を古池が引き継ぐ以上、共有せねばならない。律子は必死に、嘘をついた。

「妊娠は、偶然なの。あなたとパーティで」

「ふざけるな！」

古池は拳で、ガラスのテーブルを叩いた。コーヒーカップの中身がこぼれる。

「そんな偶然があるか。俺やお前がまだピチピチの二十代だったらあるかもしれない。再会した喜びでお互い昂って精子と卵子がうまく結合したかもしれない。だが違うだろう」

そんな奇跡があるか……！　古池は怒鳴り散らした。

「俺は中年で、お前だってもう三十を過ぎてる。俺たちは、お前が投入先で妊娠しなくてはならないタイミングで、偶然外交パーティで再会し、偶然セックスをして、偶然妊娠したのか？　ありえないだろう！」

古池は立ち上がり、手元の書類を律子に投げつけた。紙束が左頰の上でばらけ、ふくれた腹や太腿にパラパラと舞い落ちる。乃里子が厳しく古池を咎めた。

「妊婦相手だよ、手を上げるな！」

古池は両手を上げげた。わかっている、とあたかも冷静を装うも、律子の糾弾をやめない。

「お前は校長が女であることをいいことに、こう泣きついたんだな。妊娠を作戦に使おう、古池さんの子供なら妊娠したい。なんとか排卵日に合わせてセックスできないだろうか。お前、それを歴代の男性校長に言えたか！」

律子はただ唇を嚙みしめ、耐えた。古池は止まらない。乃里子をいちいち指差す。

「そして大胆不敵なあんたは黒江の生理周期を分析、排卵日を予測してその日に俺を連れ出せそうな外交パーティを探し出し、再会を演出した」

古池が喉を嗄《か》らして叫んだ。

「男を馬鹿にするな……！」

長い沈黙があった。古池に呼ばれる。

「黒江」

獣が唸るような低い声だった。律子は体の震えと、お腹の張りが止まらなくなっていた。

「愛し合ってできた子供だと思っていたよ」

残念だ。古池は言った。

乃里子が仲裁に入る。

「古池。どっちも同じだ。いずれにせよ、黒江がいま身ごもっているのはお前の子供だし、妊娠するならどうしてもお前の子供がいいと言った黒江の気持ちを――」

そういうことじゃない、と古池は乃里子を怒鳴りつけ、そして律子を激しく罵った。

「いまお前のお腹にいるのは、作戦成功のための手段として作られた子供だ。誰の血が流れていようと、真に愛し合ってできた子供じゃない……！」

乃里子が呆れたように額に手を当てた。冷めた口調で言う。

「古池。お前はやっぱり最近おかしいよ。本当に思春期か。黒江、許してやってね」

「黙れ。校長だろうが、言っていいことと悪いことがある」

「ここは十三階なんだよ、古池！」

乃里子もまた、激昂して喉を震わせた。

「愛だのなんだの、四十四にもなってほざいているんじゃない！　我々の任務は国家体制の維持だ！　テロを防ぎ国家の安泰を守る。お前は人生を賭してこの職務に就くと警備専科教養講習で誓った。そんなに愛だの恋だの喚くなら、いますぐ十三階を辞めろ！」

古池は小鼻を膨らませ、目を剝いて乃里子を睨む。

「──わかりました。俺が間違っていた。申し訳ありません」

明瞭な口調で謝罪する。目は怒りで血走ったままだった。頭を下げもしない。

「俺は変わった。作業員としてダメになった。知っている。昔の俺ならどこの女がどこで俺の子供を産もうと気にもならないし、子供に情を持つこともなかった。だが俺は変わってしまった。去年死にかけて、でもお前に助けられて、変わらなければと──」

古池の目が赤くなっていた。時に声が裏返ってしまうほど、古池が切々と律子に訴える。

「お前は俺にどうして欲しい？　お前は一度、十三階を辞めたいと俺に言っただろ。あの時俺は逃げた。でもお前に命を救ってもらい、今度こそ報いようと、十七年かけて作り上げてきた自分を捨ててお前の人生を受け入れる覚悟を決めた。それなのに今度は女二人がつるんで昔のような男に戻れだと⁉　簡単に言うな！」

古池は出て行った。乃里子のため息は震えていた。気遣うように律子を見る。律子は、涙のひとつも流れなかった。こうなると覚悟していたからなのか、そもそも古池の前ではいつも感情が機能停止してしまうからなのか。わからない。

乃里子がじっと律子を見ている。律子は慌てて言った。

「あの──それで、〈大奥〉への手入れはいつ行いますか」

乃里子は、古池に罵られたときよりもずっと気の毒そうに、律子を見返した。

古池は上大崎の拠点で一人、缶ビールを呷《あお》っていた。愛花が消えて三か月経った。見つかっていない。ここにやってきた痕跡もなかった。

校長を巻き込んだ夫婦喧嘩から、一週間経っていた。

儀間は政治資金規正法違反で捜査二課に逮捕された。身柄は十三階に送られ、厳しい尋問が行われている。現職議員の逮捕に、世間は大騒ぎとなった。

儀間は資金援助を認めたが、自身がヤマダヒロシであることは否定した。

資金は辺野古移設反対の海上大行動で使用する抗議船の購入費用だと主張する。偶然、船売買の仲介者が第七セクトに関与していたというだけで、自分は第七セクトに金を流したわけではない、と訴える。

儀間は政治生命を絶たれたも同然の身だったが、心配するのは身重の妻のことばかりだった。妻と連絡を取りたいと取調官に泣きつき、出産に影響しないかと動揺する。二言目には、亜美、亜美だ。律子は儀間を完璧に手玉に取っていた。

会合に同席していた高階も逮捕した。高階が勤務する弁護士事務所の職員五名も連行した。高階のスマホのアドレス帳に登録のある人物、SNSで交流が深い人物など、合計三百人の身柄も洗い出したが、いまのところなにも出てきていない。

東邦新聞の久保田貴子も拘束した。貴子は第七セクトのメンバーであることを認めた。取調室では、頭の団子を揺らしながら沖縄問題について拳を振るう。官房長官ヒ素襲撃事件についてはに貝になった。東邦新聞は左派だが、自社の記者が過激派だったことについては遺憾の意を示す文書を出した。それで収まるはずもなく、貴子に感化された記者が他にいないか、公安も徹底的に新聞社を叩いている。まだどこからもヒ素は出てきていない。

愛花とやり取りをしていた汚面ライダーセブンこと木村典孝も見つからない。第七セクトのアジトもわからないままだ。

古池は毎日、上大崎の拠点へ顔を出し、愛花が来ないか待っている。

住居周辺の顔認証システムを使っても見つからなかった。最後の手段と、古池は都下全域の監視カメラ網にアクセスし顔認証システムにかけた。いない。

愛花はたったひとつの手荷物を持って、東京を出たのか。道端の監視カメラの保存期間は一週間しかない。少なくともこの一週間は東京には戻っていないということだ。

古池は布団を敷き、横になって煙草を吸う。愛花は昔、古池がごろ寝していると、下半身にしがみついてきた。勃起もしていない、洗ってもいない萎んだペニスにぱくついて、昼で転がして弄ぶ。すっかり太くなったそれをしげしげと眺め、勝ち誇ったような顔をする。

「責任取れ」と言うと、うっとりと古池の上に跨り、体を沈めた。

下半身に血流が集中するのを感じる。自慰行為をするような元気はない。拠点を出た。去勢されたな、と思う。商売女にも射精できなかった。ユディトに首を獲られた将軍ホロフェルネスのように。

古池は律子に去勢されてしまった。

男としても。十三階の作業員としても。

校長からは、出産までに仲を修復しろとお節介を焼かれている。予定日を初めて聞かされた。

来年の一月二日だという。

計算が合わない。

興津へ帰省した八月、律子は妊娠四か月と言った。すると出産は二月のはずだ。だが、パーティで再会した四月から計算すると、確かに予定日は一月上旬になる。わけがわからなかった。あの女は嘘まみれだ。パーティの晩、古池と子供ができるようなことをしたが、帰宅後に儀間ともセックスをしたかもしれない。古池と律子はこの十年で二度しかセックスしていない。儀間とは恋人、夫婦として常に一緒にいた。毎晩のようにセックスできたはずだ。

あのお腹の子は本当に、古池の子供なのか。

古池は大田区糀谷にあるマンションへ移動した。三峰との接触のために用意した、工場が立ち並ぶ一角にある拠点だ。二十二時になっていたが、三峰はビールを飲んでつまみを食べながら、古池を待っていた。

「よう。お疲れさん」

陽気に缶ビールを古池に掲げる。

三峰は、武藤竹久率いる城南弁護士事務所の支援で、大田区内の保護施設に引き取られた。革製品を取り扱う工場に雇われている。働きながら、古池運営の下、第七セクトに近づいた。

今日、三峰は黒い長袖Tシャツに、白のダウンベストを着てモノトーンでまとめた格好をしている。雑誌を読み漁り、ちょい悪オヤジ風のファッションを楽しんでいた。似合っているのに、前の銀歯だけは変えなかった。

今日はヤマダヒロシを突き止めた祝杯を挙げるつもりだったようだ。三峰は宅配ピザを何枚も注文していた。古池は元気がない風を装った。

「どうした。奥さん、戻ってきたんだろ」

夫婦喧嘩の顚末をぽつりぽつりと話す。酒に飲まれたふりをして、本当に自分の子供なのか疑っているというところまで曝け出した。弱さを見せれば見せるほど、三峰は同情して古池を助ける。革を扱う無骨な手が古池の背中をさする。

「とにかく生まれたらいろいろはっきりするさ。それまでは距離を置くしかない」

ところで、と三峰が尋ねる。

「儀間先生はどうしたよ。自白したか」

「資金提供は認めたが、ヤマダヒロシだということは否認だ」

「あきらめの悪い奴だな。まあ、政治家ってのはそういうもんか。目の前に証拠があったって、記憶にございません、だからな。もしくは秘書のせいにする。政治家の常套手段だ」

吐き捨てるように言い、ため息交じりに続ける。

「いずれにせよ――木村が捕まんないと、終わんねぇな」

三峰が二つ折り携帯電話を操作した。高階が連絡用に与えたものだ。

「汚面の木村から連絡は？」

第七セクトの中で、三峰は逮捕をまぬかれ地下に潜ったことになっている。地下生活に慣れていない三峰が助けを求めているという風を装って、木村と接触を図っているのだ。

「ないよ。あったら着信音五回だろ」

木村との接触を古池に知らせる合図だ。公衆電話からと言い聞かせてある。

木村の携帯電話は不通だ。第七セクトの裏アカウント、汚面ライダーセブンにDMを送っても、反応がない。

そもそも三峰と木村は、一度顔を合わせただけだ。

高階が「辺野古の現実をその目で確かめてほしい」と沖縄まで連れていった。三峰と木村が、抗議船のデッキで握手を交わしたのを、古池は同じく海上から監視していた。海上での抗議活動を取り締まる海上保安庁の巡視艇に乗せてもらった。

木村と三峰の接触は辺野古での一度きりで、地下生活を共にするほどの信頼関係がない。

木村と親しかったのは、愛花だ。恋人同士だった。

やはり、愛花だ。現状を打破するには、愛花しかいない――。

古池は日付が変わる頃、警視庁本部庁舎へ戻った。南野がひとり残っていた。律子の作戦

〈対馬〉の報告書を熱心に読んでいる。情報分析だけしていた頃は、いつもラフな格好をしていた。愛花の運営を任せてからは、スーツを着用するようになった。それだけで成長したように見えるから不思議だ。胸板も少し厚くなったようで、頼もしく感じる。古池は給湯室の冷蔵庫から缶ビールを二本出し、一本を南野にやった。

「儀間は対馬丸事件の犠牲者の血を引いているんですね」

儀間の大伯父・大伯母にあたる兄妹が対馬丸に乗っていた。まだ八歳と六歳だった。戦後、両親はもう一人男児をもうけた。この男児が儀間の祖父にあたる。

缶ビールに口をつけた南野が報告書を閉じた。雑談を振る。

「黒江さん、もうすぐ出産ですよね」

南野は校長室で繰り広げた夫婦喧嘩の顛末を知らない。律子はいま地下に潜っている。どこか安全な拠点か、警察大学校の寮にでも雲隠れしているのだろう。投入が終了した作業員は、すぐには自分の家に帰れない。

「どうです、もうすぐパパになる気分は」

古池は冗談を装った。

「うすら寒いね」

南野は「えーっ」と笑い、親密な目で古池を見た。部下の成長は嬉しい。通じ合えるのはもっと嬉しい。律子ともそうだった。だが男女の仲になるとこんがらがる。

「黒江さんは、自由自在ですよね」

十三階と私生活の上を自由に羽ばたいて謳歌している――南野はそう喩《たと》えた。

「校長を殺して官僚連中を震わせておいて、今度は同じ作業員の子供を産む。そしてそれを作戦に利用するなんて」

殺して、産む。南野が強調した。どこか思いつめた風だ。周囲に人がいないのを確認し、南野が尋ねる。前のめりだった。

「古池さん。これまで何人殺してます？」

「五人だ」

「俺もいつか、殺さねばなりませんか」

南野は少し、震えていた。その覚悟を持ち始めている。それを恐れている以上に――権力と暴力を自在に扱える十三階に身を置く自分に、興奮し始めていた。早く、次の段階に進みたくて仕方がないのだろう。

「俺たちは人殺しの数を競っているわけじゃない。体制維持、テロ阻止のために必要だと思ったら引き金を引く、それだけだ」

いざとなったら人を殺す度胸と、きれいに場を始末する経験を、南野に積ませてやらねばならない。

死体にしてもいい小物テロリストがどこかにいないか。考えを巡らせながら、タクシーで自宅に戻った。深夜二時になっていた。玄関の扉を開ける。たたきにプーマのスニーカーがあった。

もう戻って来ている。律子が臨月の腹を突き出し、玄関に現れた。

「──お帰りなさい」

帰り道、人を殺すことをずっと考えていたせいだろうか。「あなたの子を妊娠している」と主張するが如く腹を膨らませた女の、その細い首を、締めあげたくなる。

殺気を感じたのか、律子は途端にしどろもどろになった。

「ご飯……あの、作ったんだけど。夕飯」

「もう食ってきた」

だよね、もう夜中だし、と律子は必死な様子で笑った。玄関先で長い沈黙があった。謝罪も話し合いも意味をなさないと、律子はよく理解している様子だった。それでも来る。古池の自宅に。冥《くら》く輝く瞳を静かに、下の方に投げ出して。放心状態といった様子で、突っ立っている。

古池は、律子を十三階に引き込んだ張本人だ。よく笑いよく食べ、よく泣きよく怒った彼女の普通の人生を奪った。いまは、古池が律子に人生を食われようとしていた。

古池と律子は、互いに互いの人生を潰しあっている。十三階のために。国家のために。

臨月の腹が、むにょむにょと動く。

虫唾《むしず》が走った。

あれは本当に俺の子なのかという疑惑が、腹の底で膨らんでいく。律子に「上がって」と手を摑まれた。

「触るな……！」

律子の手を振り払い、古池は踵を返した。

古池は下北沢の愛花の自宅に向かった。腕に律子の感触が残っている。そうっと摑まれただけなのに、痺れが残っているようなざわつきを感じる。

愛花の部屋は相変わらず、人の気配がない。ハムスターの回し車の音はする。小動物の存在を思い出し、籠を覗く。ハムちゃんと呼ばれていたジャンガリアンハムスターは、餌箱のひまわりの種を頰に溜めている。水もたっぷり入っていた。

愛花がこの家に帰っている証拠だった。都内に戻って来られる距離にいるのか。埼玉か神奈川か千葉か。愛花を捜す段取りを考えながら、古池はこたつをどけて布団を敷いた。シャワーを浴びたが、着替えがない。裸のまま、愛花の布団の中に入った。

明かりを消した途端、ハムスターが回し車で遊び始めた。カタカタカタカタ……。浅い眠りに落ちる。第七セクトが動き出してからこれまでに起こった出来事が次々と蘇った。作戦に利用した人物、書類に書かれた事実、飛び散った血、律子の異様に膨れた腹。寝入りばなで瞑想状態の頭が、暴走したスライドのように、瞼の裏に情報を乱発する。

回し車の音。

古池ははたと目が覚めた。まさか——と頭を掻きむしっていたとき、スマホが着信していることに気が付いた。公衆電話からだ。着信音が五度鳴ったところで、途絶える。

三峰からの合図だ。木村が動き出した。

古池は飛び起きて衣服を身に着けた。一度、頭を整理する。五分かけて考えた。

去り際、メモを残す。

〈すまなかった。愛している〉


部下を招集したのは深夜三時半のことだった。三峰が住む大田区糀谷の工場地帯に溶け込む、廃品回収車のロゴが入った作業車で、現場に向かう。

三峰は自宅アパートにも拠点にもいなかった。自宅アパートは荒れていた。財布が玄関先に落ち、皿は割れ缶コーヒーがこぼれている。古池が与えたスマホは破壊されていた。

部屋の様子を見た三部が、苦々しく言う。

「木村と接触したというより、連れ去られたか」

儀間との金銭授受の場にいた三峰が逮捕されもせず、指名手配もされない——木村は三峰が公安のスパイと感づいたか。

この点を考慮し、三峰を逮捕したと発表ぐらいはしておくべきかと意見は出ていた。乃里子が却下した。三峰は恩赦で娑婆に出た。それが数か月経たぬうちにテロリストになっていたとなれば、法務省は針の筵《むしろ》だ。作戦に協力してくれた法務省の顔に泥を塗るわけにはいかない。警察は敢えて三峰の存在に気がついていないふりをしていた。裏目に出たか。

古池のスマホにかかってきた公衆電話の着信番号分析をしていた柳田から、報告が入る。

「公衆電話の識別ができました。アパートの目の前にあるコンビニからです」

古池は捜索差押令状を偽造させ、コンビニへ走った。防犯カメラ映像を回収する。

三峰が電話をする様子が映っていた。誰かに脅されている様子はない。カメラを見つめていた。古池がこれを見ることを願っている目だ。三峰は、駐車場に停まった黒のワンボックスカーの後部座席に乗り込んだ。車種はスズキのエブリイだ。三峰は乗り込むとき、再び駐車場の防犯カメラを見た。ついて来いと古池に訴えている。

エブリイの車内には三人の男がいた。三峰が乗ると、助手席の男が後ろに回った。三峰は挟まれる。身体検査をされているようだ。車が発進した。

エブリイは横浜ナンバーだ。古池は警視庁が管理する監視カメラ網にナンバー情報を入れ、該当の車が現在どこを走っているのか探った。

「ナンバーが横浜だ。神奈川県下に入る可能性もあるから、県警の監視カメラ網も使えるようにしておけ」

柳田に指示し、南野を呼ぶ。

「校長を叩き起こせ。拳銃帯同許可を取って、実物を持ってこい」

「古池さんの分ですね」

「お前の分もだ」

南野は「了解」と冷静に受け止め、作業車を降りた。

「発見しました」

柳田がモニターを指した。

「いま、首都高速湾岸線を横浜方面に向けて走っています」

件の車が警察所管のカメラ——監視カメラ、Nシステム、オービスなどの前を通過するたびに、その画像が作業車のモニターに自動転送される。柳田が三名の顔写真を切り取り、拡大、鮮明化した。公安の活動家リストとと比べ、顔認証システムにかける。運転席の男の素性がいちばんにわかった。

「木村です」

顔認証システムが反応したのは、十五年前の木村の顔写真だった。目の下がたるみ、ほうれい線が出ていたが、九十八パーセントの一致と出る。本人だ。

後部座席の一人は、辺野古で機動隊と小競り合いを起こし逮捕歴があった。もう一人は、第七セクトの古参兵だった。「基地粉砕！」と絶叫し、竹やりのようなプラカードを掲げていた。古池が初期の段階で目をつけた男だ。

「まずは追うぞ」

三部が作業車の運転席に着いた。木村の車、エブリイは横浜市内に入り、中華街や山下公園などの観光地を回っていた。尾行点検しているようだ。

作業車は湾岸線に入ってすぐ、スピード違反で第一自動車警ら隊に止められた。「公安だ」の免罪符ですぐに解放される。南野から、拳銃帯同許可が下りたと一報が入った。シグザウアーＰ２２６を二丁携え、多摩方面から横浜に入るという。

南野との合流地点を探りながら、ＡＩが次々と吐き出す黒のワンボックスカーのエブリイの画像を見る。いまはみなとみらいを走っていた。乃里子から、報告を求める電話がかかってきた。スピーカーにして電話に出る。

「三峰は拉致されたのか。スマホを叩き壊されていたんだよね」

古池は電話を柳田に押し付けた。柳田が、なんで、という顔をしている。

「三部は運転中で出られない」

柳田が困惑したまま、答えた。

「車内の様子を見る限り、危害を加えられてはいません」

ＡＩから、オービスで撮られたエブリイの新たな画像が届いた。前傾姿勢の三峰の横顔がよく見えた。目になにか巻かれている。

「目隠しをされています。尾行点検をしていますし、恐らくは第七セクトのアジトに向かっていると思われます」

柳田の報告に、「いいね」と乃里子が喜ぶ。木村とアジトを、同時に摘発できるチャンスだ。

「南野に拳銃は持たせた。よい報告を待っているよ、古池。そこにいるんだろう。私と口をききたくないようだが」

乃里子は鼻で笑い、電話を切った。いちいち男を挑発し、そのプライドを踏みにじらないと、あの女は気が済まないようだ。

柳田が叫ぶ。

「エブリイが桜木町駅前で、Uターンしました」

横浜港大さん橋近くのオービスの画像が送られてきた。黒のワンボックスカーは山下公園を過ぎ、本牧ふ頭に入った。E字型のふ頭の真ん中に突き出ているB突堤を進む。倉庫街のようだ。古池はこの倉庫のどこかがアジトだと目星をつけ、南野に連絡を入れた。南野も飛ばしている。もう保土ヶ谷だという。

古池は作業車で本牧ふ頭に入るのを避けた。昼間でも一般の通行が少ない場所だ。夜間は特に目立つ。古池はイヤホンマイクと無線を体に仕込み、車を降りた。作業車は本牧ふ頭の南、内陸側にある本牧山頂公園へ向かわせた。古池は徒歩で本牧ふ頭B突堤へ向かう。

柳田から一報が入った。黒のワンボックスカーはD42と番号の振られた倉庫の前で停まっている。三部がD42番倉庫の持ち主を探ったところ、食品加工業者が去年まで使用していたことがわかった。いまは空っぽだという。

古池は本牧ふ頭B突堤の手前にある神奈川県警山手警察署前で南野の車と合流した。白いセダンの助手席に滑り込む。ジャケットを脱いでホルスターを着用する。アタッシェケースからシグザウアーを取り、カートリッジを詰めた。

白のセダンで本牧ふ頭B突堤に入った。車から降り、徒歩で進む。同じ顔で並ぶ倉庫街は古ぼけて、コンクリートの壁も劣化している。潮の香りと波の音が、無機質な空間に漂う。海風が氷のように冷たい。吐く息が真っ白だった。暗闇に溶けないほど濃い。古池は呼吸にも気を遣った。

Ｄ42倉庫の前に、黒の軽自動車・エブリイを視認する。五十メートルは離れているが、怒号が聞こえてきた。女の悲鳴だ。やめてぇ、という絶叫だった。連れ去られた三峰の罵声も重なる。

「やめろ、妊婦だぞ……！」

古池よりも南野が大きく動揺した。一歩前に出る。

「まさか、黒江さん――」

しゃべるな、と人差し指を口に持っていく。シグの安全装置を解除した。古池は最後に泉岳寺の自宅で見たときの、律子の哀れな顔を思い出した。古池に振り払われ、泣き通したか。警戒が緩んだか。古池のせいだった。

古池はＤ42番倉庫へ近づく。南野は怒りで目が血走っている。手を震わせながらシグの安全装置を解除した。悲鳴や怒声が明瞭に聞こえてきた。

「やめろ、死んじまう。赤ん坊が……」

三峰が泣きじゃくるような声で懇願していた。よほど悲惨な状況か。想像はしない。頭がおかしくなる。救助するのみだ。木村の声がする。

「新入りのあんたの忠誠を見たい。首相を本気でやる気があるなら、こんな妊婦、すぐ殺せるだろ？　ヤマダ先生を罠にはめた女だよ！」

ガツッとなにかを蹴った音がして、女の悲鳴が倉庫の扉を揺らした。古池は南野に指示した。

「救急車を呼べ。お前は裏口で待機。俺が合図をしたら、扉の鍵を壊して中に侵入、援護してくれ。救急車が来るまでに黒江と〈ニーサン〉以外、全員、射殺する」

「救急車は五分か十分で来てしまいます。それまでに現場を掃除できますか」

「掃除は無理だ。だが黒江と赤ん坊の命がかかっている。うちの〈救護班〉は横浜まで一時間以上かかる。救急車しかない」

あとで校長にがんばってもらう。古池は南野の背中を押した。

悲鳴はもう響いてこない。倉庫の中から「古池さんの赤ちゃんが……」と三峰が運営者の名前をうっかり口走るのが漏れ聞こえる。

古池は配管伝いに倉庫の壁をよじ登った。氷の棒を握っているようだ。体の内側は熱くなっていた。倉庫の天窓を割って中に侵入するつもりだ。四階建てマンションくらいの高さがある。足の骨が何本折れても救出する。何人殺しても救出する。波の音はもう聞こえない。古池は精神の静寂の中にいた。人を殺すと決めると、静かになる。

波型トタンの屋根に辿り着いた。天窓が四か所あり、明かりが漏れていた。夜空に光の柱が立っている。古池は目を細め、天窓の下を覗き込んだ。

腹が膨れた女が血の海に倒れ、ピクリとも動かない。三峰がその傍らで跪《ひざまず》き、顔を覆っていた。木村は腕を組み、血の海を眺めている。

宗教画を見ているようだった。妊婦、三峰、木村——この三者を結ぶ三角形が、天窓をフレームにしてうまいこと収まっている。『血と聖母』なるタイトルでもつけられそうな宗教画に見えた。安っぽい。あまりによく見えすぎているのだ。

——古池に見させるために。

罠だ。

背後に人の気配を感じた。

律子はまた朝寝坊してしまった。

ベッドサイドの時計を摑む。十一時半だった。

古池のベッドで寝るのは三度目だった。だいたい古池はいない。ひとりきりだった。深夜、古池に振り払われた右手が妙にざわつく。痛くも痒くもないのに、痺れているように感じた。なにもかも、自業自得だった。妊娠を作戦に使う——何度、古池に相談しようと思ったか。実際、投入中の身でありながら、古池に話すべく警視庁本部庁舎に向かったこともある。声を掛けられぬまま、古池が庁舎を出入りする姿を見ていた。あの時、勇気を出して呼びとめるべきだった。極秘の投入中であることを話し、愛を確かめ合い、説得すれば、古池は理解してくれたかもしれない。

律子は結局、しなかった。古池に激昂されても作戦を押し通せる——首相がバックについているという驕りがあったからだ。総理大臣の脳天を見下ろした自分に酔いしれた律子は、傲慢になっていた。

古池の迷いを、痛烈に感じている。

乃里子の部下でいること。

律子の夫でいること。

子供の父親になること。

糸はほつれ、古池をがんじがらめにしている。それが十三階への不信感に繋がっていないか、不安になる。古池はいま、作業員として隙だらけだ。こういうときに人は重大なミスを犯す。

律子は考え込んだまま、マンションを出た。

泉岳寺駅周辺はスーパーがない。運河を渡りタワーマンション群が林立する湾岸エリアまで歩いた。店に入りカートを押して店内を歩く。古池の好きなものを作ろうと思うのだが、彼の好物すら律子は知らなかった。

黒のスーツ姿の男が、律子を追い越した。接触がある。南野だった。三つ年下の南野はまだ半人前だったはずだ。いつからあんな空気を纏うようになったのだろう。古池と似た気配を感じるほどだった。レジに行く。金を払う間、律子のハンドバックにドロップされたメモを読んだ。車のナンバーが書いてあった。

律子はビニール袋を下げ、尾行点検し、近くのコインパーキングへ向かった。該当の車を見つける。運転席に南野がいた。助手席に乗る。お腹が大きいので、ビニール袋いっぱいの食材が邪魔だった。どこに行くのかと尋ねる。

「これ、どうしよう。古池さんに夕食を作ろうと思って買ったんだけど」

南野が無言で車を出した。なにかを言おうとしている。そのたびに目を赤くした。

「ねえ……どこへ行くの」

「いまから警察大学校の寮へお送りします。現地で校長が待っていますから」

「自宅に戻れないの？」

「泉岳寺はもう危険です」

「……古池さんは？」

「泉岳寺は、もう、危険です」

訊くのをやめた。


古池に誰かが英語で囁いている。

覚悟はできているか？

囁き声なのに、なぜか脳内で増幅され、古池の脳髄をつんざく。リズミカルな振動が体を痛めつける。また英語で言われた。あんたは生きるか死ぬかの崖っぷちだ、と。

狭く、暗く、四角くて油臭い場所にいる。たまに潮の香りもする。曲げた膝が鼻先にぶつかる。起き上がろうとすると頭が壁にぶつかる。ゆらゆらと、箱ごと体が揺れている。小刻みな振動も感じる。海上を航行中ということがなんとなくわかる。古池は船のどこかに詰め込まれているようだ。

本牧ふ頭B突堤のD42番倉庫から落ちたときはかろうじて意識はあった。船のデッキに蹴り落とされ、とどめの一発を頭部に食らって以降、古池は記憶が途絶えた。意識は何度も途切れ、これが何度目の覚醒かも思い出せない。

また死んだ、またひとり死んだ、と誰かが英語で話しかける。『地獄へ道づれ』というクイーンの曲だ。フレディ・マーキュリーが古池の耳元であざ笑い、ジョン・ディーコンが刻むベースの重低音が古池の内臓を痛めつける。古池はヘッドセットを装着され、大音量で音楽を聴かされていた。倉庫の屋根から落下して全身を打撲している。ベースの重低音だけで体がズキズキと痛む。

古池は我慢ができず、排尿した。太腿や腹に力なく注ぐ。垂れ流しだ。全裸で体は冷え切っている。尿から湯気が立っていた。

ふいに明かりが差し込んだ。あまりのまぶしさに目を強く閉じる。寒風が吹き付ける。天井のハッチが開いたのだ。青い空と流れゆく雲が、天にぽっかり空いた四角い穴から見える。誰かがのぞきこんでいる。逆光で顔が見えない。手が伸びてきた。ヘッドホンと口の猿轡《さるぐつわ》を外された。外されてはじめて、自分が猿轡をかんでいたと気が付く。声は上げなかった。ここは海の真ん中だと想像がつく。叫ぶのは体力の無駄遣いだ。

古池の猿轡を取った人物は暖かそうなベンチコートを着ている。ハッチの脇にしゃがみこみ、二リットル入りペットボトルの水を寒そうに飲んでいた。まだ半分ほど残っていたが、それを古池の顔面に叩きつけた。頬骨にあたる。鈍痛がじわじわと広がる。

男が立ち上がった。ベンチコートの前を開けて、ダメージジーンズのジッパーを下げた。ペニスがぴょこんと飛び出す。古池の顔にションベンが降ってきた。顔を背ける。左耳の穴を執拗に狙われた。尿がたまって耳が聞こえなくなる。仕方なく反対側を向こうとして、目、鼻、口、すべてに尿が降り注いだ。臭い。アンモニアの刺激で、目や喉の奥が焼けるように痛む。

男が大笑いして、ペニスを振っている。古池の髪を鷲摑みにして、ハッチの穴からデッキへ引きずり出す。デッキは氷のように冷たかった。古池は飛び上がり、氷上を踊るような恰好になった。

白いデッキチェアがあった。座れ、と裸の尻を蹴られた。足首を拘束されたままだ。歩けない。手足もかじかんでいる。両腕は背中の上で拘束されている。古池は椅子に激突して倒れた。デッキチェアの縁が肝臓を直撃する。

「ああ――海の上は退屈だ。なんにもねぇ。空と海と雲と風だけ！　女もいない！　しかも寒いなぁ。退屈だ、暇だよ、古池さんよ。熱くなりてぇな！」

男は古池の頭にデッキチェアを三度振り下ろした。プラスチック製で大した打撃にはならなかったが、耳と頬の皮膚はぱっくりと割れた。さっきかけられた尿が傷口に入り込む。寒さのせいか、滲みるような痛みがジンジンと皮膚に響く。

男は椅子を放り投げ、古池の体をまたいだ。俺をよく見ろ、と男が古池の髪を摑み上げた。鼻がぶつかりそうなほどに、顔面を近づけてくる。

「古池。目は見えているか。ン？　俺が誰だかわかるな」

ションベン垂れた時点でわかっている。

三峰雄三だ。

三峰がにっかりと笑った。銀歯が四本並び、冬の太陽の光を反射する。サイボーグのようなその口で、いきなり古池の鼻に嚙みついてきた。呻き、もがき、顔を振って逃れようとする。三峰は古池の鼻をもぎ取ろうとするほどに歯を立てる。鼻の軟骨が粉砕されそうだった。三峰の臭い息に屈辱感が増す。血が滴り落ちたところで、やっと容赦してくれた。痛みは続く。ただのたうち回るしかない古池を、三峰は面白そうに眺めおろす。

「暇だよ、古池。遊ぼうぜ」

三峰が有刺鉄線を巻いたこん棒を、古池の体に振り下ろした。

第六章　アイ・スパイ

古池は海の真ん中で、野晒しになっていた。

まぶしさを感じて、目を開ける。朝日が水平線の向こうに見え、古池の顔を照らしていた。体が暖められる。

古池は一晩中、全裸でデッキチェアに縛り付けられ、放置されていた。真冬の洋上は氷点下近い。船が走れば、猛烈な風が全身を舐める。体感はマイナス十度だ。凍死させないようにか、数時間おきに三峰がバケツの湯をぶちまける。凍えているのでただの湯も熱湯に感じる。あまりの熱さに古池は飛び上がった。三十分も経てば、湯は水となりあっという間に凍りつく。極限の寒さで意識を失いそうになる。また湯を浴びせられた。

三峰の有刺鉄線付きのこん棒で痛めつけられ、全身の皮膚がところどころ剝がれていた。穴が空いているところもある。

古池は昇りゆく太陽を、もう三回も見ている。カモメがキャビンの屋根にとまった。こちらを見ている。古池の肉を狙っていた。

水平線を、コメ粒ほどの大きさの船が通り過ぎる。古池は幼い頃のことを思い出した。母に手を引かれて興津の防波堤を歩き、テトラポッドによじ登って遊んだ。清水港に出入りする船に、おーいと手を振って。目を閉じ、その残像を追うと、いつの間にか母の文子が律子に成り代わっている。律子は昭和くさいワンピースを着て髪をひっつめ、幼い古池を抱き興津の海風に吹かれている。とても——とても淋しそうな横顔だったが、それを噛み殺し、息子を優しく見守っている。切なく美しい絵だった。ずっとそれを眺めていたかった。

顔にビンタを食らう。覚醒した。

「おはよう、古池君」

三峰が鉄パイプを肩に担ぎ、目の前に立っていた。有刺鉄線は巻かれていない。その分、全力で鉄パイプを振る。腹を直撃した。前のめりになって苦しみ、胃液を吐いた。

「朝メシの時間だ……!」

アッパーを食らい、椅子ごと後ろにひっくり返った。そのまま足を摑まれ、引きずられる。キャビンに入った。扉の段差でしこたま後頭部を打った。エアコンがよく効いていて、凍えた体が緩む。古池は室内に視線を巡らせる。左手にデスク、チェアがある。反対側にゾファ。キャビン内にも階段があり、また後頭部を打った。三段だけだったが、頭に三発食らったも同然だ。目が回る。髪を摑まれ、前に思い切り引っ張られた。頭頂部から、髪がぶちぶちと抜ける音がした。

目の前のダイニングテーブルに男が二人いた。汚面ライダーセブンの木村と、黒ぶち眼鏡の見知らぬ男だった。二人はサンドイッチを頬張っている。古池を見て、吐きそうな顔をした。木村が抗議する。

「三峰さん、勘弁してよ。せっかくの食事が」

「言うなよ、古池君にも食べさせてあげようじゃないか」

三峰は銀歯を剝いて笑い、「朝食はパン派か、ご飯派か？」と尋ねてきた。古池は「パン派だ」と答えてやった。腹にパンチが入る。動きが読めたので、腹直筋に力を込めて構える。筋肉が、三峰の拳を跳ね返した。

「はっ。いい体してっぺな。さすが、日本国スパイだ」

「いまどきスパイなんてさ」と木村が笑う。「そんな体を作って、誰を捕まえんのよ」

「そりゃ、俺たちだろ」

三峰が大笑いした。テーブル脇の台に炊飯器があった。蓋を開け、プラスチックの椀に米を盛る。木村の横にいる男は二十代後半くらいだろうか。黒ぶち眼鏡の奥に大きな二重瞼の目が見える。長い睫毛がカールしていた。沖縄県人だろう。男の手元にはスピーカーとタブレット端末があった。

軽快な音楽がかかる。七〇年代あたりの洋楽か、女性二人のハーモニーがやかましいほど仰々しいポップミュージックだった。ＣＩＡがＭＩ６にＳＯＳを送っても気にしない、と英語で歌う。

クイーンを選曲したのはきっとこの沖縄県人だ。体の線の細さから、第七セクトの雑用担当といったところか。三峰と木村は、彼のことを桃田《ももた》と呼んだ。なにこの曲、と木村が尋ねる。呑気な音楽談義が始まった。

「『アイ・スパイ』。ザ・ドゥーリーズですよ」

「アバかと思った」

「アバと同年代に活躍したイギリスのポップグループです」

木村が替え歌を口ずさんだ。古池が十三階にSOSを送ったって気にしない――。

「それにしても、だーれも助けにこねぇな、古池さんよ」

三峰は古池の鼻を指で弾き、桃田に倍賞千恵子の曲をおねだりする。木村はピンク・レディーを聞きたがった。『ウォンテッド』をかけてくれと言う。愛花が好んでいた曲だ。木村に伝播したか。「それならドゥーリーズの『ウォンテッド』はどうです」と桃田はその曲を流し、足でリズムを取りながらサンドイッチを口に入れる。

「さあ、食え」

パン派と言ったのに、山盛りのご飯が古池の前に出された。腕を拘束されたままだ。三峰はスプーンで掬ったご飯を古池の鼻先に運んだ。古池は口を開けなかった。三峰は「ひどいな、いらないのか！」と笑いながら怒鳴り、古池にゲンコツを食らわせた。これまでの暴行で頭のあちこちにたんこぶができている。痛いを通り越して、滲みゆくものがある。

三峰は棚の中から別のご飯茶碗を出した。

茶碗には、赤い土が盛られていた。

「北総台地の赤土だ。こっちの方が良かったか」

古池は無反応に徹した。三峰は、「味をつけてやる」と醬油を垂らして、混ぜた。

「古池さん。あんたには食う責任がある。あんたら政府側の人間がコンクリートで固めた北総台地の赤土だよ！ シルクのようになめらかだろう。おめーらがこの赤土をダメにした！」

三峰は醬油を吸った赤土を鷲摑みにして、古池の口に押し込もうとした。古池は頑として口を開けない。木村が古池の顔面を押さえた。三峰が両手で古池の口をこじ開け、桃田が赤土の塊を次々と突っ込んだ。吐き出そうとしたが、「嚙め」と口を塞がれ、続けて大量の水を口の中に注がれた。激しくむせていると、ガムテープで口をぐるぐる巻きにされた。仕方なく飲み込んだ。しょっぱい。鼻から土の臭いが抜けて吐き気がする。ざらざらとした不快感が口の中に残った。殴られ続けているので口の中も切れている。土の粒子が傷を刺激した。唾を飲み込むだけで、痛くてたまらない。

「古池さんよ」

三峰は同情するように言って、隣に座った。食事を始める。海苔に醬油を垂らし、白米に巻いて食べた。洋上にいる間に釣ったのか、刺身もあった。

「五十年――あんたの人生以上の時間、この国を見つめて思うのはさ。政府はなーんも変わってねぇってことだ」

テーブルの向こうの、棚を見た。古池のホルスターとシグが、無造作に置かれていた。

「五十年前は俺たち農民を虫けらのように扱って強引に空港を作った。いまは沖縄を雑魚扱いで、辺野古の青い海を汚し続ける。な、そうだろ？」

サイボーグみたいな顔が顔面に近づいてくる。また鼻に嚙みつかれそうで、思わずのけぞる。三峰は会話がしたいと思ったのか、古池のガムテープを外した。

腹がぐるぐると鳴る。数日ぶりに胃に物が入ったが、赤土だ。違和感が痛みになって、じりじりと胃壁に広がっていく。

「俺は確かにさ、あんたのじいさんを襲っちまって、申し訳ねぇなと思ったし、あんたと一緒に過ごした日々は楽しかったよ。本気であんたに協力しようと思った。いつキレるかわかんないあんたが怖かったしさ。だけどね、ダメダメ。やっぱ俺には無理。あの海は地獄だよ」

辺野古の埋め立て工事が現在進行形で進むN４護岸を木村と見たとき、どうやら転向の決意を固めたようだ。

「毎日毎日、トラックが何十台もやってきてさ、きったねえ土をどかどか青い海に流し込んでいく。俺は悲鳴を聞いたよ。確かに聞いた。海の生き物と、海そのものの悲鳴だ。俺は感じる。俺は三里塚の赤土を触って育った。自然と一緒に生きてきたんだ。だから俺にはわかる……！」

木村が生真面目に頷いた。

「あの時の三峰さんの涙は、本物だった」

桃田も涙ぐんでいる。

「三里塚闘争を戦った三峰さんだからこそ、流せた涙でしたよね」

古池はぶっと噴き出してしまった。腹の底から笑えてくる。肩が大きく揺れ始めて制御できなくなった。体が内側から鞭打たれたように痛んだ。だが、止まらない。おかしくてたまらない。

「結局、自然か。環境、環境、環境……！　そりゃぁ簡単だよな」

古池は嘲笑《あざわら》った。赤土の入った腹がずしりと重いが、体が温まり、水で喉が潤ったおかげで、よくしゃべれた。

「お前らは学がなく単細胞だからな。唯一理解できることが、環境破壊反対のスローガンだけなんだろう？　複雑な沖縄の基地問題がベースにある辺野古移設問題を、環境破壊反対のひとことで片付けることしかできない、あほんだらめ！」

環境破壊反対だけ唱えていれば、沖縄の歴史をひも解く必要もないし、どうして沖縄に在日米軍の基地の七十パーセントが集約しているのか知らなくていい。普天間基地の移設問題の発端はそもそもなにか。なぜこれほどまでに政府と沖縄が対立した状態で埋め立てが決行されているのか。歴代政権だけでなく、外務省、防衛省、はたまた米軍側の事情や大統領の思惑、選挙の行方、米軍再編問題――それらを理解することも、勉強する必要もない。

「ただ、環境がかわいそう、珊瑚がかわいそう！　その感情ひとつだけで、なんとなく辺野古の問題をわかった気になりやがって、能無しの農民が偉そうにほざくなっ！」

暴力が降り注ぐと思ったが、意外にも三峰は黙って古池を見返すだけだ。

「そもそもこの船はどこの護岸から出航した？　本牧ふ頭だろう！　あそこだって埋め立てだぞ。土砂とコンクリートを流しこみ、海が汚れ、たくさんの海洋生物が死んだ。それなのにお前らは本牧ふ頭を利用した。辺野古の海は埋め立ててはだめで、横浜の海はいいのか？　美しい海は汚してはダメで、そうではない海は汚してもいいのか！」

「詭弁だ、詭弁」

桃田が吐き捨てた。BGMにしていたザ・ドゥーリーズの音楽のボリュームを上げる。木村は「よくしゃべるスパイだな、そしてすごい体力」と珍獣を眺めるように古池を見た。

「あんたら十三階はおかしい」

三峰がしゃがれ声で、古池に語り出した。

「もう脳みそが右巻きになってるんだな。サクラ？　チヨダ？　十三階？　体制の擁護者ってなんだ。あんたが忠誠を誓っているものの正体は、なんだ？」

三峰が、哀れみを含んだ目で迫る。

「俺は三里塚で体を張ってたけどよ、やってきたのは機動隊と空港公団のガードマンだけだぜ。あそこに空港作るって決めたお偉いさんたちは、ひとりも三里塚に来なかった。佐藤も橋本も友納も、誰ひとりもさ！」

三峰は口角泡を飛ばし、当時の総理大臣や運輸大臣、千葉県知事の名前を並べ立てた。

「辺野古も同じだっぺ！　あそこに普天間基地を移転させるって決めた政治家は、誰ひとり来ない。土砂入れろって命令した政治家は、だーれもこねぇよ！」

古池は呆れ果て、三峰を見返した。

「無知を晒すのもそこまでにしておけ。幾人もの政府関係者がこの二十年、辺野古の視察に訪れている」

古池は内閣関係者の名前と視察の日付を正確に全て、並べ立てた。桃田がスマホを取った。確認しようと思ったのだろうが、すぐにやめた。電波が入らないのだろう。船は太平洋にまで出ているのだと察知する。しゃべればしゃべるほど状況がわかると古池は気づいた。

更に議論を吹っ掛けた。

「三峰。お前は環境破壊を餌に第七セクトにうまいように洗脳されただけだ。辺野古移設について沖縄には充分すぎるほどの見返りの金をやったし、そもそも他に場所がない。辺野古でいいというのは日本国民の総意だ！　前の政権時代に血迷った首相がいただろう」

最低でも県外——古池はゆっくりと発声してやった。

「当時、官邸から候補地の名前が漏れるたびに、各地で猛反発が起こった。当時の首相は元々自分の地元の苫小牧への移設も考えていたが、米海兵隊の役割や抑止力の維持という観点で、浅はかな発言だったと自ら回顧している」

普天間基地は米海兵隊の一部でしかない。他部隊の殆どが沖縄県内にある。それを他の地域に移設してしまっては、国土防衛の意味をなさない。地政学上の観点から見ても沖縄しかないのだ。

「だから、普天間移設問題が始まった九〇年代から二十年もの間、沖縄振興の名の下に国民の血税数兆円が沖縄に注がれ続けている」

桃田がテーブルを叩いて立ち上がった。

「金、金って言うけど、政府の振興策は無策ばかりで全く沖縄に還元されていない。ＩＴ特区だって、恩恵を受けているのは本土のＩＴ技術者ばかりじゃないか！」

「お前らが努力してＩＴ技術をマスターすればいいだけの話だ」

いや、と古池は、鼻で笑ってやった。

「怠惰なお前らでは無理か。観光頼みで、温暖な気候の下で鼻くそほじくってるだけのお前らでは、本土のＩＴ技術者を越えることはできないだろうな。そもそも埋め立て事業そのものは、沖縄振興に絡んだ工法なんだぞ！」

桃田の反論を許さず、古池はまくし立てた。

「政府は辺野古の環境保護を重視して、辺野古沖でのフロート方式の滑走路を建設予定だった。ところが沖縄の企業にその技術がない。工事に関われないと金にならないから、埋め立てにしろと騒ぎ立てたのは沖縄側だ！」

桃田は黙り込んでしまった。木村が助け舟を出す。

「違うよ古池さん。確かに辺野古移設にそういうプロセスはあったんだろうけど、この二十年で事情は変わった。気候変動だ。海面が上昇してきている。いまどき海岸を埋め立てて基地を作ろうとしている国なんてどこにもない」

そういう問題じゃない、と古池は反論した。

「辺野古移設の発端は、市街地のど真ん中にある危険な普天間基地から一刻も早く滑走路を移転させるところからきている。辺野古を守れば普天間はこの先も危険に晒され続けるんだ！」

桃田はうんざりだ、と怒りを露わにして立ちはだかった。

「政府はそうやって県内で対立を煽って沖縄を分断し、混乱させてきた！　もうたくさんだ。そもそも、米軍基地なんか日本にいらない！」

古池はあまりにおかしくて、腹筋が勝手に動いて笑ってしまった。激痛が上半身を貫くが、それでも笑いが止まらない。

「平和ボケした左巻きのアホにはなにを言っても通じない」

くそったれが、と吐き捨てた。この野郎、と木村の拳が飛んできたが、大ぶりだ。ちょっとのけぞるだけで、逃れることができた。「うるさいからもう黙らせよう」と桃田は、古池のシグに手を伸ばした。三峰が止める。

「まだ遊ぼうぜ。時間はたっぷりあるんだ」

なんの時間かと考えを巡らせた途端、三峰に椅子をひっくり返された。古池は後頭部を強打する。

「全く、呆れるほどよくしゃべる男だっぺ。磯村とは大違いだな」

そういえば、と三峰は革の手袋をしながら言う。

「磯村を襲撃したときはな、後で証言されたらこえーからよ、顎をまず最初に潰したんだよ。永遠にしゃべれないようにするためにな！」

三峰の合図で、木村と桃田が古池の顔にたかった。木村は古池の脳天の先に立って口に手を入れ、体重をかけて上顎を引く。下の顎は桃田が引っ張った。顎が外れそうだ。古池は喉で悲鳴を上げた。三峰の革手袋の手が口の中に入ってくる。口腔内に金属臭がした。粘膜に刺激が広がる。舌を捩《ね》じり上げられた。三峰が、古池の舌をペンチで摑んで引き抜こうとしている。

古池は喉を嗄らして叫び声を上げた。涙が勝手に流れる。地獄の閻魔大王気取りか、三峰は古池の腹の上に足を置き、舌を引っ張る。喉や気管ごと外に引っ張り出されそうだ。ペンチに挟まれた舌から血があふれる。喉に逆流した。気管を塞がれ激しくむせる。三峰が弄ぶ横で、桃田は下顎から手を離した。薄汚れた布と紐で包まれた、道具入れのようなものを持ってくる。古池の顔の横に投げ置いた。紐を解いて広げる。

三峰愛用の、革製品の加工用具一式だった。革包丁、木槌、千枚通し、穴あけポンチ、菱目打ち、カービング用の刻印棒、溝彫りをする二刀ナイフ――。

「さあ。お前さんの立派な体に、どんな模様を彫ってやろうか」

これまで以上の拷問が、古池を待ち受けていた。

警察大学校は警部以上の階級に昇進したものが学ぶ場で、寮の部屋はホテルのように居心地がいい。律子にあてがわれたのは、身体障害者用の特別室だった。浴室・トイレ付で、スロープや手すりがついている。

律子は妊娠三十七週を過ぎていた。正産期に入っている。赤ん坊は体重が二千八百グラムを超えた。律子は小柄で骨盤も狭い。医師は難しい顔をする。腹部エコーで胎児の頭の大きさを測りながら、これ以上大きくなったら産道を通らないかもしれないなと呟く。

自然分娩のほかに、無痛分娩を紹介されたが、律子は苦しむ方を選んだ。

「万が一の時は緊急帝王切開に切り替えますね。その場合、ご家族のサインが必要ですので、あらかじめ書類を渡しておきます」

律子はいま、中野区にある警察病院の産婦人科にかかっている。通院には十三階の作業員五名が駆り出された。作業車二台の護衛つきという仰々しさだった。

儀間亜美を探し出そうとする輩が、ちらほらと現れていた。その急先鋒が、もらい事故同然に逮捕された儀間の公設第二秘書の山下利枝子だ。すでに釈放されているが、亜美が姿を消したことを不審がり、警察に行方不明者届を出した。写真はないし、指紋も、髪の毛一本も残さず消えたから、不完全な届出になっただろう。律子は決して他人のカメラにも映らなかった。〈掃除班〉の仕事はいつも完璧だ。儀間の戸籍も真っさらだ。婚姻届は二人で出したが、窓口で内容をチェックし書類を受け取ったのは、変装した作業員——律子の支援班の柏原だった。

亜美は政府のスパイだったのではないか。利枝子はSNSでそう発信し、左派のフォロワーが数千人を超えるまでになっていた。専門家に書かせた亜美の似顔絵は拡散されている。

〈ショートボブヘアに、銀縁メガネをかけ、顎の下にほくろがあるのが特徴の小柄な妊婦です。情報を広くお待ちしています〉

そもそも律子の顔にほくろはないし、視力もいい。髪はいま、強引に後ろで一つに結び、長いウィッグをつけている。この特徴と似顔絵だけでは、誰も気づかない。柏原ら支援班が、いくつもの偽アカウントを巧みに利用し、利枝子のアカウントを潰すべく一般ネットユーザーを扇動している。

『山下利枝子と儀間は不倫関係にあったらしい』

『この似顔絵、絶対に拡散してはいけません！　儀間にはＤＶ癖があり、奥さんはお腹の赤ん坊を守るために身を隠しているのです』

大手マスコミは政府に忖度して、一切、この件を報道していない。

永田町に近づかなければ問題はなかった。律子は護衛の多さに恐縮したが、乃里子は神妙に言う。

「十三階は全力でお前たちの子供を守るよ。安心して、出産に臨みなさい」

古池を守れなかった罪ほろぼしか。彼が安否不明になってもう一週間が経っていた。

船は東京湾を出て、太平洋に出てしまっているという話だった。数日は海上保安庁が捜索した。大海原で一隻のクルーザーを探すことは、一万俵の米俵の中から米一粒を見つけるより難しいという。

律子も古池班の資料を分析し、手がかりを探している。乃里子が開示したのは作戦〈雷電〉だけだ。古池や乃里子がかつて「３３０１」と口走ったことを思い出す。作戦〈雷電〉の前に誰かを運営していたはずで、律子が妊娠を告げたことで中止した作戦があるのだ。だがどれだけ頼んでも教えてもらえなかった。

警察病院を出た律子は、泉岳寺に向かった。

三峰の転向が疑われるいま、危険だったが、３３０１について調べたかった。帝王切開承諾の書類に古池の判を押す必要もあった。律子は乃里子の了承を得て、泉岳寺の自宅に入った。

エアコンが切られた部屋は寒々としていて、古池の匂いを鋭く感じた。彼を、その命ごと失うかもしれないという恐怖が、腹の底から湧く。ぐっと堪え、律子は書斎に入った。古池の筆跡をまねて書類にサインをする。古池の部下だったとき、律子の日報にはいつも古池のサインがあった。あんなに凶暴なのに、書道の先生のような美しい字を書く。湧き上がる感情を、実印を押すことで抑える。

足になにかあたった。机の下に、雷電21型のプラモデルの箱があった。中を開けた。プラモデルは完成していたが、真ん中から割れて壊れていた。

古池が壊したのか。三峰がやったのか。故意か、偶然か。古池と三峰。情報提供者と運営者の間には、独特の絆がある。古池と３３０１との間にもあったはずだ。一体何者なのか。

律子は椅子に座り、古池のパソコンを開いた。顔認証かピンコードを入力しないと、中を見られない。十三階の専門家の手か、専用機器が必要だ。乃里子は許可しないだろう。

律子は机の下のシュレッダーに注目した。かつてCIAがシュレッダーにかけられた文書を復元したことがある。

やってやる。

律子はシュレッダーの中身を取り出し、床の上にぶちまけた。その破片は宙に舞い上がるほど、小さい。大きなお腹が邪魔で下を見るのすら大変だった。真っ白な部分と、文字が記された部分を分けていく。

何時間経ったか、目が辛くなってきた。

窓の外はもう薄暗い。明かりをつけようと立ち上がる。貧血を起こした。よろめき、デスクに手をついたとき、部屋の明かりがついた。

南野が部屋の入口に立っていた。今日もスーツ姿だ。胸元にホルスターがちらりと見える。

「護衛の作業員から、もう四時間経つのにまだ部屋から出てこないと――」

南野は床にぶちまけられた紙片を見て「なにやってるんですか」と呆れた。

「３３０１のことを知りたいの」

「校長に許可を取ってください」

「何度頼んでも教えてくれないんだもの。ねえ、知っているでしょ。教えて」

「校長の許可がないなら、言えません」

「古池さんが拉致されたことは身重の私に平気で話して、どうして３３０１のことは話せないの！」

南野は無言だ。おどおどしていた昔と別人のようだ。律子が古池班を去ったあと、古池は南野を手塩にかけて育てていたのだろう。

「女ね」

南野は相変わらず、顔色を変えない。

「古池さんは飼っている作業玉が多いし、セックスのひとつや二つやるわよ、私だってやってきた。それを古池さんに見せてきたし、儀間とだって――」

「黒江さん、僕らは赤ちゃんの心配をしているんです。無事に出産してくれることが十三階にとって救いです。古池さんもそれを望んでいるはずです」

「子供は元気。私も元気。いいから教えて！」

南野が視線を外した。なにか考えこんだあと、ため息交じりに言う。

「校長が、辞表を書いていました。先日校長室で偶然、見てしまって――」

律子は驚かなかった。南野が、本当のことだったのかと絶望的に続ける。

「十三階は作戦に失敗した作業員を見捨てる。作戦を許可した校長も同時に詰め腹を切らされて、十三階を追われる」

捜索はとっくに打ち切られている。海上保安庁は船の捜索をしていない。そもそも海保は事情を知らないので、動きようがない。警察も同じだ。事情を知らないから捜索活動は限定的になる。全てを把握しているのは十三階だけ。その十三階には、〈救出班〉というものが存在しない。作業員が消えたら、その時点で作戦は終了だ。全ての痕跡を消す〈掃除班〉が動き出し――。

なにもなかったことになる。

テロを阻止するための作戦が展開していたことも、命を賭してテロを阻止しようとした作業員がいたことも。全てが完璧に消し去られる。

「十三階って、なんなんでしょう」

南野が自嘲気味に問う。律子に答えを求めず、神妙に喩える。

「我々はその構成員であり、歯車です。しかし時に、意思もなくただ暴走するだけの箱のようにも見えます」

「南野」

律子は厳しく、後輩を呼び捨てにした。古池がそうするように。南野はたじろいだように律子を見た。

「言葉を変えて、もう一度言う。私は、夫を助けたいから動いているんじゃない。子供に父親が必要だから古池さんを探しているんじゃない。第七セクトによるテロを阻止したい……！　総理をお守りして国家の安寧のために身を捧ぐ！　それだけだ」

南野が雷に打たれたように、肩を震わせた。

「いま、校長も古池さんも死に体だ。我々はいま、十三階の大いなる意思と大きな歯車を失った。残った私たちがそれに代わる存在になるしかない……！」

南野の目が冥く、輝く。覚醒したのを見た。同時に、南野の律子を見る目に憐憫《れんびん》も含まれる。出産を控えた妊婦が「我々は」と拳を振り上げなくてはならない、十三階の現実に――。

南野は陰った瞳にぎらつく光を宿し、踵を返した。

「ついて来てください。作戦〈吉祥〉の概要を教えます」


胸の肉を、カモメが啄《ついば》んでいた。むき出しの皮膚を鋭いくちばしで何度も突かれ、眠りたいのに覚醒してしまう。

右胸に風神がいる。赤いかさぶたや傷跡がその姿を形づくり、赤や青の痣が不気味な彩りを与えている。三峰が古池の胸の皮膚に彫ったものだ。皮膚を削られ、焼かれた。皮膚が溶け、捲れ、皺が寄り、血が溢れた。

古池はそれを眼前で見させられ、激痛で失神した。バケツいっぱいの海水を顔にぶちまけられ覚醒する。塩水が傷口に沁みて、また飛び上がるほどの激痛だ。女のような声を上げて古池は泣いた。再び気を失い、次に目覚めた時にはベッドの上で手厚い看護を受けていた。手当をするのは桃田だった。彼はザ・ドゥーリーズの曲を口ずさみながら、胸に彫られた風神が化膿しないようにガーゼを当てた。古池の口に粥を運び、抗生物質を飲ませる。死なせたくないから、手当をしているのだ。

翌日、また体を彫られる。初日は泣き叫び、失神ばかりしていたが、これからなにをされ、どういう痛みが体を襲うのかわかっていると、多少は冷静でいられる。

古池は歯を食いしばった。耐えぬく。三峰を睨み続け、ただじゃすまさないと目を血走らせる。三峰は面白くなかったようだ。肉彫りをやめ、古池を極寒のデッキに放置した。胸の傷がむき出しの状態だ。生肉を求め、カモメが一羽、二羽と集まってくる。一羽は体を揺らして追い払えても、二羽、三羽、四羽と増えると簡単ではない。凍てついた体も容易に動かせない。

今日は船が異様に揺れる。波が高く、低く垂れ込めた雲が落ちてきそうだ。湿気を伴った風が古池の体から熱を奪う。そろそろ限界だった。

三峰がデッキに出てきた。揺れる船に足元がおぼつかないが、船酔いをしている様子はない。

「哀れだな、古池。国家のスパイがカモメに食われる。いやはや哀れだよ」

三峰は古池のシグを持っていた。カモメが古池の胸をあさり、筋肉をひとすじ口にくわえて飛び去った。二羽に減ったと思ったら、いっきに三羽、近づいてきた。顔に糞をまき散らされる。

「身重の奥さんが知ったら失神するレベルだぜ。成長した息子はどう思うかな。あんたがそうしたように、俺に復讐しようと思うかもな。あいにく、俺はその頃には大往生しているだろうがな」

お前ら気をつけろよ、と三峰はキャビンを振り返る。木村と桃田に言っているのだ。

「磯村もしぶとかった。火だるまの黒焦げになっても動いていた。まだまだ生きたかったんだろうな。あんたもだろ。この血を継ぐ男は凄まじい」

雪が降ってきた。みぞれ混じりの大粒の雪だった。デッキに落ちた雪が血を吸い、古池の周囲に積もる。急速に体温が奪われていく。意識が朦朧《もうろう》としてきた。眠い。寒さで感覚は麻痺した。カモメが肉を啄んでもなにも感じない。ただ、眠い。ほれ古池、と三峰が続ける。

「自然は、おめえさんに怒り狂っている。国防の名の下に、自然を舐めるからそうなる。俺はあの海と自然のために戦うが——それであんたは？」

古池は答えられないし、質問を明瞭に聞き取れない。

選挙のたびに中身を変えるものに忠誠を尽くして？

愛する女がテロリストとセックスするのを容認して？

コロっと騙《だま》されて、子作りさせられ？

「その子供すらも作戦に使われた」

わかるよ、わかる——三峰は古池の頭のそばにしゃがみこみ、親身に共感した。

「最初に相談してくれりゃよかったんだよな。妊娠を作戦に使いたい、協力してほしい、こうこういう事情で、総理のために国のためだと膝詰めで話し合ってさ。頭下げてくれたら、あんなに怒りはしねぇよな？」

その通りだった。黒江、なぜ相談してくれなかった……。校長には全て話すのに、なぜ俺にはなにも言わなかった……。

「成田も辺野古も、あんたの子供の件も同じだよ」

三峰はカモメを追っ払った。古池の腋の下に手を入れて、キャビンへ運ぶ。扉を閉めた。大判のバスタオルに包まれる。凍えた体を包む温かさが、優しさに感じる。三峰が無骨な手つきで、古池の顔や体を拭く。

「反対派が怒っているのはさ。政府がいっつも頭ごなしに勝手に決め、弱者を虫けらみたいに扱うからだ。菓子折り持ってきてさ、一軒一軒、話しに来たらよかったんだ」

どうしても空港を作りたい。基地を作りたい。妊娠したい。国の発展のため、国を守るため、テロリスト逮捕のため──。

「ひと肌脱いでくんねぇかと膝を突き合わせて話してもらえたら、俺たちは機動隊員をリンチしねぇし、官房長官にヒ素を盛らねぇし、あんただって妻にそっぽを向くことはなかったべ?」

反論しない。三峰が「哀れだっぺ」と繰り返す。

「あんたと遊びに出てもう十日だが、だーれも来ねぇな。十三階って法律に縛られない万能な組織じゃねぇのかよ。あんた、とっくに見捨てられてる」

古池は聞き流した。三峰が、わかっていたのかと眉をひそめる。

「ふうん。それでも怒らない。あんたのじいさんにそっくりだな。いや、磯村は死んじまって気付けなかっただろうがな」

古池は三峰を見返した。尋ねたくとも、声が出ない。眼球を動かすので精一杯だ。

「やっぱり知らないだろ。じいさんが罠にはまって死んだと」

約五十年前の総南十字路事件の詳細を、三峰は語り出した。

祖父の磯村の隊は自ら視界が悪いガサ藪に飛び込んだ。ゲリラはいないという話だったのだ。そもそも大隊から離れた場所で貧弱な装備をした中隊が孤立してしまったのは、道を間違えたことが発端だった。誰がどう伝達を間違えたのか。裁判でも、たびたび弁護側から疑問が上がっていた。

「磯村を襲撃したのは俺たちだよ。でもさ、殆ど丸腰でゲリラの海に飛び込んできたのはあっちだぜ？ あんたのじいさんらの隊は、世論を変えるための工作に使われたんだよ」

当初、世論は農民に同情的だった。政府の強引な手段に批判が巻き起こっていた。だが、機動隊員四名の死亡で風向きは変わった――。

「変だなと俺は思ってたんだ。それであんたと会って、あんたが十三階という組織にいること、そういう組織がサクラとかチヨダとかいう名で過去にも存在していたと聞いて、ピンときた」

三峰は意を含ませた沈黙を挟み、言った。

「あんたのじいさんは、サクラの工作に利用されたんじゃないのか？」

古池の表情の変化を、三峰は逃さない。

「思い当たる節があるような顔してるじゃない。あんたの救出隊が来ないのも、十三階は犠牲者が欲しいからだろうな」

第七セクトが警察官を殺したとなれば、辺野古の反対派は分が悪くなる。残虐なテロ組織のレッテルを貼られ、世間の共感を得にくくなるだろう。

「しかもその警官の妻は身重で、赤ん坊の誕生を待ちわびていたなんてお涙頂戴話がついてきたら万々歳だ。ますます世間は警察に同情、反体制派に批判が殺到して抗議活動は先細り、辺野古の埋め立ては無事完了だ」

かわいそうに、と三峰が古池の頰を撫でた。

「政府にいいように使われて、女にもだろ。そもそもさ、お腹の子供は本当にあんたの子なのか。テロリストとも平気で寝る女なんだろ」

黒江、なぜ相談してくれなかった。古池はまた、反芻してしまう。

「本当はさ、テロリストの子を妊娠しちゃって、慌ててあんたの子としようとしているだけなんじゃないのか？」

古池さん、と三峰は同情した様子で、隣に体育座りした。

「俺たちと一緒に生きようぜ。了承してくれたら、俺たちはあんたを全力で治療して、東京に返してやるぜ。そしてこれを持ってさ」

三峰がシグを振りかざす。

「俺たちじゃ首相の半径五百メートルに近づくこともできない。離れたトコで大騒ぎするので精一杯だ。でもあんたは違う」

十三階の男だ。

「あんたなら総理官邸とか入れちゃうんだろ。総理の脳天に引き金を引くのは簡単だ」

古池は無言で三峰を見返した。

「超タカ派のあいつが死ねば、辺野古移設は一旦ストップするだろ。その間にわーっとN4護岸を反対派で占拠しちまえば、こっちのもんだ」

三峰は古池の体をごろっと横に転がし、手の拘束ロープをナイフで切った。

二週間ぶりに手が自由になる。長らく後ろ手に拘束されていたうえ、凍死寸前だった。数センチ動かすのが精一杯と、震えてみせる。足の拘束も解かれた。気がつけば、桃田と木村が古池を囲んでいた。大丈夫なのかと桃田が古池を恐れる。

「平気だ、動けるはずがない。古池」

三峰が立ち上がった。上から声が降り注ぐ。

「イエスかノーだ。俺たちに協力するか、しないか」

古池はやっと体を動かし、仰向けになった。大の字になり、口を動かす。聞こえねぇ、と三峰がしゃがみ、古池に顔を近づけてきた。古池はその鼻に嚙みついた。

「いってぇ!」

三峰がのけぞろうとする。古池は鼻に歯を立て離さない。三峰の上に覆いかぶさる。三峰が古池の顎の下で喚き、臭い息と唾をまき散らす。木村が鉄パイプを振り下ろそうとしていた。

シグはとっくに三峰から奪い返している。

木村の頭を撃ちぬいた。キャビンの白い壁に、粉砕された脳みそと血が、べちゃっと張りつく。棒立ちの桃田の顔面にも一発撃ち込んだ。鼻を押さえてのたうち回る三峰にも銃口を向ける。誰かに後頭部を殴られた。古池はまた意識を失った。

古池は眠りから醒めた。気絶だったのかもしれない。再び体を拘束されていた。キャビンの床は血の海だった。桃田と木村の血だ。相当臭う。

古池を背後から襲ったのは誰か。船の操船者もわかっていない。認知していない第七セクトのメンバーが船内にまだいるのだ。

三峰が忙しく動いていた。木村と桃田の死体をキャビンから運び出す。ドボン、と大きな音がした。手を合わせる背中がキャビンの窓から見えた。水葬しているつもりなのかもしれない。

三峰の隣に、よく日に焼けた顔の女が立っていた。彼女が操船者か。妊婦役をやっていたのは……？　もっとこちらを向けと古池は念じる。絶対に知っている女だった。だが、どの現場で見かけ、どの映像か画像の中で見た顔なのかわからない。記憶を辿ろうとすると、激しい頭痛が襲う。

船のエンジンが止まった。右手の壁から、軽い衝突音が何度も聞こえる。岸壁と船の緩衝材がぶつかっている音だ。

船がどこかの港に到着したのだ。

がやがやと人の出入りを感じた。十人はいる。まだこんなに第七セクトのメンバーがいた。高階の弁護士事務所や儀間の〈大奥〉は第七セクトのフロント団体ではないのだ。公安はまだ真実に辿り着けていない。

古池は毛布でぐるぐる巻きにされた。毛布は赤紫色で、花柄模様が入っていた。その上から縛られた。

体が宙に浮かんだ。複数人が古池を運び出しているとわかる。どこかにぶち込まれた。エンジンの音が聞こえ全身に振動を感じる。タイヤが砂や石を噛む音がした。ここは車のトランクの中だ。

眠っていたのか、気絶していたのか。次に古池が目覚めたとき、車は停車していた。トランクで長時間放置されている。毛布に包まれているのに寒い。隙間風が刺すように痛かった。愛花のことを考えた。毛布の柄が、下北沢の愛花の部屋にあったものと少し似ていた。愛花の匂いを思い出す。三峰は言った、律子はテロリストの子を身ごもっている。三峰は言った、祖父はサクラの工作で殺された。

トランクが開く音がした。古池は運び出された。体が突然ふわっと宙に舞い、なにかに激突してごろっと転がる。潮と砂の匂いが毛布の匂いにまさる。スコップやシャベルが土を噛む音がする。毛布越しになにかが降りかかる。砂の匂いが強くなった。

「じゃあな。古池さんよ」

三峰の声がした。じわじわと体が重たくなっていく。砂で生き埋めにされているらしかった。体が押しつぶされていく。古池は体を反転させ、うつぶせになった。首を後ろにのけぞらせ、顔面と毛布の間に空間をつくる。浅い呼吸を心掛け、毛布の中に残った空気で一分一秒でも長く生き長らえる。

愛花のことを考えた。

〈すまなかった。愛している〉

彼女の自宅にメモを残した。彼女が助けてくれる。生きろ。愛花に会うまでは。愛花がきっと助け出してくれる。

愛花。

古池がいなくなり、十日が経った。

律子は妊娠三十八週に入った。今日も妊婦健診に向かう。医師は子宮口を確認した。

「ぼくちゃんは、まだ出る気がなさそうだね」

子宮口が全く開いていないらしい。赤ん坊の体重は三千グラムを超えていた。

「これ以上大きくなるとまずいなぁ。とりあえず、NST《ノンストレステスト》で様子を見ましょう」

助産師が腹にベルトを巻き付けた。子宮の収縮と胎児の心拍を確認するのだ。一時間、ベッドの上で安静にしていなくてはならない。なにかあったらナースコールを鳴らして、と医師も助産師も部屋から出て行った。

五分待った。律子はNST装置を外した。コートを着て病室の外に出る。素知らぬ顔で表玄関に行き、タクシーを拾った。ガラスの向こうの待合室で、護衛の作業員が、律子の診察が終わるのを待っている。

南野が話していた下北沢のマンションへ向かった。乃里子に知られたら咎められる。護衛をまくしかなかった。

律子は南野の協力を得て、作戦〈吉祥〉の詳細を知った。古池の当時の心情を察する。律子が妊娠を告げなければ〈吉祥〉は成功し、古池は祖父を殺した男を運営するまでに追い詰められなかっただろう。夏には高階に辿り着いていたはずだ。第七セクトに拉致されるようなこともなかった。

私の責任。私がなんとかする。

タクシーで当該のアパートに到着した。ピッキングし、３３０１こと広井愛花の部屋に入る。芳香剤か、花の甘い香りがした。冷蔵庫の中身は全て腐っていた。小さなゲージがこたつの脇に見える。水も餌箱も空っぽだ。灰色の小動物がうずくまっていた。体を指でつつく。ジャンガリアンハムスターが、大儀そうにこちらを振り返る。律子は水を与え、棚を探ってハムスターフードを餌箱に入れた。ハムスターは少し弱っているようだった。のろのろと出てきて、いつまでも水を飲む。

律子はテーブルの上のメモに気づいた。

〈すまなかった。愛している〉

古池の字だった。

乃里子が徹底的に３３０１のことを隠したのは、これのせいか。

古池はいま律子ではなく、この女性を愛している。妊娠さえも作戦に使う嘘つきの律子ではなく、従順で純粋な愛情を注ぐ作業玉の女に、気持ちが傾いている。

愛花の手帳や日記帳の類を探したが、なかった。それらを残すことはご法度と、古池が厳しく指導していたに違いない。その古池が、自分の筆跡でこんなメモを残す――。

彼はもはや十三階の男ではない。

普通の男に戻ってしまっている。そうさせたのは律子だ。

夫が愛している女の部屋に正座し、途方に暮れる。君はまだお腹にいたいよね、と臨月の腹を撫でた。こんな世界に生まれてきたいと思うはずがない。父親はスパイで行方不明。別の女を愛している。母親もスパイ。別の男の妻を演じていた。しばらくは追われる身だ。

ハムスターはフードを夢中で食べていた。やがて元気を取り戻したように、回し車で遊び始める。カタカタカタ……と回し車が鳴る音が、狭い部屋に響き渡る。

回し車の音。

胎動で腹が激しく揺れた。古池が残した作戦〈吉祥〉の書類にあった、ある記述を思い出す。律子はハムスターを、そのネズミを、見た。もう一度、古池のメモを取る。

〈すまなかった。愛している〉

右手が痺れる。

律子は目頭がかっと熱くなった。嗚咽を必死に堪え、校長室の乃里子へ電話をかけた。焦りと興奮で手が震える。電話が繋がった。一気にまくし立てる。

「古池さんの居場所がわかるかもしれない。すぐに動いてください！」

広井愛花は震えるため息をつき、公衆電話の受話器を戻した。ピーッと音がして、テレホンカードが排出されてくる。

十六年前、柴田と名乗っていた男に恋をしていた頃も、携帯電話ではなく公衆電話でやり取りをした。柴田の——古池の低い声は、公衆電話越しだと抑揚が消え、色気が増す。その声を聞くだけで愛花は濡れていた。

テレホンカードを財布にしまい、足早にドラッグストアを離れた。真冬の冷たい海風が吹き抜け、ダウンジャケットを着ていても寒い。商店が並ぶメインストリートを抜け、モヤイなどのオブジェが並ぶ前浜海岸通りに出た。

黒根港が見えた。東京の竹芝桟橋と繋がる定期船が、出航したところだった。ここは都心から百五十キロ近く離れた、東京都新島村だった。伊豆七島のひとつだ。南北に約十キロ、東西に約三キロの、なすびのような形をした島だ。

海辺のコテージへ戻る。オフシーズンなのですぐにひと部屋取ることができた。一か月先まで予約した。部屋への入室は一切お断り、替えのシーツやリネン類は自分でフロントに持っていき、新しいものと取り換えたいと頼んだ。コテージの経営者は、現金一括前払いで条件をのんでくれた。

コテージエリアの北の外れにある六番コテージに着いた。丸太造りの室内はワンルームマンションのような間取りだ。カウンターキッチンとダイニングテーブル、テレビとソファセット、ベッドがひとつある。ロフトもついていた。

愛花はムートンブーツを脱ぎながら首を伸ばし、ベッドを見た。こんもりとした人の形を確認し、ほっとする。

彼はいつも、突然いなくなる。外出するときいつも愛花は心配した。ベッドサイドに歩み寄り、髭が伸び放題の、やせた頰を撫でた。

「古池さん……ただいま」

少し顎が動き、瞼がうっすらと開いた。救出から四日経ち、時々目を開けるようになった。愛花を認識できているのかはわからない。すぐ目を閉じてしまう。唇の横に濡れた脱脂綿を置いて水分を取らせ、粥をスプーン何杯か口に入れた。古池は飲むし食べるが、意識はまだ朦朧としている。

手を丁寧に洗い、古池の布団を捲る。彼は全裸だった。洋服や下着を買ってきてやらねばならないが、まずは治療だった。体が冷えないように毛布をへそから下にかけてやった。胸の傷が一番ひどかった。胸筋が分厚かったからよかったが、体を鍛えていなかったら、肺に穴が空いていただろう。

ぬるめの湯を洗面器に張った。泡のソープを持ってきて、抉れた皮膚の表面を丁寧に洗う。古池の眉間に皺が寄り、顎の付け根に力が入る。歯を食いしばって耐えているようだ。

泡を流し、抗生物質を塗る。清潔なガーゼで患部を分厚く覆った。腫れのひどいところには湿布を貼って様子を見た。全身に点々と、太い針で引っ掻いたような傷がある。殆どかさぶたになっていた。

腹の傷を見た。縫った跡がケロイド状に膨れ、縦一直線に走る。指先で触れてみた。くすぐったかったのか、割れた腹筋にぴくりと反応があった。彼の妻がこの傷を治したと聞いた。今度は私が、彼を治す。

体を優しく拭いてやる。排便はなかった。水分補給させた三十分後に体を横向きにし、バケツをその下に置いた。おしっこをするように言い聞かせる。古池は朦朧としたまま、排尿した。

体が、喜びで震える。いま彼を支配しているのが、妻でも誰でもなく自分なのだと思うと、愛花は涙が溢れた。

夕食の下ごしらえを終えて、古池の髭を剃ってやることにした。髪は櫛を通してきれいにしてあるが、救出直後は鳥の糞だらけで、あちこちにたんこぶや切り傷があった。

髭をハサミで短く切ったあと、頬に泡を乗せ、そうっと剃刀の刃を当てた。刃を喉元まで滑らせたところで、ふいに古池が目を開けた。うっすらとだが、愛花を見ている。手に力を入れて横に滑らせれば、喉を掻っ切ることができる。古池の体は脱力したままだ。その目から緊張感が失われている。

残った泡を蒸らしたタオルで拭う。愛花は洗面器とタオルを持って立ち上がった。

「愛花」

古池が掠れた声で、呼びかけた。救出後、初めて声を聞いた。妻の名前ではなかったことが、こんなに嬉しい——。振り返り、なあにと優しく答えた。

「今日……何日だ」

「十二月二十一日よ」

古池は小さく頷いた。なぜ最初に日付を確かめたのか、愛花は夕食の準備をしながら考えた。半年前、排卵日に上大崎のアジトで古池から言われた言葉を思い出した。作戦は中止。妻が妊娠していた。どうしてもお前と子作りはできない。

妻の出産が近いのだろうか。予定日を気にしているのか。愛花はがっかりして、こねたハンバーグをぎゅっと握りつぶした。


翌日から、古池は会話ができるようになった。食事も量は少ないが、三食摂る。

夜、愛花はシャワーを浴びて居室へ戻った。古池がベッドで半身を起こし、テレビのリモコンを操作している。ニュースに注目していた。

昨日、新島に近い式根島の浜辺に二人の男性の遺体が打ち上げられた。頭部を銃弾が貫通している。「プロの仕業」「暴力団の抗争か」と、元警察官というコメンテーターが解説した。

古池がバカにしたように呟く。

「組織の一部しか知らないくせに、適当なことを」

愛花はぷっと噴き出した。夕食にひき肉入りの粥を食べさせたが、古池は物足りないと言って、愛花の分の焼き魚もぺろりと食べた。声もよく出るようになった。つけっぱなしのニュースが、首相の欧州訪問について報じている。年末年始はロンドンで過ごすと報道されている。古池は神妙な顔だ。

髪を乾かし、ロフトに上がろうとして、古池に声を掛けられた。

「ここには、いつまでいられる」

「とりあえず、一月中旬までよ」

「ロフトで寝ているのか」

「大怪我している人の横には寝られないわ」

古池が苦笑いした。意味ありげに言う。

「お前は昔から寝相が悪かったからな」

愛花も覚えている。若いころ、寝ぼけて古池の腹を蹴ってしまったことがあった。古池は「いてぇなバカ」と尻を蹴り返してきた。寝入りばなや寝起きはいつも機嫌が悪い。わざとじゃないのに、愛花も腹が立って蹴り返し、互いに蹴り合っているうちにだんだん笑えてきて、結局目が覚めてしまった。そのままじゃれ合って、最後はセックスになった。二人とも若かった。

当時のことを思い出したのか、古池はいつまでも笑っている。

「笑かすな、胸が痛む」

「一体なにがどうなってそんな傷に?」

「お前こそ、なにがどうなって俺を助けられたんだ」

見つめ合った。古池が尋ねる。

「突然消えたのは、第七セクトに潜入していたからなんだな。勝手に。俺や南野の了解なしに」

「話したら止めたでしょ」

「当たり前だ。危険すぎる」

「でも入り込めたから、あなたを拉致する作戦に関われたし、あなたを救出することができた」

古池は聞かせてくれ、と上目遣いに愛花を見た。これまで愛花をいいように扱ってきた狡猾さが目にない。素朴な瞳をしていた。愛花はベッドに腰掛け、長い話を始めた。

若く未熟な南野とのやり取りにうんざりしていた九月下旬。木村が再び接触を持ちかけてきた。愛花は姿を消し、木村と再会した。木村はかつて愛花が捨てた男だ。未練たらたらで、体を許したらあっという間に愛花を信用した。愛花は簡単に第七セクトメンバーとして迎え入れられた。横浜市内にある木村の自宅に同居しながら、ヤマダヒロシの正体を暴こうと、第七セクトの中枢に近づいた。正体がわかったら、上大崎の拠点で古池を待ち、伝えるつもりだった。

そのさなか、木村から「妊婦役をやってくれないか」と頼まれた。計画の詳細は直前まで教えてもらえなかった。腹に物を詰めて、血のりの海に寝転がり、悲鳴を上げるだけでいいと言われた。

三峰という男がやってきて、「古池さんの赤ちゃんが」と大袈裟に嘆いた。驚愕している暇もなく、別のメンバーに連れ出され、船で脱出した。失神した古池がデッキに蹴り出されたのを見たのは、その時だ。

「すぐに駆け寄って助けたかった。でもそうしたら、私たちが繋がっていることがバレてしまう。見ているしかなかった」

愛花は途中立ち寄った横浜ベイサイドマリーナで降ろされてしまった。木村の部屋で待機しているように指示される。船は古池を乗せて出航した。木村のスマホも繋がらなくなった。東京湾を出てしまったのだ。船の場所を探れないか、東京に残っていた第七セクトのメンバーにあたったり、木村の部屋を探ったりした。

一週間後、木村と桃田の死亡を知らされた。みな嘆き悲しんだ。愛花も泣き崩れてみせたが、心の中では歓喜した。古池が逆襲したに違いない。絶対に救出する――。

船は辺野古の海上大行動に合流する予定だったらしい。急遽針路を変更し、新島に立ち寄った。第七セクトは凶暴な古池を持て余していたのだ。

愛花は新島への寄港情報を事前にキャッチした。調布飛行場からは四十分の航路だ。空から先回りし、島の東側にある羽伏浦漁港に目星をつけて見張った。定期航路の船がやってくる西の黒根港は警察官の詰め所もあり、人目に付きやすい。羽伏浦漁港とその海岸はサーフスポットで、真冬は人が来ない。更に南にある絶景、白ママ断崖は観光スポットだが、いまは落石や崖崩れの危険があり、立ち入り禁止になっている。

愛花の予測通り、クルーザーが羽伏浦漁港に接岸した。毛布に包まれた古池が車で運ばれ、生き埋めにされた。三峰たちが立ち去った直後、愛花は必死に穴を掘り、間一髪で古池を救った。

古池は神妙に聞いていた。相槌はなく、やがて疲れたように目を閉じた。拷問され、生き埋めになった記憶を遡るのは辛いだろう。愛花は「おやすみなさい」と囁き、ロフトに上がろうとした。呼び止められる。古池は眠たそうな、甘ったるい目をしていた。突然、べ、と舌を出す。

「舌、どうなってる。三峰にペンチで、引っこ抜かれそうになった」

愛花はかがみ、古池の口の中を覗いた。ペンチの先の形をした痣が舌の真ん中にある。傷も残っていた。

「痛そうね。食べるとき沁みたでしょう」

ふいに古池の腕が首に伸びてきた。そのまま唇が重なる。

ああ——彼から、きた。

愛花は前のめりになった。貪るように古池と舌を絡ませる。古池は辛そうに眉をひそめ、とうとう、首を引っ込めた。痛いな、と苦笑いする。

「だって……」

どれだけ待って。どれだけ悲しくて。どれだけ恋しくて。どれだけ心配したと——。涙が溢れた。ベッドの中へ促された。自分で誘っておいて、古池の方が甘えてきた。腕を開き、胸の中へ古池の頭を招き入れる。古池の頭はずっしりと重たい。髪を撫でてやる。古池は疲れたように愛花の胸元に額をくっつけていた。しばらくして、スイッチが入ったおもちゃみたいに、ペラペラとしゃべり始めた。

若い南野のこと、柳田という寡黙な分析官のこと、三部というお節介な元刑事部の分析官のこと。校長と呼ばれる警察官僚の藤本乃里子が、十三階を支配しているとも話す。いまいちばん首を絞めて殺してやりたいのはあの女だ、と古池は罵る。

「私は三峰に復讐してやりたいわ。あなたをこんなに傷つけて」

「あんなの雑魚だ。気にしなくていい」

古池は長い指で、愛花の胸をまさぐった。乳首に吸い付く。赤ん坊のように、私の——。

愛花は古池の頭に手を回してぎゅっと抱きしめた。

「お前のおっぱいは、懐かしい感じがする」

「まるで胎児に戻ったみたいね」

「いま、とても楽だ。自然だ。なにも考えなくていい。愛花のおっぱいを吸っていればいい」

愛花は目を丸くした。

「あなた、そういうこと言う人だった？」

「俺は元来、おしゃべりな人間なんだよ。おしゃべり慎ちゃんと呼ばれていた」

「まさか、嘘よ」

「本当だ。興津の母もマシンガントークする」

実家の母親のことらしい。具体的なことを教えてもらえたのは初めてだ。

「興津って?」

「静岡だ。市町村合併があっていまは静岡市になった」

古池はさらりと父親のことにも言及する。不器用で無口で存在感がない。

「公安に入ったとき、お前はしゃべりすぎると言われて、親父の真似を必死にしたんだ」

無機質な空気を纏っていたから、都会育ちだと思っていた。古池の髪を撫で、その額にキスをした。もう寝たら、と囁く。古池は無言になったが、十数秒でまた「なあ、愛花」としゃべり出す。愛花はおかしくて、大笑いしてしまった。

「あなた、どうしたのよ」

「しゃべりたいんだ。十七年分。ずっとしゃべりたいのを我慢してきた。それに一週間も朦朧としていて、寝すぎた。眠れない」

「じゃあ、奥さんのこと、教えて」

古池が口を閉ざした。空気が重くなる。うまくいっていないという直感に、愛花は心が躍ってしまう。冷静を装い、尋ねる。

「もうすぐ赤ちゃんが生まれるでしょう。予定日はいつなの」

「あれは俺の子じゃない」

愛花に驚く暇を与えず、古池がまくしたてた。妻も十三階の作業員らしい。愛花は腕の中の古池を見た。筋の通った鼻梁しか見えない。

「黒江律子っていう。凄まじい女だ。俺がそういう風に育ててしまった」

「古池さん、それ以上言わない方がいいわ。秘密をしゃべりすぎよ」

「誰にも話さないだろ」

「話さないわ、もちろん」

「誰よりもお前を信頼している」

愛花、と呼びかけてくる。名を呼ぶほどに声音が優しくなっていく。

「ハムスターに餌をやりに、下北沢に帰っていたな」

古池はメモを残していた。

〈すまなかった。愛している〉

「見たか」

「見たわ」

古池はひとつ、咳払いをした。やがて「愛花」とまた呼びかけてきた。

「やり直したい」

「……なにを？」

こわごわと愛花は先を促した。予想以上に大きな返答があった。

「自分の人生を」

古池は続けざまに咳き込み、静かな声で最後、言った。

「お前と、二人で」


覚醒から三日ほどで、古池は食事や排泄を自力でできるようになった。愛花は慌てて古池の衣類を買いに行った。古池のスーツ姿か、裸しか見たことがない。トレーナーや丸首のシャツは似合わないと思い、ワイシャツとVネックのセーター、紺色のスラックスを選んだ。古池はなにも言わず、愛花が選んだ服を身に着けてくれた。

胸の傷にはうっすらと膜が張り、肉が盛り上がってきている。捻挫しているようで、右足を引きずって歩く。本牧ふ頭の倉庫の屋根から突き落とされたとき、足から落ちたのだという。

病院に行くことを勧めたが、古池は首を縦に振らなかった。

「十三階に居場所が知れる」

愛花はその言葉に驚いたが、顔にも口にも出さず、受け止めた。「自分の人生をやり直したい」と言った時点で薄々気がついていた。

古池はもう、十三階には戻らないつもりだ。

かといって、十三階を——警察を辞めて、なにをしたらいいのかわからないようだ。愛花が任務について話を振ると、黙り込んでしまう。いまはなにも考えたくないのだろう。

最初はコテージの前だけだったのが、古池は徐々に歩ける範囲が広がった。島のメインストリートへ買い物に行けるまでになった。今日は買い物中に古池の姿を見失った。昔のように突然消えてしまったのかと思った。任務のために――。絶望的な気持ちで愛花が通りを探し歩いていると、古池が土産物屋からビニール袋を下げて出てきた。買ったものを見せてくれない。古池は誤魔化しながらスーパーに入り、大入り袋の里芋をカートに入れた。

「今日はけんちん汁な」

里芋の煮転がしもたくさん食べる、と笑った。食卓では前のめりになって里芋を食べ、けんちん汁を飲んだ。愛花が変な顔をしているのを見て「気づけよ」と恥ずかしそうに言う。

「精力つけてるんだ。その……なんだっけ。子芋がついてるから、なんとかって」

「子宝祈願?」

「それだよ。お前、今日から排卵日だろ」

愛花は持っていたお椀を落としてしまいそうになった。

「――どうして知ってるの」

「俺に周期表を渡したじゃないか。暗記してた。十二月の排卵期間も、全部」

「もしかして、目が醒めたとき、日付を聞いたのは……」

そうだよ、と古池は微笑んだ。目じりに皺が寄った顔は穏やかだが、愛花が覗き込むと怒ったような顔でぷいと横を向いた。照れているのだ。

耐えられない。抑えられない。

愛花は食事を投げ出し、椅子に座る古池の膝の上に乗った。キスをする。古池は少し痛そうな顔をしたが、受け止め、愛花をベッドへ誘った。いつも古池は自分勝手なセックスをしていた。慈しみも、愛情のかけらすらも感じたことはなかったけれど、心底惚れた男が自分の体に欲情し、本能を発散してくれるというだけで幸せだった。

今日の古池はとても丁寧だった。優しく激しく唇で繋がりながら、胸を揉み、乳首に唇を移して舌先でくすぐる。胸の谷間を舐め、へそへ舌を滑らせるのと同時に、古池の指が割れ目を捉える。体が勝手に反応し、腰を浮かせてしまう。次に尻をついたとき、ベッドが濡れていることに気がついた。愛花が下の入口から迸らせたもので、古池の指もシーツもぐっしょりと濡れていた。古池の頭が下がる。左手で足を開かされ、右手で割れ目をぱっくりとあけられる。古池の舌で陰核を弄ばれ、愛花は喉から喘いだ。

古池さんがこんなことをしてくれるなんて――。

体がどんどん開いていく。古池の右手人差し指が中に入る。押して引かれる間もずっと陰核を刺激され続け、愛花はあっという間に果ててしまった。無様なまでに腰を淫らに上下にふって喘いだ様子で、古池はそうと気がついたようだ。

古池は愛花の前に膝で立った。ずっとずっと、欲しくてたまらなかった。愛花は古池の腰に飛びついた。屹立したそれを口に含む。舌で裏側の筋をじっくりと舐め、頬をすぼめてしごく。古池のペニスも愛花の顎も唾液でべちゃべちゃになった。古池は堪えた顔になり、腰を引いた。愛花の体を裏返しにする。愛花の口から唾液が糸を引く。いつまでも、古池のペニスと繋がっている。後ろから硬くたぎったそれを入れられる。

まだ頂点の余韻が下腹部に残っている。古池に突かれているという喜びも手伝い、愛花はあまりの快楽にめちゃくちゃになった。押されるたびに喘ぎ、後ろに手をやり、古池の手を求めた。古池は腰を摑んでいた手を滑らせ、愛花の手を握り返した。両腕を後ろに引っ張って下半身を強く押しつけ、速いピストン運動を繰り返す。子宮が揺さぶられている。苦しいのに、今度は子宮の入口の性感帯が目を醒ます。陰核を責められているピンポイントな快楽とは違う、下半身の全てを支配する快楽のさらなる頂点がやってくる。長く続いて終わらず、正気でいられなくなった。頭を押さえつけられ、腰を高く突き上げられる。乱暴なのに、耳元にかかる古池の吐息は甘い。全然頂点が終わらない。古池の喉が快楽で「ン……」と鳴り、また昂る。愛でめちゃめちゃになっている。

震えるため息をつきながら、古池が愛花の背中に覆いかぶさってきた。愛花の髪に顔を埋もれさせ、激しく呼吸する。愛花の粘膜にぴたりと覆われた古池のペニスが、ぴくぴくと痙攣しているのがわかった。同時に、膣の入口に熱いものが溢れてくるのを感じる。射精したのだ。

愛花は、自分の身に起こっていることをリアルに感じられないまま、ただ尻を、全てを、古池に預けていた。古池が少し腰を動かす。下半身も勝手にくねる。子宮を意識したことはなかったが、それが激しく収縮している気がする。古池の精子を、一滴残らず子宮が吸いこんでいる。

古池は愛花と繋がったまま、ゆっくりと体を横たえた。

二人は少し、沈黙した。古池とは数えきれないくらいセックスしてきたが、今日はなにかが、初めてだった。いつもあったものがなくて、いつもなかったものを初めて手にいれたセックスだった。

「胸がすげえ痛い」

古池の第一声に拍子抜けして、愛花は大笑いした。古池は「怪我人をコーフンさせやがって」と笑いながら、両手で愛花の顔を掴み、後ろに捻じ曲げてキスをした。愛花の唇を吸いながら、古池の手がなにかを探している。左手を掴まれ、薬指になにか嵌められた。淡い緑色をしたガラスの指輪だった。新島ガラスの工芸品だ。安物、と古池は笑う。

「ここは土産物屋しかないから。東京に戻ったら、ちゃんとしたのを買う」

愛花は感激が大きすぎてなにも受け止められなくなった。ただ古池を見返す。古池はまた怖い顔をした。照れ隠し。ペニスを抜いてベッドから降りた。膣から精子がこぼれてきた。古池は愛花の入口を注意深く覗き込み、精液を指で拭って膣の中へ押し戻した。二度の頂点を味わった下半身が、びくんっ、と勝手に反応する。古池はティッシュを膣に押し付けた。

「押さえてろ」と言って、足を引きずりながら、シャワーを浴びにいった。

愛花は古池のシャワーの音を聞きながら、ティッシュで膣の入口を押さえ、茫然としていた。涙がこぼれてきた。指で拭うと、ガラスの指輪に涙がまとわりついて光る。いなくなったと思ったら、こんなものを買ってくれていた。愛花のために。しかもいま、愛する人の精液が自分の子宮を巡っている。これほどの幸福が人生のうちに存在していたのか、という気にすらなる。

戻ってきた古池は愛花の尻を叩いて笑い「飯の続き」と言った。食事の間も饒舌にしゃべって、深夜にもう一度セックスをして、古池はまた射精した。


排卵予定期間だった四日間が終わった。

古池は愛花に精子と愛情を充分、与えてくれた。

昼はリハビリがてら海岸まで歩き、漁港で道具一式を借りて釣りをすることもあった。夜は海育ちの古池が器用に魚をさばいて刺身にした。

古池は興津という、海と山に挟まれた自然豊かな町で育ったらしい。だが警察官になったあと工作員となり、体制の擁護者として、都会の無機質なコンクリートに個性と感情を埋没させてしまった。いまは日々、原始化している。どんどん古池の表情は穏やかになり、照れ隠しで怒ったような顔をすることもなくなった。冬の西日をまぶしくとらえる目、厳しい潮風を受け止めたときにぐっと強張る口元、島の中心部の原生林から漂う緑の匂いに反応する小鼻――古池の素の表情が次々と露わになっていく。

十二月三十一日の大晦日になっていた。二〇一九年が終わる。

古池は一日中テレビの前にいた。今年の重大ニュースを扱う番組を二人で見た。辺野古問題や、二つの大きな選挙、次々と日本列島を襲った台風、ラグビーワールドカップ、改元とその直前に起こった官房長官襲撃事件などのあらましを放送する。まだこの件を警察が解決できていないのを、右派のコメンテーターが断罪する。古池は「俺のせいか」と笑った。

「指揮官のせいよ。藤本乃里子って言うんだっけ」

「そうだな。その通りだ」

古池は缶ビールを呷り、愉快そうに笑った。鼻歌すら口ずさむ。

愛花は——今日、伝えようかと考える。

迷ったが、やはり二〇二〇年になる前に話すべきだと思った。紅白歌合戦が終わり、年越しそばを茹でながら、愛花は「古池さん」と切り出した。古池は缶ビールを口にしながら、ん、と愛花を見た。腑抜けた、とても無防備な表情だった。

言葉が出ない。あれを伝えたら、やっと手に入れたものを失うかもしれない。そばに海老天を乗せて「持って行って」と頼む。古池と二人でダイニングテーブルに並び、年越しそばをすすった。つるつるとそばが喉を通る。こんな風にすんなりと古池に受け入れて欲しい。大丈夫、私はいざとなったら——お腹に手をあてる。排卵日にあれほど射精してもらった。

絶対に妊娠している。この子が切り札になる。愛花はとうとう切り出した。

「古池さん。いまでも総理をお守りせねば、みたいに思っている？」

古池はそばをすすりながら、横目で睨むように愛花を見た。愛花は無言で答えを促す。古池は水を飲み、かなり思い切った調子で言った。

「怖い」

愛花は二の句が継げなくなった。愛花の予想を上回るスピードで、古池は変化している。聞いてはいけないと思ったが、聞かないわけにはいかない。

「なにが怖いの？」

古池は答えなかった。プライドの高い古池に、これ以上突っ込んではいけなかった。充分だ。愛花は古池のビールを一口、もらう。古池が不安そうに、ビールの行方ばかりを目で追う。目元に緊張感があった。古池は頭がいいから察している。愛花から大事な話を切り出されると。

「もう十三階には戻りたくないんでしょう。そう思うなら、どこかでピリオドを打たなきゃ」

古池は目を逸らし、そばをすすった。間を置いて、やっと言う。

「東京に戻って辞表を出してこいと？」

「受理されるかしら」

「無理だ。俺は内情を知りすぎている」

「それなら、決別する必要がある」

古池のそばをすする手が止まる。

「なにが言いたい」

「首相が二日後、羽田に帰ってくる」

古池の瞬きが多くなった。凄まじく動揺している。愛花はそばを汁まで飲み干し、箸を置いた。古池の、ぐらぐらの目を覗き込む。もう一度言った。

「首相が明後日、羽田空港に降り立つ」

「知ってる。ニュースで見た」

「でも、羽田空港には戻ってこられないの」

古池は目を細めた。悲しそうだった。

「政府専用機は羽田での着陸をあきらめ、成田に向かうのよ。そういう筋書きになっている。羽田の管制塔の職員に第七セクトがいるの。もう五年も前から潜入していて、時を待っている」

古池は固まってしまった。口元をぴくり、ぴくりと引きつらせ、やっと言う。

「それはテロの計画なのか」

「そうよ。第七セクトの」

「お前、それに協力しているのか」

愛花は敢えてさらりと流した。

「いけない？」

古池が箸を叩きつけた。声を荒らげる。

「お前は俺の――」

「あなたはもう十三階を辞めたも同然の身でしょ」

「そうだが、裏切れない。テロは阻止する！」

いまさら、と愛花は笑った。古池の傷だらけの手を乱暴に摑み、自分のお腹を撫でさせた。

「あなた、私の中にいっぱい出しちゃったじゃない。いいの？　絶対妊娠しているわ」

古池が奥歯を嚙みしめる。

「十三階と第七セクトの子供が、生まれてくるわね」

古池は腹立ち紛れか、そばをひっくり返した。愛花はすかさず、古池の胸を拳で殴った。薄い皮をかぶっただけの柔らかい真皮を、ガーゼ越しに潰した。古池は呻いて胸を押さえ、跪いた。そばの汁がテーブルを伝い、垂れ落ちる。古池のシャツを汚した。

「新島の自然と生きたこの数週間を嚙みしめて。楽だったでしょう。ありのままって素敵でしょう。十三階のような嘘も欺瞞《ぎまん》も裏切りもない。自然を愛して、辺野古を守る。それとも、第七セクトの女が自分の子供を産むとわかった状態で、十三階に戻るの？　女校長に虐《しいた》げられて、十三階の女に托卵されても、まだ組織に身を捧げるの？」

古池は胸を押さえたままだ。顔を覗き込んだ途端「バカ野郎！」と愛花は平手打ちを食らった。

「なぜテロなんか――。信じていたのに！」

「一般市民は殺さない。私たちが狙うのは権力者だけよ！」

古池は押し黙る。苦しそうにぎゅっと目を閉じる。古池の顔を優しく抱きしめた。乳房の谷間に導き、その髪を丁寧に撫でる。

「いつだったか、名もなき戦士団の話をしてくれたわね。わかってる。あなたは北陸新幹線テロを許した責任をひとりで負ってきた。わかるわ。七十三人も死なせてしまった。辛いわよね。忘れられないわよね」

返事はない。浅い呼吸が繰り返される。

「だから十七年前よりずっと残酷になった。無茶な作戦にばかり身を投じるようになった」

古池の肩を摑み、言い聞かせる。

「なぜひとりで背負うの。あなたは充分に、やってきた……!」

古池の目から、涙が落ちる。

「立派に国民を守ってきた。そして次は――自然を守るのよ」

古池の顎が細かく震え出す。嗚咽だった。やがてそれは慟哭になった。


年が明けた。愛花は浜辺に降りて初日の出を見た。古池を誘ったが、来なかった。ひとりコテージで混乱を静めている。

朝日を浴びながら、愛花はお腹を撫でた。今年、二〇二〇年、私は母になる。

スマホで新島―調布間の飛行機のチケットを二名分、予約した。首相は明日の夕方に帰国する。明朝には都内に戻らねばならない。

コテージに帰り、お雑煮を作って餅を焼いた。スーパーで買ったおせち料理も出す。栗きんとんと黒豆煮は自分で作った。

呼ぶと、古池はダイニングテーブルに着いた。愛花と口をきこうとはしなかった。箸も進まない。やはり、ハードルが高すぎたか。

ついこの間まで十三階にいた男に、いきなりテロをやらせるのは無理だ——三峰の言葉を思い出した。公衆電話で、愛花にそう忠告したのだ。辺野古の青い海が土砂で汚されていくのを目の当たりにしてボロボロと泣いていたあの老人は、精力があり余り、色ボケしていた。あっという間に愛花の奴隷にできた。セックスが長いので膣は擦り切れた。独りよがりの所作で愛花が濡れなかったのもある。三峰は愛花を独占したがった。子供なら俺の子でいいじゃないかとも言った。ありえない。愛花は優秀なDNAが欲しかった。知力・体力・行動力——全てを兼ね備えた古池以上の遺伝子を、愛花は知らない。

夜、すきやきを作った。古池は殆ど食べなかった。「古池さん」と呼ぶだけで、彼はびくりと肩を震わせた。愛花は優しく言いきかせた。

「昨日言ったことは、忘れて」

古池が真意を探るような目で、愛花を見つめた。昨日ほどの混乱は見られない。

「ごめんなさい。どうかしてた」

頭を下げつつ、機嫌を窺う。

「三峰や木村たちから、テロの詳細を聞いていたの。総理に近づけるあなたなら、手伝えるんじゃないかと思って」

古池は殆ど表情を変えない。凪いだ海のように落ち着いていた。激昂されないとわかると、愛花は欲が出る。

「あなたにしかできない任務だとも思うの」

焚きつける。

「だってあなたはなんでもできる。射撃も得意でしょ。勇気も決断力も、臨機応変に動く冷静さもあるし――」

「愛花」

古池が立ち上がった。ダウンジャケットを取る。

「少し、話し合わないか」

散歩しよう、とコテージを出た。

新年を祝って花火でもしたのか、前浜海岸はゴミが散乱していた。古池は海に背を向けた。東へ向かい路地を歩き出す。郵便局や役場を越えて島の真ん中まで歩くと、路地は鬱蒼とした原生林に囲まれた。民家が一軒も見えない。古池は足を引きずっているので、愛花の腕を頼って歩く。古池の体重がかかり、愛花は腕が痛かった。

「俺たちはいま、真ん中にいるんだと思う」

古池が言った。道は隅っこを歩いている。

「――真ん中？　中道ってこと」

保守的な右か。草の根活動の左か。どっちつかずの真ん中か。

「俺はもう十三階を離れたい。かといって第七セクトの考え方には共鳴できない。そしてお前を愛していて、子供も欲しい」

愛花は自分を激しく罵った。なぜテロを提案してしまったのか、後悔する。救出以降、生気を取り戻した古池はどんどん純化しているように見えた。彼は真っさらに生まれ変わったと思ってしまった。排卵日に存分に愛情を注いでもらったことで、調子に乗ってしまった。

下手を打ったら愛花は十三階に売られる。だが古池は十三階と連絡を取ろうとしない。戻るのがよほど嫌なのか。女の校長と、部下で諜報員の妻が待っている。古池はこの女二人の間で相当苦悶してきたのだろう。戻りたくない。だから愛花の立場を理解しようと努めている。責めないし、口調に気遣いが見えた。

愛花は注意深く、古池の横顔を見上げた。魂が抜けたような顔つきだ。深く物事を考え、追求する力を失ったようにも見えた。

「俺はこのまま、中道でいるのはダメだろうか。お前は、無理か」

それでいい、古池と生まれてくる赤ちゃんの三人でひっそりと暮らす——脳裏に浮かんだ幸福なビジョンが、赤い土に埋もれていく。辺野古の青い海までもが。これまで共闘してきた仲間たちの熱い瞳と、悔し涙も浮かんでくる。

明日は首相襲撃の、千載一遇のチャンスだ。

愛花は結局、こういう風にしか生きられない。口が勝手にしゃべっていた。

「中道という言葉は、日和見主義者のことだと思っている。私はあなたがいた十三階よりもよっぽど、どっちつかずの日和見主義者たちを軽蔑する」

「それは俺も——」

古池は口をつぐんだ。低い声で覚悟を決めたように続ける。

「また戦えと言うのか」

愛花は毅然と頷いた。

こちら側で。

「あなたにはその類まれなる能力がある」

男としてもうひと花咲かせてほしい。愛花は古池を鼓舞した。男としてのプライドをくすぐる。女校長と女スパイの妻に蹂躙《じゅうりん》されてきた自尊心を、別の場所で、復活させてやる。

どれだけ歩き続けたか。古池が横道を見つけた。吸い込まれるように入っていく。

「——どこ行くの」

「シークレットポイント」

少し笑って、愛花を振り返る。

「秘密のサーフスポットらしい」

「古池さん、サーフィンしないでしょ」

「サーフィンは、しない」

深刻な話をしていたのに、古池の表情に卑猥な色がある。そんな目で見られて、愛花はもう濡れてしまいそうだった。古池の手を握り返す。指を絡ませると、頬に軽くキスをしてくれた。原生林を抜け、砂浜に出た。外灯ひとつつない場所だった。満天の星と大きな月が上がっている。月明かりと波しぶき、砂浜の白さが周囲の光景を浮かび上がらせる。見覚えがあった。ここは、古池が生き埋めになった白ママ断崖だ。愛花は古池を止めた。

「ここはやめましょう。あまりよくない場所だわ。いまは立ち入り禁止なのよ」

古池は毛布に包まれていたから、記憶にないようだった。「予想以上に寒いな」と古池は流木や枯葉を集め始めた。ライターで火をつけて焚火をする。二人で手をかざし、身を寄せた。火のそばにいると体が温まる。オレンジの光に、気持ちが安らいでいく。

古池に抱きすくめられた。情熱的なのに優しい手つきだった。激しく唇を吸われるが、絡んだ舌は穏やかだ。胸をぐにゃぐにゃに揉まれる。乳首をまさぐる指先には気遣いがある。体がまた勝手に反応して、愛花は下半身をくねくねと動かしてしまう。「立て」と言われ、無条件反射で従う。体は、古池に支配されている。乱暴に服を脱がされた。

「寒いわ。コテージで……」

「あそこは汚したくないんだ」

「どういう意味」

「お前はいろいろ、出しすぎる」

愛花は笑ってしまった。冷たい潮風が素肌を突き刺すが、焚火の熱で帳消しになる。その熱さは古池に愛撫されているような刺激に似ている。昂った。早く入れて欲しくて仕方がない。

愛花は生まれたままの恰好になった。古池のシャツのボタンに手を掛けたところで、肩を摑まれてくるりと後ろ向きにされた。背中を押され、何歩か歩かされる。焚火から離れていく。

「離れちゃったら寒い——。どこへ行くの」

頭を下に押さえつけられ、折った腰をくいっと持ち上げられた。濡れすぎている入口を晒す羞恥心と、彼だけのものになっているという精神的快楽で益々体が反応する。早く入ってきて。左腕を後ろに摑みあげられた。指輪を外される。なぜ、と思った瞬間、目の前に闇が広がっていることに気がついた。

尻を蹴られ、落ちた。

それは、とてもとても暗く深い、穴だった。

咄嗟についた手首がズキズキと痛む。頭も少し打った。すぐには立ち上がれず、「古池さん」とよろめきながら呼んだ。頭を振ると、髪の隙間からぱらぱらと砂が落ちてきた。愛花は這い上がろうと、目の前にそびえる砂の壁を摑む。頭上に空が広がっているのに、砂に手をつき足をかけるたびに砂がぽろぽろと崩れ、穴の底に滑ってしまう。砂は底の方が湿っていて、尻もちをつくたびにヒヤッとした。あまりに寒い。

「古池さん……！」

十三階が来たのだと思った。古池の転向を察知して、二人を消しに来た。だが、上で誰かがもみ合うような声も抵抗の音も聞こえない。人の気配はある。複数人だ。

喉を嗄らし、叫んだ。冬のオリオン座が瞬く闇に、古池の名を。

男のシルエットが浮かんだ。こちらを覗いている。

――南野。

愛花は思わず、砂にまみれた体を隠し、震えた。

「第七セクトのトップ、ヤマダヒロシの正体はお前だったんだな。広井愛花」

南野は貫禄のない声で、唐突に言った。愛花は「はあ？」と若い諜報員を笑い飛ばした。

「ちょっと意味のわからないことを言わないで。古池さんは⁉」

「古池さんを拉致した船が新島に入ったことはすぐに判明したよ。改めてあんたをマークしたおかげでね。操船者の女をはじめ、古池さんの拉致に関わった人物はみな、あんたが足しげく通っていた結婚相談所の職員だった」

愛花は寒さとは別のなにかで、体の芯が冷えていくのを感じた。

「古池さんがあんたに接触した途端に相談所に行かなくなったのは、あそこが第七セクトのフロント企業だと感づかれないためだったんだな。そういえば、儀間と第七セクトを繋いだ東邦新聞の久保田貴子も同じ相談所に通っていた」

愛花は身震いした。砂がぱらぱらと体から落ちる。どこで間違えた？　慎重に動いていた。絶対に自分がヤマダヒロシだとわからないように、一挙手一投足に気を遣った。相談所で仲間と会合を持つときは、盗聴されていることを前提に、あらかじめ録音した音声を流すまで警戒した。監視されているとわかっていたが、足を広げて自慰行為すらもして見せた。テロリストとは程遠い哀れな中年女を演出したのに――。

なぜ。どこでミスったの。

「黒江さんが気が付いたんだ」

南野を睨みつける。黒江律子。古池の子を身ごもり、もうすぐ出産する女だ。

「あんたの部屋に入り、ハムスターを見て気がついた。あんたはかつてネズミの話を古池さんにもしていたな。遺品整理会社で働いていたとき、ネズミ退治をよくやっていたんだろう。ネズミ駆除剤にはヒ素が使われている」

南野はジャケットの下に手を入れた。ホルスターを身に着けている。自動小銃を取り出した。

「あんたが働いていた遺品整理会社に問い合わせたよ。かつてネズミ駆除剤の盗難があった。警察は被害届を受理していない。だが社長は、部下が被害届を出したはずだと証言した。広井愛花という、体調不良で辞めた部下が、受理されたと報告したと」

愛花はもう聞くのをやめた。どうやってここから抜け出せばいいか、考える。四方八方砂の壁だ。どれだけ爪を立て足をかけても滑り落ちてしまう。寒さで指がかじかみ、力が入らなくなっていた。

「官邸に怪文書を送ってきた儀間の昔の女。我々は〈イナグ〉と符牒したが、それもお前だな」

親指の爪にヒ素中毒特有のミーズ線が出現していた、と指摘する。

「お前はヒ素を盛られたんじゃない。ヒ素を盗み扱っているうちに誤ってヒ素を体内に入れてしまったんじゃないのか?」

全て見破られている。愛花はただもう、叫ぶしかなかった。

「古池さん! 助けて、どこにいるの!」

「労働組合の男の愛人にまでなって、うまいこと公安の目を欺いたな。本当は第七セクト二代目のトップ藤井誠に愛情を注いでいたんだろ。だが彼には妻子がいたから、子供を産ませてもらえなかった」

南野は銃口をこちらにちらつかせながら、穴のそばにしゃがみこんだ。

「最初は嫌がったんだって? 三代目のトップ、ヤマダヒロシになるのを」

愛花は砂に爪を立て、ぎろりと、南野を睨み上げた。

「だが、お前を愛人にしていた藤井が事故で急死し、周囲に担ぎ上げられる形でヤマダヒロシにならざるをえなくなった。本当は、子供を産んで母親になりたかったのに」

「――誰がそんな話を」

「結婚相談所の女だよ。あんたを五年面倒見た、よく日に焼けたおばさん」

愛花は拳を握りしめた。海が好きで小型船舶操縦士の免状も持つ彼女は、古池を拉致した船の操船を担当していた。あの船は任務を終えて、辺野古の海上抗議活動に行ったはずだ。もう逮捕されていたのか。

そしてお前は――と南野は愛花を雑に呼び、続ける。

「左翼議員の儀間と出会い、その子供を産むことを夢見たが、あっさり首相の娘に乗り換えられてしまった。恨みを募らせ、彼をいずれヤマダヒロシとして逮捕させることを目論み、官邸に怪文書を送った」

自分の身を守れるし、儀間に捨てられた恨みも晴らせる――はずだった。

「だが、気がつけばもう三十代後半、出産のリミットが近づいている。なのに男がいない――次にあんたの頭に浮かんだのが、古池さんだったんじゃないのか」

だから次の一手に出た。古池をおびき寄せるため。優秀な遺伝子を持つ子を産むため。

官房長官にヒ素を盛り、第七セクト名で犯行声明を出した。

「あの外交パーティを狙ったのは、そこに儀間も出席するという情報を摑んだからだ。後々、彼をヤマダヒロシに仕立て上げやすい」

南野は銃口をいちいち愛花に向けて、大袈裟に、嘆くように言った。

「それで結局お前は、なにがしたかったんだ？　辺野古移設を止めたかったのか。それともただ子供を産みたかっただけなのか？」

腰に手を当てて、失望したように続けた。

「我々が追っていたヤマダヒロシの正体がこんな中途半端な女で、本当に、がっかりだ」

南野の背後で、白い煙がもくもくと上がっているのが見えた。焚火の火が強くなっている。ここまで大きな火をくべられるほど流木はなかった。なにを燃やしているのか――愛花の衣服だ。

愛花は訴えた。必死すぎて声が裏返る。

「ねえ、これってドラマだったら最も盛り上がる場面じゃない。謎解きよ。それは主人公がやるべき。あなたのような端役に謎解きされても盛り上がらない。古池さんを呼んで！」

愛花は金切り声を上げた。南野が後ろを向いた。指示を仰ぐ顔だ。そこに古池がいるのだ。

騙された。やはり、古池は――。

愛花はヒステリックに喚き散らした。

「古池さんは、いつ気づいたの。私がヤマダヒロシだと！」

南野が答えた。

「三峰が起こした陽動作戦の時にはもう、察していた。あんたの部屋で――やはりハムスターを見て、ネズミ駆除の話を思い出し、あんたならヒ素を手に入れられると考えた。そんな時、三峰から木村と接触すると一報が入った。倉庫に入り、血の海に沈む妊婦を見て、すぐにお前だと気が付いた。古池さんが妻の姿を見間違えるはずがないだろ」

南野は鼻でふんっと笑った。

「――まさか、古池さんは、わかっていて」

「そう。わかっていて、敢えて倉庫の屋根で待ち構えていたテロリストに自分を襲わせたんだ。黒江さんの顔を知っているはずの三峰が、妊婦役のあんたを見て大袈裟に嘆いたのを見て、三峰もグルだと確信した。その場で作戦を、運営から投入に切り替えた」

古池は自ら、第七セクトに捕らえられたというのか。

「古池さんは三峰に壮絶な暴力を加えたから、いつかやり返されるとわかっていた。そして救世主と言わんばかりにお前がやってきて、手厚く古池さんを看病し、傾倒させていく。洗脳手段としては古典的だね。それでお前は首相襲撃と妊娠の両方をかなえようとした」

だから、だから──。愛花は砂の壁を殴る蹴るして、汚い言葉で罵った。

「お前が言うな！　お前が謎解きするな！　古池さんを出して……！」

古池さんの声を、聞かせて。

「ちなみに三峰だけは泳がせている。いまは公安の監視網でなにも知らずに泳いでいるよ。羽田の管制塔にいる第七セクトにも、三百人態勢の監視がついている。明日、帰国した総理の眼前で素晴らしい逮捕劇が繰り広げられる。我々も心が躍るよ」

愛花は必死に穴をよじ登った。爪に砂が入り、めり込む。砂をかぶった。古池が愛してくれた白い裸体が汚れていく。中指の爪は剝がれそうになっていた。血が滲む。寒さで痛みは百倍にも感じる。這い上がり、滑り落ちる。それを漫然と繰り返した。古池の顔をもう一度見ないと、気が済まない。あなたの子を産むの。

無機質な金属音が、聞こえてきた。

南野がこちらに銃口を向けている。

「──待ってよ。どうして殺すの」

「そう命令された」

「誰から！」

「古池さんからだ」

「私はヤマダヒロシなのよ！　五十年の歴史を持つ第七セクトを五年も運営し、官房長官にヒ素を盛った！　私は大物テロリストよ。殺していいの？　生け捕りにしなさいよ！」

「お前はいまだに十三階を理解していない。全容解明なんかどうだっていい。お前がこれまで接触した全ての人間を根こそぎ逮捕して絞り、こちらの都合のいいシナリオを作って終わりだ」

「古池さんを呼んで！　いいから古池さんを出してよ‼」

愛花は絶叫し、号泣した。屈辱的に膝を折り、穴の底に正座した。南野に両手を合わせて懇願する。寒さと恐怖で震えが止まらない。鼻水がダラダラと垂れ、口の中にも入ってくる。

「お願い殺さないで。私は女なのよ。こんな乱暴なことをしていいの？　しかも、身ごもっているかもしれないの、古池さんの子を……」

口にし、愛花は気が付いた。

身ごもっているかもしれないから、殺されるのだ。体制の擁護者と、テロリストの子を。

恐々と南野を見上げた。途端に銃口が火を噴いた。右肩を直撃した。衝撃で体が砂の壁に叩きつけられる。砂がぱらぱらと落ちてきた。肩に穴が開き、血が流れ出す。押さえた。痛い。熱い。血の流れる音が聞こえる。

「ああ――外した」

南野の動揺する声がする。愛するあの人の声も、聞こえた。殺し方を指導している。

「相手が動いているときは、頭蓋骨で弾が滑りやすい。両目と鼻をつなぐTゾーンを狙え」

私は、練習台。

南野が再び銃口を向ける。愛花は狭い穴の中を逃げまどった。鼠のようだった。銃声。愛花の目の前で、血と肉が散った。お腹を貫通していた。愛花は立っていられなくなり、仰向けに倒れた。ただ手探りで、お腹のあたりを触る。熱いものがどくどくと外へ流れていく。

「へたくそ。どこ狙ってんの。よりによって子宮を……。こぼれちゃう。古池さんのが、こぼれちゃうじゃない……」

息も切れ切れで、呟いた。血まみれのぬるっとしたお腹を触り、血が噴き出す穴を見つけ、両手でぎゅっと抑えた。これ以上、古池さんの大事な精液が、こぼれないように。

「すいません、また外しちゃいました」

南野の声が、ずいぶん遠くから聞こえるようだった。愛花は仰向けのまま動けなくなった。丸い穴の向こうに星が瞬き、満月が見切れている。穴を覗き込む、男の影が見えた。

私の愛する人。私の赤ちゃんの、父親。

顔を見たいのに、月明かりが逆光になってシルエットしかわからない。

「愛花。生きているか」

無感情で抑揚のない低い声が聞こえる。愛おしすぎて、愛花はまた、濡れた。

「――残念ね。まだ、生きて、いるわよ」

「最後にひとつ、言い忘れた。お前の部屋に残したメモのことだ」

〈すまなかった。愛している〉

「あれは、お前に宛てたものじゃない」

「……は？」

「妻に宛てたものだ」

古池が銃口を愛花に向けた。愛花は永遠に彼を呪おうと思った。彼が大嫌いな歌を、口ずさむ。好きよ好きよこんなに好きよ。空っぽよ、心はうつろよ。

――あなたが盗んだのよ。

銃口が火を噴いた。一瞬だけ周囲が明るくなり、古池の顔がよく見えた。その顔を目に焼き付けた。そう、その無表情を装った優しくて苦しそうな顔が、ずっと、一番、好き。

＊

一月二日。十八時になろうとしていた。

古池は校長室のソファで目を閉じ、乃里子が戻ってくるのを待っていた。イヤホンを耳に押し込み、ザ・ドゥーリーズの『ウォンテッド』を大音量で聴く。

肩を叩かれた。目を開ける。乃里子が戻っていた。古池はイヤホンを取り立ち上がった。十五度、敬礼する。

「ただいま戻りました」

「お帰り。そしてお疲れ様。そしてまた、たくさん殺してきたこと」

「申し訳ありません」

改めて乃里子が古池の全身を見る。怪我を気遣う色はない。新島から東京に戻ってすぐ診察を受けた。胸の傷は全治二か月。右足首捻挫。左の二の腕の骨にひびが入っていて、肋骨は二本折れていた。よくこの体で何度も愛花とセックスができたと思う。

射精してやったから、首相襲撃テロ計画を事前に阻止することができた。だが、妊娠したかもしれないから、愛花を殺害せねばならなくなった。妊娠していなかったら生かした。妊娠がわかったら殺せなくなってしまう。あのタイミングで殺害を決意するほかなかった。

「さっき全部カタがついたよ。天方総理は羽田と成田の同時多発テロを防いだ逮捕劇を、存分に堪能されたということだ」

古池はただ黙礼した。確認だ、と乃里子は日常業務の延長のように書類を広げる。

「お前は本牧ふ頭B突堤の倉庫で、三峰の陽動と知りながら敢えて超短期の投入に入った」

「はい」

「確かに短期だけど、一か月だ。PDHAプログラムを受けてもらうよ」

「もちろんです」

PDHAプログラムとは、投入を終えた作業員が受ける、カウンセリングを含めた講習課程だ。精神を安定させ、PTSDの発症を防ぐ。元の生活に戻るための大事な課程だが、同時に、相手組織に転向していないか、厳しいチェックを受けることになる。

「ちょうどいい。黒江も出産があったからまだこれを受けてない。夫婦で受けてきなよ」

乃里子は、思い出したように言う。

「昼に連絡をもらったよ。明け方、無事に元気な男の子を産んだって。分娩時間三十時間超えのえらい難産だったらしい」

警察病院にいるから、と乃里子は付け加える。腑抜けた顔だ。

古池が拉致された直後は辞表をしたためていたらしいが、乗り切った。男なら、安堵や達成感を見せる。乃里子にはそれがない。夏休み最終日の小学生のような表情だった。もう次の〝夏休み〟を待ちわびている。

「それにしてもお前たちは、なんというか」

乃里子が資料を捲りながら言った。また意味不明な伊達メガネをかける。

「こんな程度のメモで通じ合えるものかね？」

古池が愛花の部屋に残したメモの現物を晒した。古池は説明する。

「3301がヤマダヒロシである可能性を吟味しており、三峰が陽動を仕掛けた直後のことでした。万が一投入となった場合のことを、計算したまでです」

古池がいなくなったとなれば、律子は必死に探すだろうと思った。必ず下北沢に辿り着く。待って、と乃里子が眉を寄せる。

「もうその時点で、三峰の拉致が陽動であると見抜いていたのか」

確信はなかった。だが3301がヤマダヒロシだとしたら、これまで見えていた景色が全てひっくり返る。

「黒江が儀間の下へ投入されるきっかけを作った〈イナグ〉も３３０１ということになりますから」

「そうだね。ヒ素中毒のミーズ線がその証拠だ」

「木村と三峰はすでに辺野古で接触していた。つまり、３３０１の息がもう三峰にかかっていたということになります。三峰の転向を即座に疑いました」

乃里子は神妙に頷いたが、疑問を重ねる。

「だがこのメモのどこに、３３０１がヤマダヒロシだと暗号が仕込まれている？」

乃里子にはわからない。十三階という人生を共にする律子だから気づけたのだ。

「私はこれで自分の筆跡でメモを残すという、作業員としてあるまじき暴挙を犯している。内容ではなく、その行為自体に意味を持たせたんです」

敢えてやっていると律子は気がつくはず。なんのためにやっているのか――。

「愛を囁いている相手に注目しろと、黒江なら理解すると思った次第です」

律子はすぐさま愛花をマークするよう乃里子に進言したと聞いた。木村の車が横浜ナンバーだったこと、古池の拉致も横浜だったことを受け、三部や柳田は神奈川県警管内の監視カメラ映像全百ペタバイトにも及ぶデータに、顔認証システムを作動させた。愛花を発見後は南野が中心になって行動確認に入り、新島に渡っていることを突き止めた。古池も見つけた。

入念な監視作業の末、コテージのスタッフとして投入された作業員が古池と接触していた。以降は愛花に悟られぬよう、緊密に連絡を取り合っていた。時にこっそりプレゼントを買いに行くそぶりで一旦離脱し、愛花を巧妙に罠へ――穴の中へ、落とした。

「このメモは同時に、３３０１をイチコロにするのにも一役買ったというわけか。すごいねー」

乃里子は大雑把に言った。古池は「もういいですか」と立ち上がろうとした。

「お前、〈ニーサン〉のその後が気にならないの」

三峰は成田空港Ｂ滑走路延伸工事現場のゲートを突破し、滑走路に侵入する計画を立てていた。成田空港へ緊急着陸せざるをえない政府専用機へ、燃え盛る車を突っ込ませる。三峰が運転していた軽トラックの荷台には、ガソリンが満タンに入ったドラム缶が五本も積んであった。すでに公安の監視下にあった三峰は、工事現場のゲート手前で約百人の千葉県警機動隊員に袋叩きにされ、現行犯逮捕された。

「奴はもうムショから出ることはないね」

乃里子が笑った。古池は、式根島の浜辺に打ち上げられた木村と桃田の死体について尋ねた。

「あの死体の処遇は決まっているんですか」

「考え中。なにかいい案、ある？」

「仲間割れで三峰が銃殺した、でいいんじゃないですか。事実、第七セクトはトカレフを所持していた。死体は海水でふやけているでしょうから、何ミリ口径の銃弾が貫通したかなんて解剖してもわからない」

押収したクルーザーは警察に引き渡す前に、十三階のいつもの部署が〝掃除〟している。古池がそこで拉致されていた痕跡も、古池が放った銃弾も、きれいさっぱりなくなっている。

「いいね、その案でいくか」

乃里子は軽くメモを取りながら、繰り返す。

「それにしてもよく気づいた。〈ニーサン〉がB滑走路の工事現場を狙うと」

「私が狙わせたんです」

乃里子が目をすがめた。

「奴は私が運営してきた作業玉の中で最も転向のリスクが高い人物です。万が一そうなってもすぐテロの概要を摑めるように、敢えてテロができそうな場所をピックアップして、三峰に見させておいたんです」

乃里子の表情が険しくなってきた。

「それ、いつの話」

「〈ニーサン〉の育成を始めてすぐの頃です」

「なぜそれを報告書に書かなかった」

「転向の可能性があるなどと書けるわけがない。作戦の根本に関わる非常にセンシティブな情報でしたので、私の胸の内だけにとどめておくことにしました」

乃里子が叱責しようとした。すかさず遮る。

「あなたも言いませんでしたよね。私の精子を作戦〈対馬〉に使うと。非常にセンシティブな事案だったからでしょう」

乃里子は鼻を鳴らした。書類をデスクに叩きつけ、忌々しそうに言う。

「まあいいだろう。お前はあらゆる予防線を張り、臨機応変に対応したってことね」

褒めるも、いちいち語尾を上げて嫌味を連発する。

「プライベートのごたごたも作戦に盛り込みながら？　部下の育成の一役も担いつつ？」

「お気に召さなかったのなら、申し訳ありません」

「私はお前を褒めているんだよ。絶賛しているんだ」

長話で引き留めたね、と乃里子は笑った。

「妻子のところへ行ったらいい。この期に及んで夫婦喧嘩中とは言わせないよ」

古池は立ち上がり、出て行くそぶりを見せた。意を含めながら振り返る。ひとつ確認せねばならないことがあった。

「藤本校長。あなた裏切ってませんよね？」

古池はシグを抜いて乃里子に銃口を向けた。押収したクルーザーから取り戻したものだ。

乃里子は目を丸くし、固まった。

「古池――。お前、なぜ私に銃口を向ける」

「ヤマダヒロシの正体は３３０１だった。それで遡って考えた。俺に３３０１の運営を再開するように最初に命令したのは、あんただ」

発端は乃里子なのだ。彼女は呆気に取られたまま、必死な様子で言い訳する。

「勘弁してくれ。第七セクトが動き出しているのはわかっている状況だった。３３０１が候補になるのは自然な流れだ」

「第七セクトの作業玉を飼っている作業員は他にもいたはずだ。なぜ愛花だった」

名前を言ってしまった。幻聴が蘇る。好きよ好きよこんなに好きよ――。古池は頭を振った。乃里子が声を裏返したまま訴える。

「報告書の全てに目を通した。お前と３３０１に勝る関係性を築いている作業員はいなかった。一番結果を出していたし、作業を楽しんでいたし、なにより、お前たちは心底仲が良さそうだった」

古池は銃口を下げなかった。勘弁して、と乃里子は額に脂汗を浮かべる。

「お前は厳しい投入を終えた直後だ。誰が敵で誰が味方なのか、混乱してしまっている」

「混乱はしていない。だが我々十三階はかつて裏切り者の校長の下にあった。俺のこの傷がその証だ」

古池はワイシャツを引き上げ、腹の傷を乃里子に晒した。

「もう一度聞く。お前は裏切り者ではないな？　今回の件は、偶然だな？」

「だからそう言っている……！」

ほとんど悲鳴だった。乃里子は両手を挙げ、及び腰だ。いまにも机の下に隠れそうだった。怖いだろう。一代前の校長は律子が殺害した。それを十三階は黙認し、隠蔽した。ここは、全国に散らばるスパイを統べるトップすらも秘密裏に葬り去る組織なのだ。

「ひとつ、言っておきたいことがある」

乃里子は「なに」と震えて返事をした。

「作業員は校長の駒だ。それは間違いない。あんたが操っていい」

だが、完全な駒にはなれない。

「所詮、俺たちは血の通った人間だ。人間と駒の間を行ったり来たりしながら、苦しみながら、国を守ってきた。いままでも、これからも」

乃里子の目尻に、涙の粒が見えた。

「俺のことをお前と呼ぶことも、古池と呼び捨てにすることも許してやる。だが二度と作業員で遊ぶな。敬意を払え」

「私はそんなつもりは――そしてもちろん、敬意を、払う」

乃里子の目からボロボロと涙が落ちた。

古池はシグを仕舞い、十五度の敬礼をした。校長室を出る。しつけた。


南野が車で警察病院まで送ってくれることになった。古池は助手席に座り、耳にイヤホンを入れる。南野は不思議そうに言った。

「こっちで音楽、かけましょうか」

スピーカーに、南野のスマホが接続されていた。若い南野が聞くとは思えない、古い歌謡曲のようなイントロがかかる。『フライ・ミー・トゥ・ザ・ムーン』だ。ドリス・デイが歌うバージョンだった。

「誰のチョイスだ。黒江か？」

バレました、と南野は苦笑いした。古池は目を閉じシートに身を任せた。星々の間で遊びましょう、手を握って、キスをしてと言っているのよ——。ドリス・デイが切なげに歌う。パーティの夜を思い出す。「いまさらなんですが」と南野が切り出す。

「サクラの資料をやっと全部読み終えたんです。三里塚闘争の——」

古池は無言で、目を開けた。

「作戦〈赤風〉。それを知った上で、古池さんは作戦〈雷電〉を仕上げたんですね。つまり……」

南野は声に出すことが憚《はばか》られたのか、黙ってしまった。古池も無言を貫き通した。

「古池さんはそれでも、続けるんですね。サクラの血を引く十三階の作業員を……」

「当時なら俺でも、同じことをした」

機動隊員に犠牲者を出し、世論を変え、体制を守る——。

再び、目を閉じた。ドリス・デイの甘えるような歌い方が、パーティの夜を惹起する。瞼の裏で律子と踊る。七十三人の観客に囲まれていた。ひとり、二人と増えていく。音は消えていた。古池も律子も、目だけを合わせ、音のない世界で無感情に踊る。二人の無のダンスを眺める観客は、みな生気がない。死んでいる。古池と律子によって命を失った者たちだ。

最後に死者の群れに加わったのは、愛花だった。

「着きました」

古池は目を開けた。警察病院の出入口につけていた。車を降りるときになって初めて、回し車の音に気がついた。後部座席にハムスターの籠がある。南野が困ったように言った。

「処分しなきゃですよね。でもなんだか、かわいそうで」

あなたなしじゃいられない。愛花が歌う。幻聴がまた、始まった。

「いや。飼えるなら、かわいがってやれよ」


ガラス張りの新生児室に、ずらっと赤ん坊が並んでいた。

とても小さくて素朴で、何色でもない。大量生産品のようにも見え、不気味に思う。よく見ると、寝ている者、泣いている者、太っている者、痩せている者——実に様々な赤ん坊がいた。

不思議とひとり、やたら目につく赤ん坊がいた。古池は吸い込まれるようにその顔を覗き込んだ。古池を呪う幻聴がぴたりと止んでいた。

「古池さん？」

助産師に呼びかけられる。

「やっぱり。古池律子さんのご主人でしょ？　赤ちゃんと顔がおんなじ」

助産師はなれなれしく言って、自分が赤子と顔が似すぎていることを大笑いされた。新生児室隣の処置部屋に入るよう促される。助産師たちが赤ん坊にミルクをあげたり、沐浴させたりしている。

新生児ベッドに乗った赤ん坊が、運ばれてきた。『古池律子さんベビー』のプレートが張られている。助産師は問答無用で、赤ん坊を古池に突き出してきた。よく寝ていたのに、赤ん坊は火がついたように泣き出す。足をばたつかせ、ぎゅっと握った拳を突き出した。

抱き方を教わり、そうっと、赤ん坊を腕に抱いた。赤ん坊は泣くのをやめ、古池の方に目を向ける。耳や鼻の形、目元など、あまりに自分とよく似ていた。口元と輪郭は律子だった。しかめっ面は文子で、真顔は磯村のじいさんだが、あくびをしている顔は律子の妹にも似ていた。この赤ん坊は、二つの家族の血を引いているのだ。

古池の体が自然と、揺れ動いた。息子をあやそうと、足がリズミカルに動く。赤ん坊なんて抱いたことも触れたことも興味もなかった。欲しいと思ったことすらないのに、手が勝手に、その小さな尻をポンポンと叩いている。本能か。父親の——。それが古池にもあったのだ。目尻が下がってしまう。口元が緩んでしまう。息子の存在を心底、誇りに思った。十三階の純血なのだ。

助産師が、出産の様子を語っている。産道に比べ赤ん坊が大きく、大変な難産だったらしい。

「奥さんは小さな体でよくがんばりました。でも出血がひどくて、鉄剤の補給をしています」

カルテを捲りながら、助産師は首を傾げた。

「悪露《おろ》の量もかなり多いですねぇ。ちょっと心配なレベル。鉄剤の追加しなくちゃ」

悪露とはなんだという顔をしてしまい、助産師のレクチャーが始まってしまった。産後は胎盤が剝がれ、しばらく子宮からの出血が続くらしい。それを悪露というのだという。悪露を吸ったパッドを回収し、重さを図り、出血量の管理をしているらしかった。

女の体の機能の複雑さに驚く。神様はよくこんな生き物を作ったものだ。腕の中の息子に、呼びかける。

なあお前──。お前の母ちゃんは、すごいな。

新島で接触してきた作業員のことを思い出した。コテージのスタッフに変装をしていた。彼の言葉を聞いたときの、あの心強さが再び胸に沁みいる。

「黒江さんの指示で来ました、神奈川県警の柏原です。あなたの投入を支援します」

赤ん坊は古池の片手で事足りるほどに小さい。バタバタとやたら動く足が、古池の右胸の傷を直撃した。なんと力強いのか。痛いのに、古池は顔がほころんでしまう。

赤ん坊をあやしながら、処置部屋を出た。律子の個室をノックする。返事はない。そっと扉を開け中に入る。律子は静かに眠っていた。

テーブルの上に授乳記録の紙と、一通の祝電があった。天方首相からだった。古池は眉をひそめる。十三階作業員として首相からの祝電は誇らしいものだが、一介の巡査部長に贈られることはまずない。奇異で目立つ。律子は投入を終えたばかりだ。身元がバレないか、心配になる。

息子を左手であやしながら、右手で律子の頬を撫でた。目を開けろ。愛と感謝を伝えたい。

「黒江――」

律子はぱちりと目を開けた。機械のような動きだった。冥い色を湛えた目が、絶望的に、古池を捉える。

母になった喜びが、微塵も見えない。一歩踏み出た古池の足が、なにかを蹴った。血まみれのハサミがベッドの下に落ちていた。

古池は咄嗟に踵を返し、個室の扉の鍵を閉めた。首相が祝電を送ったという事実が、頭を駆け巡る。息子を抱く手に力をこめた。スマホで校長室の乃里子に電話を入れる。乃里子はさっきの件を引きずってか、探るような声音で電話に出た。

「古池です。儀間をどうしました?」

「なんだよ、藪から棒に」

「儀間はまだ拘束中で、取り調べを受けているんですよね?」

そんなわけないと乃里子は遠慮がちに笑った。

「お前は一か月近く拉致されていたから知らないか――」

「もう釈放されているんですか」

「当たり前だ。あいつはヤマダヒロシじゃなかったんだよ。とりあえず政治資金規正法違反で起訴して、いまは裁判待ちだ。保釈金を払ってとっくに出ている」

「追尾は？　もちろん、尾行と監視をつけているんですよね？」

乃里子が言葉に詰まった。

「そんな余裕はなかった。新島での包囲網と羽田や成田での作戦に、千人以上の人員をかき集めて配置したんだ」

目の前が真っ暗になった。

掃除班があげた報告の中に、儀間の部屋に残されていたメモがあったことを思い出した。

〈おはよう、愛している〉

保釈された儀間は、愛と怒りを持て余していたに違いない。なんとしてでも妻を見つけ出す。妻が、官邸の送り込んだスパイだったと気づいたら、誰に助けを求めるか。

天方美月しかいない。

一方で天方総理は、公安を辞めたことになっている女性警察官に、わざわざ出産祝いの祝電を打ってしまった。美月の目に触れたか。祝電の送り先であるこの病院を、儀間に教えたに違いない。

通話を切り、振り返る。

律子がベッドの縁に腰掛けて、こちらを見ていた。

十三階に支配され、その純血を産み落とした喜びも束の間、結局は空っぽになってしまう器。律子は「掃除班を呼んでください」と静かな声で言った後、懺悔した。

また人を殺してしまいました。

律子の薄桃色の入院着は、儀間の血で真っ赤に染まっていた。授乳のために大きくなった胸と、産後すぐで膨れたままの腹部。丸っこくて母性溢れる体つきなのに、彼女を支配する組織が、母になった束の間の喜びすらも奪う。

惨劇が起こったこの部屋は、血の海だったはずだ。悪露の量が異常に多い――律子は悪露パッドで血を拭き取り、現場をごまかして、一心に、夫が戻るのを待っていた。

律子は震える指先で、背後のロッカーを指した。指紋の隙間にまで、儀間の血が滲んでいた。

古池は息子を抱く腕に力をこめ、ロッカーの前に立った。どこかで愛花が歌を口ずさんでいる。瞬きした一瞬、その瞼の裏に、古池と律子の無のダンスが映った。見守る死の聴衆が、またひとり、増えた。

古池はロッカーを開けた。

体制が踏みにじり続けてきた沖縄の死体が、転がり落ちてきた。

解説——全編クライマックスの展開に全身の血が騒ぐ！

内田　剛（ブックジャーナリスト）

なんと凄まじい物語なのだろうか。極めて映像的な描写に構成の妙。容赦ない暴力と艶めかしい性愛シーン。もちろん想像はしていた。しかし、その予想を遥かに凌駕する規格外の展開だ。血湧き肉躍る、阿鼻叫喚の修羅場に度肝を抜かれ、まさに全編クライマックスだ。吉川英梨を読まずして「驚愕」というなかれ。警察小説は数多あれども、ここまで徹底的に読者を惹きつける魔力のある作品は稀有だろう。読後の興奮を消し去ることは不可能だ。あまりにも存在感とパワーがあり過ぎて、この次に読む小説がすべて薄味に感じてしまうから、まったくもって罪作りな作品といえるかもしれない。

さて、この『十三階の血』は確固たる人気を誇る「十三階」シリーズの第三弾である。ヒロイン・黒江律子が所属する警察庁警備局の諜報組織「十三階」。国家を守るためには手段を選ばないトップシークレットのチームだ。女スパイの身体を張ったミッションが冒頭から炸裂し、過激な描写で釘づけにする第一弾『十三階の女』。愛と狂気は紙一重。大学の先輩であり、相棒であり、上司であり、思い人でもある古池慎一の眼前で、色仕掛けを駆使してテロリストと対峙する律子の姿が脳裏に焼きついて離れない。すべては救える命のために。律子の内面に植えつけられた信念は、その後も強まることはあっても、まったく揺らぐことはない。

第二弾の『十三階の神《メシア》』では、さらに容赦のない敵が待ち受けていた。オウム真理教を彷彿とさせる新興宗教団体の登場だ。母が洗脳され、妹を潜入させる。律子はその身体ばかりか、愛する家族まで捜査に利用する。危険極まりないミッション中に、古池もまた、何者かの襲撃によって瀕死の重傷を負ってしまう。目を覆わずにはいられない凄惨なシーンがあり、なりふり構わず「ただ生きていて欲しい」と全身全霊で介抱する律子。身近に迫った愛すべき者の「死」を意識した献身的な姿は、神々しいまでに美しい。正義のためとはいえ、なぜここまでできるのか。なんとか生き延びるものの、精神的かつ肉体的なダメージは極限状態に達しており、読みながらも身が捩れるような感覚が伝わってきた。終盤からラストにかけては敵も味方も入り交じったどんでん返しの連続。身も心もとことんすり減らし、どんなに人間不信に陥りそうになっても、最後には「愛」に救われるのだ。

第三弾である本作もここまでやるのかというストーリー。思わず茫然自失してしまった前作を凌駕する過激なシーンもある。今回もまた、新たな国家的犯罪を企む巨悪との対決が軸となるが、物語はまったく思いもよらないような場面からスタートする。

「第一章　私を月に連れていって」の冒頭からじっくりと読み進めてもらいたい。時は昭和四六年（一九七一）。成田空港建設反対派と機動隊が正面衝突した三里塚闘争の生々しい現場が細やかに再現される。時代の空気、土地の匂い、人間たちの体温、聞こえてくる騒めき……すべてが迫真の臨場感。セピア色の情景が一気にカラーとなって押し寄せるのだ。

描写力もさることながら、伏線として巧妙に仕込まれた導入部分のうまさは吉川作品の長所のひとつでもあるが、本作でも胸を鷲掴みにされるほど魅力的だ。

時代を大きく揺り動かしたこの昭和史の一ページと、現在進行形の社会問題である沖縄県の辺野古基地移設問題が四〇年という時を超えて見事に絡みあう。出会ってしまった過去と現在は偶然ではなく必然だ。ここには古池慎一のルーツである「家族」の問題も隠されていて、壮絶な人間ドラマが繰り広げられる。運命に翻弄される国家、組織、そして名もなき人々。カネと名誉に目が眩んだ政治家たち。権力の横暴の犠牲となるのはいつも社会的弱者だ。物語の後半では歴史の闇に埋もれていた知られざる事実があきらかになり、古池の限界を知らない復讐の炎が燃えたぎる。

巨悪の真実を暴くという重大ミッションとともに、重要なポイントとなるのが律子と古池の愛の行方。これはシリーズを貫くテーマでもある。もちろん一般的な男と女の恋愛の常識とは大いに異なるのだが、ついに「結婚」という禁断のカードが切られる。恐るべきことに律子と古池のそれぞれに異性のターゲットが現れる。いったん「十三階」を去るも、首相暗殺を企てるテロリストを追い、またもやデンジャラスな潜入捜査をする律子。辺野古基地移設に反対する過激派団体の内偵に躍起となる古池。複雑に絡み合った嘘と真実の糸。どこまでが作戦で、どこからが真実なのか。拒絶できない任務なのか、それとも運命の導きなのか。

「スパイ同士の結婚」の衝撃はあまりにも強烈で、膨らむ疑惑が頭を覆い尽くす。

驚くべき結末はもちろんここでは明かすことはできないが、怪しい信頼と妖しい裏切りが、目まぐるしく入れ替わり、一瞬たりとも油断できない。

今回、「十三階」には新たな女性校長・藤本乃里子が登場するが、彼女と古池の上司部下の関係性も物語の絶妙なスパイスとなっている。騙し騙されているうちに憎しみが募ることもあれば、突き放されるほど深まる愛もある。人間の感情の移ろいほどミステリアスなものはなく、真実の「愛」に勝る武器はこの世に存在しないのかもしれない。

破天荒な主人公・黒江律子の活躍も凄まじいが、著者である吉川英梨の筆の漲りもまた特筆ものである。直近の新刊ラインナップを眺めれば一目瞭然。まさに傑作の森を颯爽とひた走る姿が活き活きと伝わってくるのだ。昨今の世間の話題といえば新型ウイルスの世界的な蔓延による東京オリンピックの延期、または中止議論とまったく不穏で不確かな空気に満ち溢れているが、この著者の足取りはますます強まり、確かになっていくばかりである。

二〇二〇年三月に単行本『ブラッド・ロンダリング』(河出書房新社)を発売。単発の作品であるが、他作品同様に登場人物のキャラクターの魅力が際だっており、サブタイトルに「警視庁捜査一課 殺人犯捜査二係」とあるように今後のシリーズ化が期待できる。「ブラッド・ロンダリング」とは「過去を消し去り、出自を新しく作りかえる血の洗浄」の意味。凄惨な事件をきっかけに被害者と加害者の間に横たわる感情が、重たい十字架となってはげしく胸を締めつける。秘密を抱える男の闇を暴き出した意欲作である。

そして先にも触れた本作の前作にあたる『十三階の神《メシア》』が六月に文庫化。さらに九月にはこれも単発の単行本『海蝶』(講談社)が発売。一一月には看板シリーズとなった「新東京水上警察」シリーズ五作目の『月下蠟人』（講談社文庫）を世に送り出している。東京湾にクレーンで吊り下げられた蠟人形に覆われた死体の謎。コロナ禍での捜査の苦悩や猟奇事件の謎解きで一気に読ませるが、注目は刑事その人のプライベートや素顔、生身の人間性にも確かな眼差しを注いでいるところだ。

過酷な仕事を抱えながら子育てをする厳しさ。これは同じ月に刊行された単行本『新宿特別区警察署　Lの捜査官』（KADOKAWA）でも同様である。レズビアンの部下とともにショッキングな事件を追いかける女性刑事。階級が下の夫と奮闘するが、着任日から息子の病気で謝罪の連続。夫婦の家事の役割分担。妻と夫それぞれの本音が垣間見えて非常に興味深い。事件を追いかけるだけではない人間ドラマの醍醐味を存分に味わえる。職業だけでなく家庭にもスポットライトを当てることによって、よりリアリティが増す。警察小説の新たな楽しみが見出せるのだ。

さらに二〇二一年二月には出世作ともいえる「女性秘匿捜査官・原麻希」シリーズの最新刊『イエロー・エンペラー』（宝島社文庫）が発売となった。女主人公の名前から「ハラマキシリーズ」と呼ばれ累計四〇万部突破の看板シリーズの一二作目。動画生配信中の殺人事件もショッキングだが、最大の読ませどころは、取り戻せない過去の恋愛模様を実に鮮やかに再現している点だ。パニック障害に苦しむ同僚である元彼と主人公との蜜月の記憶を、催眠療法で徐々に蘇らせるテクニックにも感嘆。歳月を超えた身を焦すようなピュアな愛に、思わず涙がこぼれ落ちた。血も涙もない犯罪を追いつめながらも、一方では極めて純度の高い「泣ける」物語なのだ。二〇〇八年『私の結婚に関する予言38』で第三回日本ラブストーリー大賞エンタテインメント特別賞受賞でデビューした恋愛小説家としての著者の才能を改めて知らしめる一冊でもある。この他にも「警視庁53教場」（角川文庫）シリーズ四作品も、警察小説の定番アイテムとして書店の棚で活発に動いている。

このように女主人公の変化や成長を体感できるシリーズものが絶好調であり、その主戦場は文庫コーナーであるが、シリーズではない単行本『海蝶』もまた素晴らしい作品だ。筆者はＹｏｕＴｕｂｅチャンネル「Ｂｕｎｄａｎ ＴＶ」で著者インタビューさせていただいたご縁もあって、個人的にも思い入れが深い。吉川英梨は直接お会いすると、作品の印象とは正反対に気さくで話しやすい。まずはそのギャップに驚かされる。『海蝶』は日本初の海上保安庁女性潜水士が主人公の物語だが、ここでも男社会で悩みもがき成長を遂げる眩しい女性の姿が描かれる。綿密な取材による圧巻のリアリティ。光のない海中の描写など、息詰まる空気感までものの見事に伝わってくる。挫折からの浮上。深く印象に残るのは、命を救う仕事への矜持と揺らぐことのない家族愛だ。震災で海に消えた母への思い。目標であり、同志でもある父と兄との絆。闇から見つけだす光も眩しい感動作で、著者の代表作のひとつとなる上質な作品である。

アプローチは違えども、どの作品にも共通するのは、強い意志を感じさせる高密度な人間ドラマであること。とりわけ一途で強烈な溢れんばかりの「愛」と、大切な存在を命がけで守ろうとする「情熱」が突き抜けている点を強調したい。この熱によって任務の遂行や組織への忠誠といった、仕事に対する揺るがない矜持が芽生えている。この世には政治だけでない、他人にも自分にもすべてにおいて無関心という空気が充満している。だからこそ、吉川英梨作品の持つ並々ならぬ愛情表現と、強さ、激しさが求められているのだろう。『十三階の血』というタイトルの「血」は事件現場で流される夥しい量の「血」であるとともに、世代を超えて受け継がれていく「血脈」の「血」でもあるのだ。愛する者の遺伝子をつなぐ赤い絆。これはシリーズを通して読めば次第に色濃くなっていくのがわかる。闘いはまだ終わらない。待望のシリーズ第四弾は八月発売予定の『十三階の母《マリア》』である。「十三階のモンスター」がいったいどんなマリア像と調和し、そして反発するのか。もちろん一筋縄ではいかないだろう。世界を一変させるようなまったく新たな「母性」が期待できる。円熟期にある著者がこの先どんな進化と深化を遂げていくのか楽しみで仕方がない。

参考文献

『農地収奪を阻む　三里塚農民怒りの43年』萩原進（編集工房朔）
『衝突　成田空港東峰十字路事件』伊佐千尋（文藝春秋）
『三里塚燃ゆ　北総台地の農民魂』伊藤睦 編（平原社）
『「成田」とは何か―戦後日本の悲劇―』宇沢弘文（岩波新書）
『闘う三里塚　執念から闘志への記録』朝日ジャーナル編集部（三一新書）
『恩赦と死刑囚』斎藤充功（洋泉社）
『普天間・辺野古　歪められた二〇年』宮城大蔵　渡辺豪（集英社新書）

参考映像

『三里塚　―闘争から農村へ―　シリーズDVD　BOX』小川プロダクション

著者エージェント

アップルシード・エージェンシー

・本書は、二〇一九年一一月に小社より単行本として刊行されたものです。

双葉文庫

よ-20-03

十三階《じゅうさんかい》の血《ち》

2021年6月13日　第1刷発行

【著者】
吉川英梨《よしかわえり》

【発行者】
箕浦克史
【発行所】
株式会社双葉社
〒162-8540 東京都新宿区東五軒町3番28号
［電話］03-5261-4818(営業)　03-5261-4831(編集)
www.futabasha.co.jp（双葉社の書籍・コミックが買えます）
【印刷所】
大日本印刷株式会社
【製本所】
大日本印刷株式会社
【カバー印刷】
株式会社久栄社
【DTP】
株式会社ビーワークス
【フォーマット・デザイン】
日下潤一

ISBN978-4-575-52475-8 C0193
Printed in Japan